키르라이안 이야기

Kyrelian Story

이윤희 판타지 장편 소설

키르라이안 이야기 3

이윤희 판타지 장편 소설

초판 1쇄 찍은 날 § 2006년 12월 27일
초판 1쇄 펴낸 날 § 2006년 12월 30일

지은이 § 이윤희
펴낸이 § 서경석

편집장 § 문혜영
편집책임 § 서지현
편집 § 최하나 · 문정홈

펴낸곳 § 도서출판 청어람
등록번호 § 제1081-1-89호
등록일자 § 1999. 5. 31
어람번호 § 제1-0784호

주소 § 경기도 부천시 원미구 심곡1동 350-1 남성B/D 3F (우) 420-011
전화 § 032-656-4452 팩스 § 032-656-4453
http://www.chungeoram.com
E-mail § eoram99@chollian.net

ⓒ 이윤희, 2006

ISBN 89-251-0423-7 04810
ISBN 89-251-0420-2 (세트)

Kyrelian

키르라이안 이야기

③ 내게 소중한 것들

이윤희 판타지 장편 소설

Fantasy Frontier Spirit

도서출판 청어람

목 차
Contents

Chapter 1
대충돌, 나 아니라니까!

Kyrelian

금발의 여자는 생글생글 웃으며 서 있었다. 온몸에서 여유를 풍기는 분위기는 루사인마저도 압도하고 있었다.

"지금 내가 누구인지가 중요한 건가? 그보단 다른 문제가 있지 않아?"

잠시간 지속되던 침묵 속에 여자가 충고하자, 루사인은 그제야 퍼뜩 깨달았는지 여자를 향해 겨누고 있던 검을 내렸다. 나는 전혀 이해를 못하고 있는 상황인데 저 둘은 통하는 무언가가 있는 모양이다. 대체 여기서 또 뭐가 문제란 말인가.

"안 돌아가는 머리 굴리려 노력하지 마세요, 알아서 설명해 줄 테니."

"내 존재에 대해 잊지 않아줘서 참 고맙다."

그나마 내 상태를 눈치 채고 내 고민을 멈춰준 것이 정말이지 진심으로 고마웠다. 나, 조금만 더 생각했어도 머리가 폭발해 버렸을 테니까. 하지만 조금 아쉬운 것은 그렇게 날 생각해 주면 처음부터 제대로 풀어서 말하라 이거다. 둘이서 무슨 암호라도 주고받듯 앞뒤 말 뚝 자른 대화를 해대니 내 머리로 이해할 턱이 있나.

"제가 따로 알아본 바에 의하면 소녀들은 총 8명이 실종되었습니다. 그중 둘이 죽고 셋이 별장의 지하실에서 발견되었으니 이제 남은 건 세 명이죠. 사실 이 도시, 상당히 좁고 무언가를 감출 만한 장소도 딱히 없어 감췄다면 남작의 저택에 있을 거라 생각했습니다."

"그래서 아까 남아서 찾아본다고 한 거야?"

"예. 하지만 소녀들의 흔적은 보이질 않고, 막상 마주친 게 그 검은 망토였습니다."

"그럼 나머지는 어디 간 거야? 세 명이나 사라진 거야? 감쪽같이? 다른 데 숨길 데도 없다며?"

이제야 루사인이 말하는 다른 급한 용무에 대해 짐작이 가기 시작했다. 그러니까 지금 가장 우선시할 것은 나머지 세 소녀의 행방. 이 소녀들이 살아 있다면 문제가 되지 않겠지만 이미 죽었다면… 그것은 아마 전에 죽은 소녀들의 전철을 밟은 것일 테고, 그렇다는 것은 드래곤의 땅에 피가 뿌려져 있다는 뜻이겠지. 그만큼 드래곤의 분노에 가까워졌다는 소리겠고.

"세 명… 이나 더 당했다면 피 냄새가 장난이 아니겠는데."

"네 명."

"에?"

이미 벌어졌을지도 모르는 끔찍한 상상을 하며 중얼거리자 금발의 여자가 정정했다. 그런데 네 명이라니? 이건 또 무슨 소리? 여덟에서 둘과 셋을 빼면 셋 아닌가? 그런데 어째서 넷이란 말이지?

"정확히 넷이야. 난 납치된 소녀 중의 한 명이 아니거든. 그러니까 별장에서 구출된 소녀는 모두 두 명이야."

정말 당당하게 대답하는 저 여자. 그러니까 이제 와서 자신의 수상한 정체에 대해 스스로 까발리는 것이 아닌가. 혹시 루사인이나 카린 급이 아니라 내 수준인가? 그러니까 그 바보성에 대해… 아차, 나 스스로가 날 바보라 하다니. 뭐랄까, 마음속 깊이 슬퍼지는 순간이군.

"납치된 소녀가 아니라면 어째서 별장의 지하실에서 발견된 소녀들과 함께 있던 겁니까?"

루사인이 묻자 여자는 생긋 웃으며 대답했다.

"이상한 낌새가 있어서 끼어들었어. 재미있을 것 같았거든."

수도에서도 보기 드문 미인이 웃는 모습은 참 아름다웠다.

하지만 그 내용은 그다지 즐겁지 않았다. 이 여자, 너무 제멋 대로인데.

"도련님, 이 여자에 대해선 일단 무시하는 게 좋을 것 같습 니다. 서두르죠. 남작부터 찾아야겠습니다."

루사인이 지금 해야 할 가장 중요한 문제를 다시 한 번 지 적해 주며 내 팔을 잡아끌었다. 그래서 난 얼결에 루사인과 함께 달렸다. 물론 우리 뒤를 그 여자가 따라오는 것은 더 설 명할 필요도 없었다.

남작의 저택은 생각보다 넓었다. 땅값이 싼 시골이라 그런 지 집 하난 정말 넓게 지었다. 이건 거의 성의 수준. 하긴, 성 이 없으니 저택을 성 대신으로 지었으려나. 증축에 증축을 거 듭해 왔는지 복도는 거의 미로에 가까웠다. 이대로 무작정 달 려봤자 길만 잃어버릴 것 같았다.

"후, 이렇게 제멋대로의 양식으로 지어진 저택은 또 처음 이군요."

루사인의 중얼거림에 나는 고개를 끄덕였다.

"인기척을 찾아봐야 할 것 같아."

"이쪽과 저쪽, 두 군데에서 큰 움직임이 갈라져 있습니 다."

눈앞에 펼쳐진 양쪽으로 갈라지는 복도에서 루사인이 대 답했다. 물론 나도 느끼고 있었다. 그렇기에 따로 목적이 없음에도 여기까지 달려온 것이었다.

"할 수 없지. 갈라지자. 내가 이쪽, 넌 저쪽으로 가."

명령하는 것과 동시에 난 오른쪽으로 달리기 시작했다. 등 뒤로 반대편으로 달려가는 루사인의 발걸음 소리를 들을 수 있었다. 거기까지는 예상대로였다. 하지만 지금 내 귀를 울리는 또 다른 발걸음 소리가 상당히 신경을 건드려 고개를 돌리자 역시나 익숙한 금발이 보였다.

"당신은 왜 또 따라오는데!"

"이쪽이 재미있을 것 같아서. 저쪽으로 가봤자 돼지 남작밖에 없는걸."

웃으며 대답하는 말에 난 퍼뜩 놀라 달리던 것을 멈췄다.

"무슨 소리야? 루사인이 간 쪽이 남작이라고? 그럼 이쪽엔 뭐가 있는데? 아니, 아니, 그전에 저쪽이 남작이란 걸 어떻게 안 거야?"

"어떻게냐고 물어봤자 그냥 알게 되는걸."

정말이지 처음부터 끝까지 의심이 가득 차게 만드는 여자였다. 대답하는 것마저도 시원찮은 것이, 차라리 처음부터 말을 안 했으면 이 궁금함이라도 생기질 않지.

"하아, 그래. 그럼 이쪽에 뭐가 있는 거야?"

루사인의 실력이라면 남작과 그 똘마니들에게 당하진 않을 거라 믿는다. 그렇다면 문제는 내가 상대해야 할 존재들. 일단 문제의 레키아 녀석은 저 멀리 산맥 쪽으로 튀었으니 그는 아닐 테고, 그렇다면 지금 이 저택에서 남작 이외의 다른 인간 뭉치는 또 무엇일지 궁금해졌다.

"뻔하잖아? 남작이 자신에게 불리한 증거들과 함께 있을 린 없고, 그렇다면 남은 건 찾아야 할 다른 목적이겠지."

"그럼 설마 이쪽에?"

"응. 남아 있는 소녀들의 무리와 어떻게든 증거 인멸을 하려는 무리들이 있겠지."

그렇다는 것은 남작 혹은 레키아의 패거리들이 소녀들을 끌고 어딘가로 향한다는 것이렷다?

가만. 그런데 분명히 저 인기척은 이동 중이란 건데? 어째서 끌고 가는 거지? 그냥 해치워 버리면 '죽은 자는 말이 없다' 란 게 성립되는 것 아닌가? 뭔가 다른 것이 있지는 않을까 란 의심을 품기 시작했다.

"지금도 움직이고 있는 걸로 봐선 여기서 해치우진 않을 것 같은데, 어디에서 증거 인멸을 하려는 거지?"

나도 모르게 중얼거리자 여자가 생긋 웃으며 대답했다.

"글쎄. 여기서 저질렀다간 겨우 너한테 몰아넣은 의심의 화살을 자기 쪽으로 돌리게 되잖아. 아무렴 그런 짓을 할까. 게다가 해치우려면 여기보다 더 좋은 곳이 있지."

"더 좋은 곳? 어디? 증거 인멸도 되고, 여러 가지 정황으로 유리해지는 곳이 어디 있는데?"

지금 남작의 저택 앞은 우리 집 호위병들과 영주의 사병들이 전투를 벌이고 있었다. 솔직히 말해 늘 변화가 없는 시골의 분위기치고는 나름대로 대규모였다. 그러니 곧 도시 사람들까지도 이변을 눈치 챌 것이다. 그런 와중에 정확히 몇인지는 모르지만 아직 살아 있는 행방불명되었던 소녀들을 데리고 어디를, 어떻게 가면 남작에게 안전한지 솔직히 내 머리론 상상도 할 수 없었다.

내 옆을 함께 달리는 금발의 여자는 도무지 답을 내지 못하고 혼란에 혼돈을 더해가는 내 머리 속을 눈치 챘는지 생긋 웃어 보였다. 그리곤 내 질문에 대답해 주었다.

"소녀들을 납치한 목적이 있잖아. 어차피 죽여서 증거를 없앨 거라면 영주만이 알고 있는 드래곤의 영역으로 가면 되는 거지. 목적도 일치하고 말이야."

"아!!"

드디어 저들의 진의를 알게 된 순간 나도 모르게 작은 비명을 질렀다. 맞다. 정확하다. 이보다 들어맞는 추리가 있을 리 없다. 저쪽에서 남작이 직접 움직이기 시작한 것도 스스로가 움직여서 시선을 끈 사이에 저 소녀들을 문제의 그 장소로 옮기려는 것이 분명하다.

"오히려 남작 쪽이 미끼란 거잖아. 서둘러야겠네."

달리던 발걸음에 더욱 가속도를 붙이며 힐끔 곁눈질하여 여자 쪽을 보았다. 역시나 기대했던 대로 전혀 뒤처지지 않고 나를 따라 함께 달리고 있었다.

볼수록 정체가 궁금해지는 여자였다. 실버 나이트로서 일반인보다 훨씬 뛰어난 신체적 능력을 가진 나다. 그런 내가 전력을 다해 달리는 것을 전혀 무리 없이 따라오는 것만으로도 절대 보통 인간은 아니었다. 이런 작은 시골 도시에 있을 만한 여자가 아니었다. 외모로나, 능력으로나.

도무지 무엇 하나 정확히 알 수 있는 게 없는 여자지만 이상하게 적대감이 느껴지진 않았다. 참으로 수상하고 정말 의심 안 가는 곳이 없다지만, 신기하게도 어딘지 친근감이 들 정도였다. 뭐랄까, 아주 오래전부터 알고 있었던 것 같은 느낌이다.

"당신 말이야. 혹시 전에 나 본 적 있어?"

혹시나 하는 마음에 그녀를 향해 물었다. 그러자 여자는 조금 의외란 얼굴로 나를 보더니 곧 특유의 미소를 지으며 고개를 저었다.

"아니, 전혀."

거짓말을 하는 것 같진 않았다. 그럼에도 어딘가 상당히 미심쩍은 느낌. 무언가 한마디라도 더 해보고 싶어 입을 열려 할 때, 여자가 굳은 얼굴로 어느 한 곳을 가리키며 말했다.

"저기 있다."

곧 난 모든 신경을 여자가 가리키는 곳으로 향했다.

초췌한 모습의 소녀가 넷, 그리고 그 소녀들을 데리고 어딘가로 향하는 검은 망토가 하나. 몸집으로 봐서 레키아는 아니었다. 뭐, 허벅지에 검상을 입고 성 밖으로 도망친 녀석이 여기에 있다고 하면 말이 안 될 테니 당연한 건가. 소녀들을 데리고 있는 녀석의 덩치로 보건대 분명 마차를 끌던 그 녀석, 즉 프리츠라 의심되는 자였다.

전에 녀석과 검을 마주했을 때 나 혼자 열심히 쌩쇼를 떨던 사이에 유유히 도망쳤던 것을 떠올리고는 성질을 버럭 내며 소리쳤다.

"너, 이 자식! 거기 서!!"

멈칫.

"…에?"

망토 녀석은 날 발견하고는 머뭇거리며 발걸음을 멈췄다. 뭔가 분위기가 어색해짐에 나 역시 멍하니 서버렸다. 아니, 대체 서란다고 진짜로 서는 놈이 어디 있냐고. 이건 또 뭔가 새로운 전술인가?

"뭐, 상관없지. 도망쳐도 소용없다는 걸 알고 있나 보네. 어디 한번 해보자."

멍하니 녀석을 바라보던 표정을 지우고 생긋 웃으며 검을 빼어 든 후 자세를 바로 잡았다.

타닥, 팟!

그대로 도약하며 녀석을 향해 달려들었다. 망토 녀석 역시 그런 나를 보며 검을 빼 들고 자세를 잡기 시작했다. 하지만 그것도 잠시, 갑자기 녀석은 내게서 눈을 떼고 고개를 돌리며 다른 곳을 향해 시선을 옮겼다.

"……."

"누구 앞에서 한눈을 팔아!! …어라?"

나를 전력을 다해 상대하지 않아도 상관없다고 말하는 것 같아 더욱 성질을 내며 소리 지르던 중에 나 역시 우르르 몰려오는 여러 명의 인기척에 흠칫 놀라 달려들던 검을 멈추고 망토 녀석이 바라보는 곳으로 고개를 돌렸다.

저쪽 복도에서부터 열댓 명 정도의 남작의 사병으로 보이는 자들이 이쪽을 향해 우르르 몰려오고 있었다.

"뭐야. 마당에 있던 게 다가 아니었어? 집 안에 뭐 저리 많이 남아 있는 건데? 아차!!"

기가 막혀서 중얼거리다 문득 놀라 급히 뒤로 몸을 뺐다. 미리 고백하건대 잠시 방심하다 나도 모르게 망토 녀석에 대한 주의를 경솔하게 풀어버린 것, 인정하겠다. 물론 녀석 역시 나보다는 남작의 사병들에 신경을 쓰느라 이런 내 반응을 눈치 못 챈 것 같다만.

"어라? 잠깐……."

어차피 한패거리 아닌가? 어째서 남작의 사병들이 몰려왔다고 저 검은 망토가 이렇게 긴장을 하는 거지?

문득 떠오른 의문에 고민할 때, 고맙게도 남작의 사병들이 하나하나 외치며 나의 궁금함을 풀어주었다.

"아니, 저쪽에 행방불명된 소녀들이?!"

"저 검은 망토는 영주님의 손님이 아닌가? 그런데 저자가 왜 소녀들을 데리고 있는 거지?"

"영주님이 검은 망토가 왠지 수상하다고 이쪽을 조사해 보라 하더니, 역시 저놈이 범인이었나?"

오호라, 그러니까 내부 분열인가? 원래는 서로 손잡았지만 둘의 관계에 대해서 이 도시의 시민이기도 한 부하들에겐 비밀. 그러다 나란 존재가 끼어들고, 마당에선 우리 집 무사들이 깽판을 치고 있으니 무언가 불리해졌다 생각하고 바로 망토들과는 바이바이란 것이군.

자신의 결백을 주장하기 위해 증거 인멸할 시간도 가질 겸, 이쪽으로 시선을 돌리는 작전까지 구사하는 것인가. 돼지 남작치고는 머리 좀 굴린 것 같지만 너무 허술하다고. 스스로 말하기 정말 뭣하지만 머리 나쁘기로 둘째가라면 서러운 내가 눈치 채버렸단 말이야.

"애석하게도 버림받았나 보네. 어떻게 된 게 늘 이런 사람들하고만 손을 잡아? 지난번엔 바아레른이더니 이번엔 바보 남작이야?"

얼굴 가득 비웃음을 담아 망토 녀석을 향해 조롱했다. 그리고 녀석을 향해 언제라도 검을 들이밀 자세를 취하며 여유있게 다가가기 시작했다. 온몸이 검은 망토로 둘러싸였지만 녀석이 긴장하고 있는 게 확연히 느껴졌다. 굳어 있는 녀석의 몸짓. 저것 역시 프리츠가 긴장했을 때의 버릇이었다.

"야, 너 진짜……."

프리츠에 대한 확신을 갖고 다시 한 번 확인하기 위해 녀석에게 말을 걸 때였다. 갑자기 남작의 사병 하나가 앞으로 나서 나를 가리키며 소리쳤다.

"저 소녀는 분명 얼마 전에 옆 동네로 이사 온 귀족의 정부?!"

"……하아아아아."

아주 그냥 절로 한숨이 나온다. 그 정부 소리, 이젠 좀 질리지 않냐? 이젠 아주 익숙해진 그 소리에 따로 아니라고 소리칠 힘도 없었다. 말해봤자 지친다고 이젠.

"오늘 아침에 들었는데 마녀라고 했어! 소녀들이 사라진 것도 저 미모를 유지하기 위해 납치를 해다가 피를 빨아서 목욕을 했다고 하더라고!!"

"채소 가게 딸이 발견됐다고 하던데? 그래서 범인으로 잡아들이려니까 아예 부하들을 데려와서 지금 마당에서 난동을 피운다고 하던데, 그 두목은 저택 안에 있었나?"

"그럼 저 소녀들도 마녀가 피를 빨려고 납치해 둔 거였나?"

가만히 있다 보니 아주 그냥 별의별 소리가 다 나온다. 와,

나 진짜 기가 막혀! 마녀가 어쩌고 어째? 아무리 내 미모가 참으로 아름답다지만 이게 무슨 공포 괴기물이냐? 무슨 피로 목욕이야, 피로 목욕이!!

"누가 그딴 헛소리를!!"

억울함에 복받쳐 사병들을 향해 소리쳤다. 목소리까지 부들부들 떨리는 게 나 정말 억울하다. 아무리 드래곤 때문이라지만 내가 진짜 어쩌자고 이런 시골구석까지 와서 이런 설움을 당하느냔 말이다. 나, 대귀족이라고. 왕족이라고. 귀한 몸이란 말이다!!

하지만 내가 억울하든 말든, 언제부턴가 세상은 나를 아웃사이더로 돌리기 시작했다. 그래, 분명 내가 여자가 된 그날부터였던 것 같지? 어쨌거나, 이런 나를 향해 남작의 사병들은 외쳤다.

"저 검은 망토와 한패였어!!"

"검은 망토가 부하였던 거야! 그래서 우리 영주님을 속이고 여기에 들어와서 소녀들을 납치해 뒀다가 저 마녀한테 바치는 거였군!!"

난 그대로 목을 잡고 뒤로 넘어갔다. 아, 혈압이…….

휙, 타다다다닥!!

"어, 어라라?!"

기가 막혀 방심하고 있는 사이, 망토 녀석이 잽싸게 몸을 돌려 나와 남작의 사병이 있는 곳과는 정반대의 복도로 달려가기 시작했다. 그리고 분명 녀석은 소리는 내지 않았지만 온 몸으로 나를 향해 '킥킥' 거리며 웃고 있었다. 들리지 않아도 알 수 있다. 익숙하게 봐왔단 말이다. 물론 녀석이 프리츠라 는 전제하에 말이다.

"아, 잠깐. 여유있게 이러고 있을 때가 아니지."

괜히 억울하다고 여유 부렸다가 저 망토 녀석을 놓치면 나 정말 빼도 박도 못하는 범인이 되는 거다. 이미 등을 보이고 도망치고 있는 망토 녀석을 잡기 위해 나 역시 달릴 준비를 할 때, 남작의 사병들도 같은 생각인지 큰 소리로 외쳤다.

"망토가 도망쳤다! 여자라도 잡아!!"

"하나라도 잡아놔!!"

그러니까 나와 다른 게 있다면 그들의 목적은 망토가 아니라 나였다는 것 정도. …그러니까 이게 문제란 말이다, 이게!! 왜 저놈의 불똥이 나한테 튀어버리느냐고!!

"하아… 진짜 내가 여기 와서 뭐 제대로 되는 게 없네."

투덜거리며 이미 거의 보이지도 않는 망토 녀석과 날 향해 슬금슬금 다가오는 남작의 사병들을 번갈아 보며 거리를 재어보았다. 물론 계산하나마나 지금 내가 상대해야 하는 건 사병들이었다. 아무래도 지금 망토 녀석을 따라가기는 너무 무리란 말이다.

칼을 다시 고쳐 쥐고 가장 가까이로 다가온 남작의 사병을 향해 달려들었다.

휘익! 챙!!

"…운인가."

"어, 어라? 히이익?!"

얼결에 들어올린 사병의 검이 내 검을 가까스로 막았다. 소 뒷걸음질치다 쥐 잡은 격이랄까. 사병은 스스로도 무슨 일이 있었는지 몰라 어리둥절한 얼굴로 검과 검을 사이에 두고 나와 마주 보고 있는 것을 깨닫고는 기겁을 했다.

"뭐, 뭐야! 뭐가 저렇게 빨라!"

"움직이는 게 안 보였어! 갑자기 앞에 나타났다고!!"

저마다 떠들며 당황하는 모습이 한눈에 보였다. 그래, 이런 시골에서 나 정도로 움직이는 기사를 볼 일은 없었겠지. 오해할까 봐 한마디 더 붙이는데, 그렇다고 내 실력이 도시로 나가면 흔하다는 것 또한 아니라고. 어디에 내놔도 손꼽히는 내 실력을 봤으니 동요하는 것은 당연한 일.

"아무리 개인 사병이라지만 체계가 너무 안 잡혀 있군 그래."

저쪽 어딘가에서 열심히 증거 인멸을 하고 있을 남작을 떠올리며 비웃었다. 그리고 이번에야말로 제대로 녀석들을 베어 없애 버리겠다고 생각할 때, 등 뒤에서 갑자기 나를 말리는 소리가 들렸다.

"뭐 해? 지금 검 가지고 노는 게 중요한 일이야?"

지금껏 말없이 구경만 하고 있던 금발의 여자가 날 향해 물었다.

"아니, 뭐, 노는 게 아니라 그러니까… 저쪽에서 먼저 덤비니까 일단은 상대를 해줘야 할 것 같아서."

"충분히 놀고 있네. 딱히 하나하나 다 상대를 해줄 필요가 있는 거야? 저 사병들이 있는 곳은 저택의 안쪽이잖아. 네 목적은 남작이든 납치된 소녀들이든 어느 한쪽을 확보한 후 이곳을 빠져나가는 것 아니었어? 그러니까 사병들이 없는 쪽으로 가야 하는 거잖아?"

정색을 하며 말하는 모습에 완전히 질려 버렸다. 저렇게까지 말하는데 그 앞에 대고 살육을 즐기는 미치광이마냥 칼질 한 번도 제대로 못 버틸 약한 놈들을 상대할 생각은 없단 말이다.

"아… 난 뭐, 스트레스 해소라도 하면 안 되나. 정말 예전 성질 같았으면 저런 소릴 듣기 전에 베어버렸다고."

투덜거리면서도 착실히 남작의 사병들을 뒤로하고 문제의 망토 녀석이 버리고 간 소녀들에게로 향했다.

부들부들부들, 덜덜덜덜.

오들오들 떨면서 서로를 붙잡고 나를 바라보며 서 있는 네 명의 소녀가 한눈에 들어왔다. 시골 시민들의 영양 상태가 어느 정도인지는 잘 모르지만 혈색이나 피부의 거칠음 정도를 보건대, 납치되어 있던 동안 영양 섭취는 제대로 한 것 같왔다.

"적어도 굶길 정도는 아니었단 건가. 어쨌든 너희들, 날 따라와."

"네에에에에?!"

소녀들을 향해 명령하고 왔던 길을 되돌아가려 할 때 소녀들이 입을 모아 비명을 질러댔다. 아… 귀 아파. 안 그래도 높은 소녀들의 음색이 합창이 되고 나니 아주 그냥 괴전파가 되는구나.

"그만들 소리 질러! 잔말 말고 따라올 것이지 뭐가 그리 불만이야!"

성질을 버럭 내며 소리치자 소녀들이 다시 움찔거리며 눈치를 살피기 시작했다. 그러더니 곧 한 명이 무언가 각오라도 한 듯 굳은 얼굴로 나를 향해 조심스레 물었다.

"저… 지, 진짜로 잡아먹을 건가요?"

"엥?"

"정말로 피를 짜서 그거로 목욕하고……."

"……뭐?"

아니, 정말이지, 이 말도 안 되는 소문을 믿는단 말인가? 아무리 큰 도시에 비해 세상 물정이 어둡고 지식 수준이 좀 얕다지만, 이건 너무한 거 아니냐고!!

"어, 어디로 그 애들을 끌고 가려! 다, 다 죽일 거지!!"

"아, 안 돼. 특히 저기 하늘색 옷 입은 개는 우리 딸 친구라고. 꼭 찾아달라고 부모한테 직접 부탁받았는데. 어서 막아!!"

안 그래도 소녀들의 반응에 허탈해져서 기력도 없는데 내 검 실력을 눈앞에서 보고 겁에 질려 있던 사병들까지도 덜덜 떨며 칼을 내게로 향하고 다가서기 시작했다. 아아, 그래. 이젠 질린다. 다 같이 한동네 주민이다, 이거지? 여기까지 온 것, 더 설명하고 뭐 하고 할 생각도 없다. 문답무용. 안 되면 몸으로 때우자가 내 신조란 말이다.

"거기 당신, 이 여자 애들 데리고 마당으로 나가."

"내가? 밖에 아주 칼부림이 났는데?"

뭐가 그리 재미있는지 구경만 해대는 금발의 여자에게 명령하자 여자는 조금 의외란 얼굴로 날 바라보았다.

"그래. 없어진 소녀들이 저택에서 나오면 일단은 진정되겠지."

"넌?"

"물론 같이 가야지. 단, 남작의 사병들이 뒤에서 따라올 테니……."

여자의 질문에 말끝을 흐리며 사병들 쪽으로 시선을 돌렸다. 그리고 씨익, 웃으며 낮은 목소리로 중얼거렸다.

"막아야지. 뭐, 소녀들의 피가 아니라 중년 아저씨들의 피를 뒤집어쓸 것 같네."

"히익!"

내 말이 끝나는 것과 동시에 하얗게 질리며 비명을 삼키는 남작의 사병들을 보니 아무래도 피를 뒤집어쓰기 이전에 내게 덤벼들 놈도 없다는 데에 루사인을 걸겠다. 물론 내기의 조건으로 걸린 루사인 본인의 의사는 무시하겠다.

겁에 질려 보채는 소녀들을 채근하며, 등 뒤에서 쭈뼛거리며 조심스레 다가오는 사병들을 무시하며 복도를 달리기 시작했다. 지금까지 딱히 무언가 행동을 보이지 않던 금발의 여자가 웬일인지 적극적으로 소녀들을 이끌고 있었다. 미로처럼 꼬인 복도를 용케도 헤매지 않고 왔던 길을 그대로 답사하며 달리는 그녀의 뒤를 마을 소녀들이 군말없이 따라갔다. 가능한 한 내게서 떨어지기 위해 최대한 금발 쪽에 붙었다고 말하는 게 더 정확하려나.

어쨌든 별 무리 없이 아래층으로 내려가는 계단에 도착했을 때였다.

멈칫.

금발의 여자가 갑작스레 걸음을 멈췄다. 어딘가를 딱히 의식해서 보는 것은 아니지만 무언가를 보는 듯한 얼굴로 정말 엉뚱한 곳을 바라보던 그녀는 나지막이 입을 열었다.

"서둘러야겠네. 아까 갈라진 네 일행, 그 검은 머리. 그 아이가 간 쪽에서 움직이던 무리들이 밖으로 나간 것 같아."

"루사인이 간 쪽?"

루사인과는 남작과 소녀들의 행방을 두고 복도에서 갈라

졌었다. 내가 도착한 곳에 소녀들이 있었으니 루사인 쪽이라
면 당연히 리진 남작 일행이 있었을 것이다. 쫓으라 했는데
벌써 밖으로 나가 버렸다면 조금 곤란하다. 저택 내부라면 모
를까, 밖이면 여러 가지로 이번 사건과 관련된 증거들을 이미
없애 버렸을 가능성이 매우 크기 때문이다.

"좀 더 서둘러. 놓치기 전에."

"나도 그러고 싶기야 한데, 이 아이들이 너무 느려서 말이
야."

조급해지는 마음에 여자를 다그쳤지만 통할 리 만무. 애초
에 기대하지도 않았다.

"뭐, 좋아. 그럼 내가 먼저 가지. 알아서 뒤따라와."

발걸음을 서두르며 소녀들을 제치고 앞서 나가자 금발의
여자는 다시 한 번 태클을 걸었다.

"여자 아이들이야 그렇다 치고, 남작의 사병들은? 네가 맡
기로 했잖아."

"어차피 이 저택 안에 계속 있을 것도 아니잖아. 저쪽도 이
여자 애들을 남작 앞에 데려가야 하니까 그럼 일단 목적은
비슷하네. 우선 저택 밖으로 나가고 보자고. 안 그래, 당신
들?"

슬쩍 고개를 돌려 소녀들 너머로 보이는 사병들을 향해 물
었다. 물론 대답 같은 건 바라지도 않은 반협박의 통보였지
만. 어쨌든 서로 손해 볼 건 없단 말이다. 저택 밖으로 나가는

것까지만이란 전제가 있지만.

"그럼 모두 동의한 것으로 보고 난 먼저 간다."

서둘러 결론을 내리고 더는 뒤도 돌아보지 않고 계단을 달려 내려가기 시작했다.

1층에 도착하자 제일 먼저 눈에 띄는 것은 활짝 열려진 저택의 문이었다. 처음 저택 내부로 쳐들어왔을 때만 해도 굳게 닫혀진 채 마당에서 한바탕 벌어진 칼부림을 방관하고 있었다. 그런 것이 지키는 자도 없이 이렇게 휑한 가운데 보란 듯이 열려 있다면, 그만큼 아까와는 여러모로 상황이 바뀌었다는 의미겠지.

나름 안 되는 머릴 굴려가며 추리를 끝낸 난 활짝 열려진 문이 마치 나를 위한 것처럼 당당하게 앞으로 걸어나갔다. 그리고 곧 고개를 끄덕이며 나의 추리력에 대해 감탄 또 감탄하는 시간을 가졌다.

저택을 나오자마자 한눈에 보이는 것은 세 부류로 나뉜 집단이었다. 아니, 정확히 말하면 두 집단과 한 명이랄까. 마당을 점령하고 한바탕 일을 치르고 있던 우리 집 호위병들과 남작의 사병들이 한 무리. 급하게 움직인 탓인지 얼굴 가득 흐르고 있는 땀을 연신 닦아내는 리진 남작과 그의 집사와 그들을 호위하는 듯한 열 명 남짓의 호위병들 한 무리. 그리고 마지막으로 리진 남작들과 일정 간격을 두고 경계하고 있는 내

충실한 시종 루사인.

확실히 처음과는 많이 달라진 세력 구도였다. 이런 상황에서 내가 낄 곳이라면 고민할 필요도 없다. 난 천천히 걸음을 옮겨 루사인의 곁으로 향했다.

"뭐 하다 저택 안에서 못 끝나고 여기까지 나오게 한 거야?"

그답지 않은 실책을 지적하자 루사인은 쓴웃음을 지으며 변명했다.

"마당에 있는 사병들의 수를 보고 쉬울 거라 생각했는데… 안에 호위만 서른 명이 넘게 남아 있더라고요."

"켁. 서른?"

지금 눈앞에 있는 남작의 호위는 열 명 정도. 그렇다면 나머지 스무 명은 이미 루사인이 처리했다는 뜻이다. 대체 얼마나 자기 안전 관리에 철저하면 마당의 사병들이 우리 집 호위 무사들에게 밀리건 말건 자기한테만 서른 명을 투입할 수 있단 말인가.

뭐, 대충 남작의 질려 있는 표정으로 보건대 루사인 하나에 서른이나 되는 호위들이 밀릴 거라곤 생각지 못하다가 된통 당한 거겠지. 초조한 얼굴로 땀을 닦아내는 이유를 알게 되었다. 혼자라고 얕잡아보다가 결과에 놀라 질겁을 하고 도망쳐 나온 게 분명했다.

"최대한 속력을 냈지만 한계였습니다. 죄송합니다."

"뭐, 정상 참작의 이유가 되니 인정. 그 정도 수가 되면 나라도 못 잡아. 아니, 네가 역부족이었다면 나도 불가능하지."

땀투성이의 남작과는 확연히 다른, 땀 한 방울 흘리지 않는 단정한 얼굴의 루사인을 보며 쓴웃음을 지었다.

그리고 곧 얼굴에서 웃음을 지우고 남작과의 거리를 잰 뒤 루사인에게서 조금 떨어졌다. 이건 어디까지나 편히 움직이기 위해, 또 루사인과 서로 거치적거리지 않을 정도의 위치를 잡은 것으로, 언제라도 공격할 준비가 되었다는 뜻이기도 했다.

하지만 남작은 이런 내 행동을 루사인만 믿고 뒤로 물러나는 것이라고 제대로 오해하는 것 같았다. 루사인은 겁먹은 눈으로 보면서 나는 만만한지 있는 대로 비아냥거리기 시작했다.

"과연 믿는 구석이 있어서 그렇게 당당했군. 상당한 실력을 가진 호위를 두고 있었어. 어려 보이는 얼굴은 위장이었나?"

그러니까 루사인의 실력은 일단 인정하고 간다는 거다. 하지만 곧 죽어도 내게 굽히긴 싫은 듯. 이라기보다는 아무래도 날 여전히 얕잡아보고 있는 거겠지.

"위장이 아니라 진짜로 미성년자지. 왜? 어린애한테 당하니까 억울해?"

나 역시 비웃음을 담아 남작의 어림짐작을 정정하자 남작은 분한 듯 한껏 독기를 담은 눈으로 나를 노려보았다.

"귀족의 정부 노릇하면서 옆엔 또 어린 소년을 끼고 있는 건가? 과연 여자란 대단하군."

하아아아아아…….

"이건 또 뭔 소리셔."

어이가 없어 뱁새눈을 뜨고 허탈함에 중얼거리자 남작은 그것을 긍정의 뜻으로 보았는지 신이 나 계속해서 말도 안 되는 소리를 늘어놓기 시작했다.

"보아하니 네 뒤를 봐주는 귀족이 붙여준 꼬마 같은데, 어째 너희 둘 사이가 심상치 않아 보인단 말이야. 잘 지키라고 붙여준 것이 도둑고양이마냥 서로 눈이 맞아버린 걸 그 귀족이 알면 어떻게 될까. 귀족이 푹 빠진 여자라면 몰라도 남자는 위험하지. 안 그래, 거기 소년?"

루사인을 향해 계속 말을 이어가는 남작을 보며 난 한숨을 쉬었다.

"어이, 루사인. 저 돼지 남작이 나랑 널 완전히 불륜으로 만드는데? 내 숨겨놓은 애인이 된 소감이 어때?"

"글쎄요. 뭐라고 할까요."

별로 신경 쓰지 않는다는 듯, 평소와 다름없는 어조로 대답하지만 눈이 굳어 있다고, 눈이. 게다가 검을 쥐고 있는 손이 미세하게나마 부들부들 떨리는 것으로 보아 정신적 충격이 대단한 것 같은 게 혹시… 남작이 노리는 게 이쪽? 그렇다면 이거 상당히 지능적인데?

하지만 여전히 날 귀족의 정부니 뭐니 해대는 걸로 보아선 그건 아닌 것 같고. 게다가 루사인의 저 상태를 봐라. 이젠 이도 갈고 있다. 심하게 잘못 건드린 거라고, 당신.

어쨌든 간에 진짜 답답하다. 아니, 대체 몇 번을 말해야 알아들을 거냐고. 사람 말귀를 못 알아먹는 거니, 아니면 사람 말이 말 같질 않은 거니? 것도 아니면 너무 머리가 나빠서 기억력이 3초라 기억을 못하는 거니? 이젠 더 이상 뭐라 말하는 것도 지친다.

"야, 루사인. 아무리 생각해도 머리 나쁜 쪽일 거 같지? 너, 나 놀리던 거 정정해라. 무슨 3대 바보니 뭐니. 저쪽에서 타이틀을 가져가겠다. 나보다 더 머리 나빠. 장담해."

"그건 고려해 봐야겠는데요. 3대 바보는 왕족 기준으로였잖아요."

"우쒸이."

이럴 땐 맞장구 좀 쳐주면 어디가 덧나냐? 꼭 이렇게 시비를 걸어서 남의 사기를 죽여놓는 거 하난 잘해요.

"머리 문제는 넘기더라도, 점점 도가 지나치게 되는군요. 물론 처음부터 무례하지 않았던 것도 아니지만 계속 이런 식이라면 이쪽도 강하게 나가야 할 것 같습니다."

"여기서 뭘 더? 사병들하고 한바탕하고, 너까지 나선 이상 뭘 어떻게 더 강하게 나가는데?"

내 뜻대로 반응하지 않는 루사인에게 심술이 나 퉁명스레 대답했지만, 루사인은 전혀 아랑곳하지 않고 자신이 할 말만 골라가며 지적했다.

"아무래도 세라님을 너무 쉽게 생각하는데, 직접 나서보세요."

"응? 직접?"

루사인이 말하고 나서야 생각해 보니 남작 앞에서 내가 실력을 보인 적이 없었던 것 같다. 아니, 정확히 없었다. 그렇군. 그러니까 더욱 기가 살아서 여전히 저 되도 않는 소리를 들먹거리는 거였군. 만약 내가 검을 휘두르는 것을 한 번이라도 제대로 보았다면, 지금 흘끔흘끔 곁눈질하며 루사인을 경계하는 것만큼 내 눈치도 살피고 있을 테니 말이다.

"그래, 생각보다 쉽네. 달려들어서 저 돼지의 뒤통수를 한 번 날려주고 오면 되는 거지?"

한쪽 입꼬리를 끌어 올려 미소 지으며 한 발짝 앞으로 나섰다. 솔직히 말해 지금까지 내가 검 실력을 일부러 감추고 있었던 것은 아니다. 이젠 못 참겠다 싶어서 나서려 하면 꼭 무언가 방해 공작이 들어왔기에 타이밍을 놓쳤던 것뿐이다.

그러니까 이번만큼은 제대로 선제공격을 넣겠다, 이거다. 이곳에 있는 사람은 남작 일행과 그의 사병들, 그리고 나와 루사인과 우리 집 호위들. 더 이상 방해할 존재도 없겠지. 그럼 벼르고 벼르던 한 방 먹이기를 시작해 볼까.

각오를 단단히 하고 여전히 가소롭다는 듯 날 바라보는 남작을 향해 크게 도약하기 위해 다리에 힘을 주었다. 검을 쥐고 있는 손목을 위아래로 조금씩 틀어보며 점검도 끝냈다. 이번에야말로 진짜로 달려들기 위해 한 발짝 떼었을 때,

"뭐야, 여기 다들 있네. 아직 안 끝난 건가?"

흠칫.

긴장감이라곤 눈 씻고 찾아봐도 없는, 너무나도 태평한 목소리. 남작을 향해 온 신경을 다 하고 있던 차에 허를 찌르며 내 귀에 들려온 저 소리 덕에 완전히 산통이 깨져 버렸다. 그야말로 힘이 쭉 빠져 버린 느낌. 벼르고 벼르던 것을 눈앞에서 빼앗긴 기분이랄까.

"아, 뭐야, 진짜!! 고르고 골라 꼭 이런 때만 나타나서 분위기 다 망치지!!"

참으로 안쓰럽다는 얼굴로 나를 바라보는 루사인의 시선을 애써 무시하고 저택의 현관에 서 있는 금발의 여자를 향해 버럭 소리쳤다.

"그렇게 화를 낸다 해도 어쩔 수 없는걸. 이 아이들을 데리고 나오라고 말한 건 너잖아."

　그녀가 가리키는 곳엔 겁에 질린 얼굴로 여자의 뒤로 최대한 몸을 감추며 떨고 있는 소녀들 몇과 줄줄이 따라온 남작의 사병들이 있었다. 뭐랄까… 어디 피난 가냐? 여기서 이리 보니 줄줄이 나오는 게 소녀들의 초췌한 모습과 더불어 완전 난민이네, 난민이야.

　하아, 어쩔 수 없지. 이것도 운명인가 보다. 내가 진짜 깽판 놓기로 작정하고 제대로 깽판 안 놔본 적이 없는데, 도대체가 이 동네에 와서는 되는 일이 없다. 꼭 누군가 의도적으로 나로 인해 피를 보는 걸 막는 것 같은 느낌이 들었다. 물론 말도 안 된다는 거 나도 알고 있다. 하지만 이건 너무 심하지 않은가? 완전히 기운이 쭉 빠져 버렸단 말이다.

　"그래, 말해서 뭐 하나. 말자."

　"그러는 게 낫겠군요."

　힘없이 푸념하자 언제나 내 머리 속을 들여다보고 있는 루사인이 나름 위로랍시고 한마디 던졌다. 왠지 그게 더 기분이 묘하긴 하다만.

　"뭐, 이제 저쪽 증거물들도 나왔겠다. 이봐, 돼지. 가 아니라 리진 남작, 이제 슬슬 고백해야지."

　더 이상 남작 뒤통수 후려칠 기분도 안 나는 거, 다른 목적이라도 달성하고자 여자를 따라 나온 소녀들을 가리키며 남작에게 압박을 가하기 시작했다.

　"무, 무엇을 말이냐?"

“뻔히 다 보이잖아. 저 여자 애들이 행방불명되었다는 소녀들이지? 왜 저 애들이 이 저택에서 발견되었는지 집주인이 설명해야지.”

“모, 모르는 일이다.”

씨익, 웃으며 여유있게 남작에게 물었지만 남작은 발뺌했다. 뭐, 당연한 건가. 하지만 저렇게나 당황한 얼굴로 말까지 더듬으면 거짓말이란 티가 너무 나잖아.

“모르는 일? 검은 망토들과 네가 한패거리였다는 것 정도는 인정할 수밖에 없잖아. 네 부하들도 알던데, 그 검은 망토에 대해.”

“검은 망토… 들? 어, 어차피 뜨내기였고 잠시 손님으로 머물렀을 뿐이다. 난 모르는 일이야!! 그 검은 망토가 저 소녀들을 납치했다는 걸 전혀 몰랐다고!”

“어라? 검은 망토가 소녀들을 납치한 범인이라고 말한 적 없는데? 그냥 검은 망토와 한패가 아니냐고 했을 뿐.”

훗. 저 돼지 남작, 결국 자폭이구나. 생각지도 않은 곳에서 이런 고백을. 내게 너무 유리하잖아, 이거. 의기양양, 의기양양.

하지만 남작은 자신의 실수를 납득할 수 없는지 도리어 목청껏 외치기 시작했다.

“네가 먼저 말했잖아! 여자 애들이 저택에서 발견됐고, 검은 망토랑 한패 아니냐고! 그렇다는 건 검은 망토가 범인이고 나도 연류된 거 아니냐고 직접적으로 물은 것과 뭐가 다른 데!!"

"저 말은 맞습니다. 그건 증거가 되지 않아요. 안 그래도 머리 나쁜 거 스스로 알고 있잖아요. 이런 데서 머리 굴려봤 자 집안 망신입니다."

남작의 말에 루사인이 편들고 나섰다. 아니, 진짜 넌 누구 네 집 하인이냐!! 도무지 도움이 안 된다, 도움이! 그렇게 잘 났으면 옆에서 구경만 하지 말고 네가 좀 나서라고!!

"우쒸이이."

웅성웅성. 와글와글.

"응?"

억울함에 복받쳐 루사인을 노려볼 때 갑자기 저택의 현관 과는 정반대 쪽, 그러니까 넓은 마당의 정문 쪽에서 여러 사 람들의 목소리와 함께 이쪽으로 다가오는 인기척이 느껴지기 시작했다.

"아까부터 뭔가 이상하다고. 칼들이 부딪치는 소리가 들리 고."

"여자의 비명 소리도 간간이 들렸어."

"안 그래도 여자 애들이 몇 명 없어져서 분위기도 뒤숭숭 한데 이건 또 무슨 일이야?"

"도시에서 웬 이상한 계집이 와서는 살인 사건도 이어졌 잖아."

저마다 한마디씩 하며 손에는 아무 데서나 급히 집어 들고 온 게 분명한 각목이며 막대기, 심지어 어떤 사람은 부엌칼까지 들고 하나둘 저택의 마당으로 들어서고 있었다. 그리고 그들은 저택의 마당에서 벌어지고 있는 묘한 대치 상황을 보며 의아함에 인상을 찡그렸다.

"뭐지? 저 여자는 분명 도시에서 온 높으신 귀족의 정부 아냐?"

"맞는데? 근데 왜 칼을 들고 설쳐?"

"엇? 우리 영주님을 공격하려던 거 아냐, 저거?!"

모두의 시선이 나와 남작에게로 고정되기 시작했다. 이거 왠지 분위기가 묘하게 흐르는 것 같다. 내가 검을 들고 남작과 마주 보고 있는 게 아무래도 문제인 것 같았다.

그러고 보니 수도에서 먼 시골일수록 여자 아이는 조신하게라는 모토가 강하다지? 물론 이건 수도의 귀족 가문에서도 마찬가지이지만 그래도 이쪽은 능력만 있으면 사회 진출도 보장되어 있고, 최소한 자기 몸을 지키는 차원에서 호신용 검도 다룰 줄 안다. 그런데 그런 것에 대한 이해를 시골 사람들에게 바라는 것은 조금 무리이려나…….

"아니, 저길 봐! 행방불명된 건넛집 딸이잖아!!"

"엇? 그러고 보니 쟤는 옷가게 딸이야! 없어졌다던데."

"왜 저 애들이 여기에?"

나 홀로 이곳 사람들의 사고방식에 대해 고민하고 있을 때,

저들은 알아서들 중요한 포인트를 발견해 냈다. 그래, 지금 중요한 것은 행방불명된 소녀들이 이곳, 남작의 저택에서 발견되었다는 것. 그리고 남작과의 관련에 대해 만천하에 공개하는 것이다!! 라고 다짐하고 있을 때, 마을 사람들이 웅성거리는 소리가 다시 들려왔다.

"저 아이들이 여기 있고, 영주님과 저 귀족의 정부가 서로 싸우고 있었던 건가?"

"그럼 설마?"

그래, 그래, 이곳 영주인 저 남작이 이 소녀들을 유괴해 간 거고, 난 저 소녀들의 생명의 은인이라고. 그대로 검은 망토에게 끌려갔으면 무슨 짓을 당했을지 누가 알아. 자, 그럼 이제 리진 남작의 범죄가 밝혀지는 거다!!

"저 여자가 아이들을 납치해 가고, 그걸 영주님이 막고 있었던 거군!!"

"…뭐?"

의기양양하게 남작의 죄를 파헤치려던 난 누군가 지른 외침에 뱁새눈을 뜨고 그저 한마디를 내뱉을 뿐이었다.

하아, 그래. 뭐, 어차피 다들 한동네 사람이니 아무래도 남작에게로 마음이 가는 거겠지. 어디까지나 난 어디선가 갑자기 나타난, 저들 기준으로 볼 때 귀족의 정부라는 참으로 되먹지 못한 직업을 가지고 있는 존재니까. 당연히 내 편을 들어줄 리가 없지.

그러니까 이 정도쯤은 나름 감수해야 하는 거다. 중요한 것
은 현관에 서 있는 저 소녀들의 증언. 자신들이 이곳에 처음
부터 있었다거나, 검은 망토가 끌고 가려고 하던 걸 내가 쫓
아버린 것 등등 그런 것만 이야기해 주면 만사 오케이. 남작
은 자멸이요, 나는 편히 이곳에 온 목적인 드래곤에 대한 조
사를 하면 되는 거지.

끄덕끄덕.

결론을 내리고 고개를 돌려 현관 쪽의 소녀들을 바라보았
다. 여전히 금발의 여자 뒤에서 하나같이 옹기종기 모여 떨고
있는 소녀들이 나와 눈이 마주치자 더욱 움찔거리며 시선을
피했다.

그러다 문득, 용기있는 소녀 하나가 고개를 들고 당당하게
나서며 외쳤다.

"저, 저 마녀가 우리 피를 가지고 목욕을 하려 했어요!!"

"……뭐시라고라아?!"

갑자기 터져 나온 말도 안 되는 폭로에 난 다시 한 번 기가
막혀 소리쳤다. 하지만 그런 내 반응은 모두 무시. 갑자기 소
녀들이 금발의 여자를 피해 마구 달리더니 정문에 있는 마을
사람들에게로 향했다.

"꺄아아아! 아저씨, 살려주세요!!"

"저 마녀가 우릴 죽이려고 했어요."

"저 예쁘게 생긴 얼굴이 결국 처녀들의 생피로 만들어진 거래요!!"

그리고 물론 저택 마당을 둘러쌀 정도로 몰린 마을 사람들은 소녀들을 감싸며 하나같이 질린 얼굴로 나를 향해 외치기 시작했다.

"역시 그랬군! 어쩐지 귀족을 홀릴 정도의 미모라더니, 역시 마녀였어!!"

"얼마 전에 피가 다 빨려서 발견된 아이가… 저 마녀 때문이었어!! 그 어린 것을, 그 어린 것을!!"

분노로 가득 찬 눈으로 나를 노려보는 저 시선들. 당장이라도 나를 향해 각자 챙겨 들고 온 연장을 날리겠다는 다짐이라도 하고 있는 모습에 나 역시 부들부들 떨며 외쳤다.

"아, 진짜 뭐 이딴 동네가 다 있어!! 유언비어 하나가 완전 기정사실이 되어버리잖아!! 야, 너희들! 말 고따위로 할래? 저기 저 사병들이 누가 그리 말하더라~ 라고 했던 걸 왜 꼭 진짜 눈앞에서 본 것처럼 말하느냐그!!"

진심으로 화가 나서 소리치지만 내 외침 따윈 단 한 마디도 귀 기울여 주는 자가 없었다. 이미 소녀들의 증언 아닌 증언에 완전히 넘어간 마을 사람들이 서서히 내게 다가오며 한마디씩 내던지고 있었다.

"귀족의 뒤에 숨어서 이런 짓을 벌이고 있었군."

"세상이 네 마음대로 될 것 같으냐, 이 추잡한 마녀!!"

아, 정말 사람 말 좀 들어라. 아니라니까, 아니라고. 진짜
아니란 말이다!! 무언가 일만 터지면 아주 그 원인이 다 나구
나. 이건 억지도 너무 심한 억지가 아닌가? 아무리 좁은 시골
도시라지만 어째서 죄다 내 탓이야!!

그 순간 내 머리에선 '툭' 하고 무언가 끊겨 버리는 소리가
울렸다.

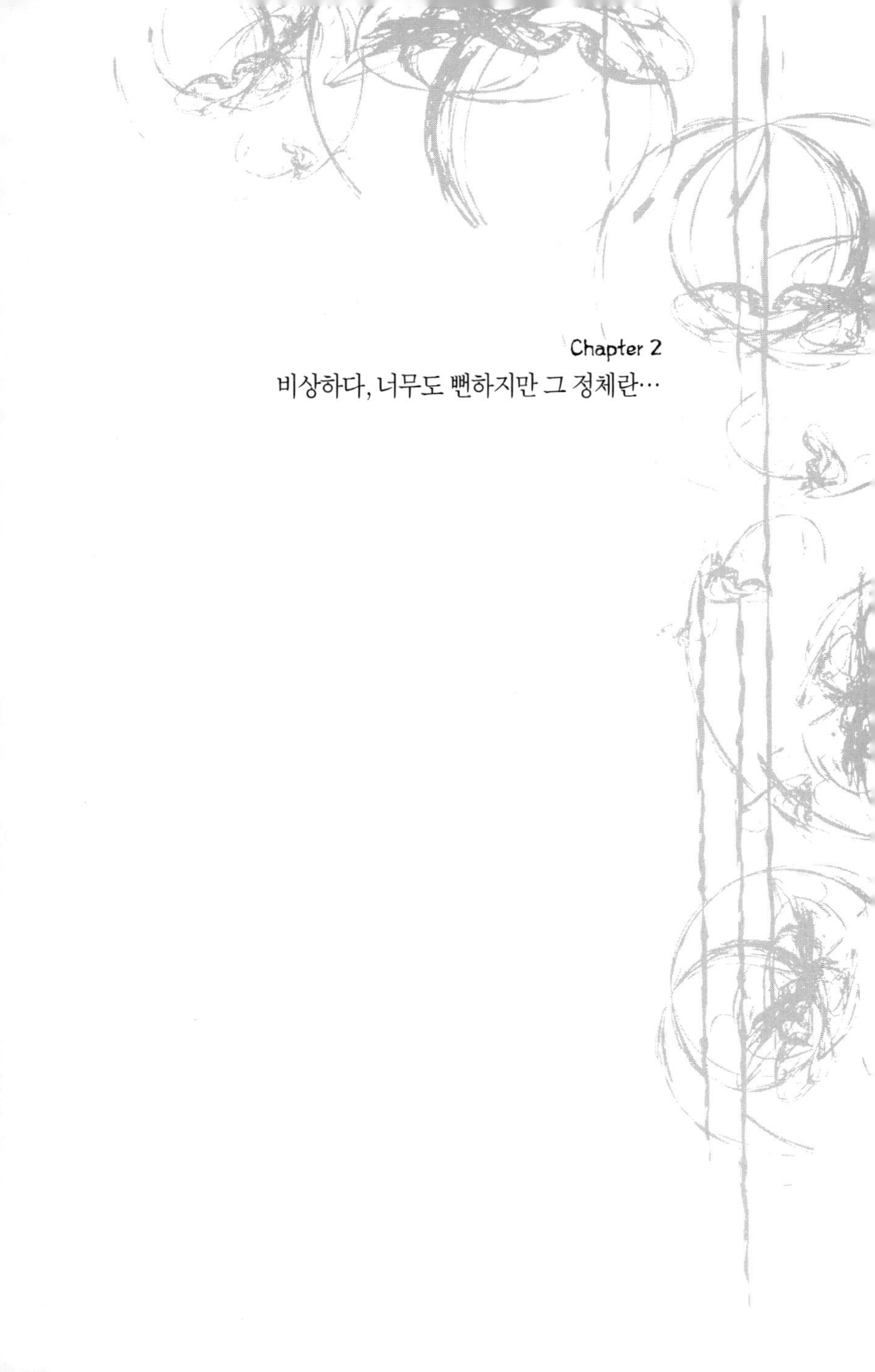
Chapter 2
비상하다, 너무도 뻔하지만 그 정체란…

리진 남작은 분위기가 자신 쪽으로 기울자 의기양양한 표
정으로 뒤로 물러나고 있었다. 자신이 나서지 않아도 여기 몰
려든 수많은 마을 사람들이 어떻게든 일을 해결해 줄 거라는
기대감이 얼굴 가득 드러나 있었다. 그런 그의 분위기란… 동
네 애들 패대기질하고는 괜히 자기가 피해자인 척 극성 엄마
한테 일러 버리고 뒤에서 메롱~ 하고 있는, 바로 그 장면이
랄까?

어쨌든 남작은 뒤로 숨어버렸고, 상황 파악 잘못하고 오해
에 오해가 겹쳐 버려 내게 살기를 띤 동네 사람들은 공격적
성향을 가득 담고 내게 다가오고 있었다.

그리고 난… 핀트가 나가 버렸달까? 무언가를 제어하고 있던 게 소멸되었달까. 저 아래 깊은 곳에서부터 차갑게 타오르는 분노가 오히려 흥분을 가라앉히고 있었다. 평소 왕족 역사상 세 번째 손가락 안에 드는 바보라는 나답지 않게 침착하게 머리 속에서 여러 가지 생각이 오가며 계산을 하고 있었다.

"그래, 계속 다가와라. 내 검 간격 안에 들어오기만 하면 누구든 베어버릴 테니."

멈칫. 웅성웅성.

온몸에 살기를 내뿜으며 낮은 목소리로 협박하자 마을 사람들이 움찔거렸다. 전투에 대해 아무것도 모르는 자라 하더라도 생존 본능은 있는 법. 무의식중에 생명의 위협을 느끼고 다가오던 발걸음을 멈췄을 것이다.

하지만 가끔 예외란 것도 있다. 튀는 데 목숨 건 부류랄까? 거의 모든 자들이 겁을 먹고 자신들도 모르게 멈춰서 눈치를 보고 있을 때, 지금까지 마을 사람들의 앞에서 그들을 이끌어오던 몇몇 사람들이 내게 더욱 가까이 다가서고 있었다.

"흥! 그렇게 노려본다고 뭐가 어떻게 될 것 같아?"

"마녀 따위의 협박에 넘어가지 않아!!"

남들이 보면 겁을 상실한 것 같다만 미안하게도 내 눈은 못 속인다. 아주 잠깐 사이, 찰나의 시간 동안 저기 뒤에서 여유 있게 자리 잡고 있는 리진 남작과 눈을 마주친 걸 다 봤단 말이다. 그렇다는 것인즉, 남작이 미리 사전에 지시해 놓았거나 등등, 어쨌든 바람잡이란 증거.

이미 뼛속 깊이 차가운 분노를 품고 있는 내게 더 이상의 망설임 따윈 없었다. 내가 좀 오래 참아서 혹시 잊었을까 봐 하는 소리인데, 아직 미성년의 나이이지만 이 세상을 깨끗이 살아오지는 않았다. 화나면 화나는 대로, 심지어 재미로도 범죄를 저질러 본 나다. 내가 괜히 동네에서 내놓은 망나니 양아치였을까.

"루사인, 넌 꼼짝 마."

"……."

혹시라도 루사인이 관여하는 것을 미연에 방지하기 위해 충고해 두었다. 그리고 이런 상태의 나를 건드릴 루사인도 아니었다. 녀석은 내가 무엇을 생각하는지 이미 다 계산해 버린 듯 굳은 표정으로 내게서 한 발짝 물러섰다.

루사인이 내 명에 어떤 반응을 보이던 신경 쓰지 않고, 오직 검의 간격만을 재며 있는 대로 벼르고 있던 난 놈들이 드디어 내 간격 안에 들어섰을 때 그야말로 인정사정 보지 않고 그대로 검을 쥐고 있던 손에 더욱 힘을 주며 크게 휘둘렀다.

휙! 샤악!

검은 화려하게 곡선을 그리고 뒤늦은 잔상까지 남기며 다시 처음 대기하던 자세로 돌아왔다. 다시 자세를 잡고 검을 들어올리며 차가운 미소를 짓고는 놈들을 바라보았다.

검이 스치며 그려놓은 선 안에 있던 인간들에게서 피가 튀었다. 정확히 말하자면, 검이 지나간 길 그대로 몸뚱이가 두 동강 나며 바닥에 쓰러져 계속해서 콸콸 피를 토해내는 시체가 몇 구 생겼다.

휘이이잉―

무슨 일이 벌어졌는지 인식하지 못한 듯 고요한 정적이 저택의 마당을 감싸고돌았다. 하지만 이내 바닥을 물들이는 붉은색 핏자국에 모두들 정신이 들며 마당은 순식간에 아수라장이 되어버렸다.

"캬아아아아아아악!!"

"으, 으아아악!!"

경악이 가득 찬 비명 소리가 곳곳에서 울리기 시작했다. 그리고 동시에 분노에 가득 찬 외침이 이어졌다.

"살인이다!! 죽였어! 죽였다고!!"

"소녀들을 데려다가 죽인 걸로도 모자라 우릴 다 죽일 속셈이야!!"

"눈앞에서 죽였어! 발뺌도 못할 거다, 이 마녀!! 네 뒤에 아무리 귀족이 버티고 있더라도 우리가 다 증인이야!"

핏발 선 눈으로 있는 힘껏 소리 지르며 손에 쥐고 있는 무기를 들이밀며 다시 내게 다가오는 자들이 여럿 보였다. 그리고 난 그런 그들을 비웃으며 다시 낮은 목소리로 충고했다.

"해봐. 계속해 봐. 너희들이 계속 그렇게 외칠수록 나는 더욱 유리하니까.”

“마, 마녀! 눈앞에서 사람을 죽이고도 잘났다고 그렇게……!!”

“왕실 모독이다!!”

결국 난 큰 소리로 외쳤다.

멈칫.

다시 한 번 짧게나마 침묵이 저택의 마당을 감쌌다. 그래, 이젠 포기다. 집으로 끌려가든 말든 더는 못 참는다. 아니, 이왕 이렇게 된 거 루사인이 어떻게 나오든 무시하곤 드래곤을 찾아다니면 되는 거다. 처음부터 이렇게 했어야 했다. 괜히 영감탱이의 조건에 덜덜 떨다 보니 일이 더 커진 거지.

속으로 수십 번 계산하고 결론을 내리고 있을 때, 마을 사람들 사이로 웅성거리는 소리가 다시 이어지기 시작했다.

“저게 무슨 소리야?”

“왕실 모독이 뭐래?”

“이게 무슨 봉창 두들기는 소리야?”

서로서로 가까이에 있는 자들에게 묻고 또 묻는 형상이었다. 후, 처음부터 날 무슨 닳고 닳은 정부로 취급하니 이젠 말을 해도 못 알아먹는구나. 저기 뒤에 있는 돼지 남작도 도무지 감을 잡지 못하고 두리번두리번 눈치를 살피는 것을 보니 참으로 기가 막혔다. 귀족이란 자가 아직도 내 말의 뜻이 무엇인지를 모르는 게, 그러고도 참 잘도 귀족 노릇을 하고 있었다.

이 나라 궁극의 목적이 바보 귀족 없는 국가인데, 이 나도 기본적으로 알고 있는 것들을 전혀 모르는구나. 용케도 귀족 됐다. 우리 아버지 같으면 죽을 때까지 작위를 물려주지 않고 있다가 죽으면 무덤에서라도 뛰쳐나오며 네겐 작위를 못 준다!! 하고 유령으로 버티고 살았을 텐데.

뭐, 어쨌든 이해를 못한다면 납득할 만한 설명을 해줘야겠지. 한 번 피를 보니 이젠 날 말리려는 사람도 안 보이고, 방해할 사람도 없다, 이거다.

"너희들이 그렇게 떠들어대는데, 그럼 나도 너희들의 죄목을 하나하나 따져 줄까?"

아주 즐거운 듯 눈웃음까지 쳐가며 마을 사람들을 향해 묻자 그들은 여전히 이해를 못하겠다는 얼굴로 서로의 의견을 물었다.

"저 마녀가 뭐라는 거야?"

"이상한 짓을 할 것 같으면 단체로 달려들면 돼!"

물론 난 그런 그들을 무시하고 계속해서 말을 이었다.

"인격 모독에 이은 명예훼손. 보통 사람이라면 여기까진 재판의 여지가 있지. 하지만 그것이 나를 향했다는 것은 곧 왕실 모독. 왕실의 명예를 훼손시킨 죄. 내게 칼을 댄 것은 왕가의 권위에 대항한 것. 반역으로까지 이어진다. 그러므로 그 자리에서 재판 없이 사살할 권한을 가진다."

길게 설명하며 내 말을 아직 제대로 이해하지 못하고 있는 사람들을 주욱 훑어보았다. 뭐, 꽤 길고 이해를 요하는 어려운 대화였으니 당연한 결과랄까.

내가 웬일로 이리 길고 똑똑한 소리를 했느냐에 대해 이상한 의문은 품지 않길 바란다. 내 비록 공부엔 뜻이 없어 학교 성적은 심하게 저공 비행이지만 이쪽은 확실하다. 무엇보다 대귀족이다. 저기 있는 리진 남작과는 그 격이 다르단 말이다. 내가 가진 권리에 대해선 빠삭하게 알고 있는 게 당연하다. 막말로, 이용해 먹을 건 이용해야 하는 것 아닌가. 그러기 위해선 열심히 외워두는 수밖에. 물론 의무는 뒷전이라고 당당히 말할 수 있다.

이쯤 되니 조금 머리가 돌아가는 사람은 내가 말하는 것이 무엇인지 눈치를 채고 경악하기 시작했다. 특히 저쪽의 남작. 썩어도 준치, 곯아도 조기라 했던가. 눈을 동그랗게 뜨고 입을 쩍 벌리고 있는 것이 그래도 아주 바보는 아닌 듯하니 안심이다. 하지만 아직 제대로 이해하지는 못한 듯 고개를 갸웃거리는 게 조금 불안하기도…….

남작이야 머리 굴리느라 정신없다 치고, 여전히 이해를 못하는, 혹은 내 말을 믿지 못하는 마을 사람들이 도리어 성을 내며 소리치기 시작했다.

“이게 무슨 소리야! 네가 왕족이라도 된단 말이야?!”

“네 뒤에 있는 귀족이 왕족이란 소리군!! 왕실 모독이 말이 되나. 우린 그 귀족을 욕한 게 아니라 널 욕한 건데! 아무리 왕족이 뒤에 있다 해도 민간인을 죽인 죄를 얼버무릴 순 없을 걸? 여기 있는 모두가 증인이라고!'

그래도 뭔가 좀 아는 녀석 하나가 조목조목 따지기 시작했다. 이것참, 세상 속고만 살았나. 내가 이렇게까지 말해도 여전히 귀족의 정부니 뭐니 하는 걸 베이스로 깔고 생각한다는 게, 우직한 건지 무식한 건지 분간이 안 선다. 이렇게까지 된 것, 다시 한 번 알려주는 수밖에.

"그럼 다시 귀 기울여서 잘 들어라."

생긋 웃으며 녀석들을 향해 말하자, 비록 웃는 얼굴이지만 여전히 살기를 내뿜고 있는 내 분위기에 압도되었는지 웅성거리던 소리조차 잠잠해지기 시작했다. 그 조용해진 틈을 타 난 또박또박 한 자 한 자 강조하며 내 이름을 댔다.

"나는 K. 세라 일렉트리아 페르나슈 소공녀. 4대 공작가 중 하나이며, 또한 현 국왕의 종질녀이다. 이것으로 너희들의 죄는 더 설명하지 않아도 알 것이다."

낮은 목소리. 보고 배운 건 있어서 아버지가 분위기 잡을 때 잘 써먹는 방법으로 한번 써먹어 봤는데 나름 잘 통하는 것 같다. 내 말 한마디에 아주 정적이 흐르다 못해 분위기가 완전 얼어버린 것이, 이거 효과 좋은데?

하지만 이미테이션은 진품을 따라갈 수 없는 법. 나의 진지한 효과는 그리 오래가지 않아 다시 웅성거림을 동반했다.

"아, 아무리 네가… 아니, 당신이 왕족이라 해도 이렇게 막 민간인을 죽인 건 그냥 넘어갈 수는 없다! 아, 아니, 없습니다!!"

막나가다 존대로 고치는 걸 보니 머리가 많이 꼬이나 보구나. 논리적으로 좀 강하게 나가고 싶어 하는 것 같은데 나도 많이 생각했다, 이거다.

"그냥 넘어갈 수 없다면 어쩔까? 이 나를 재판이라도 시키겠다는 것인가? 너희가 주장하는 내가 베었다는 민간인들은 내게 무기를 가지고 달려들었다. 정당방위지. 그래, 내가 조금 방어가 과했다 치자. 하지만 어떨까? 난 이미 국왕에게 발탁된 실버 나이트의 한 명. 반역을 제외한 모든 죄에 면죄부를 가지고 있다. 지금 여기서 너희를 모두 몰살시켜도 면죄받을 권한이 있는데?"

그렇다. 앞서도 말했지만 난 실버 나이트로, 무슨 짓을 저질러도 면죄받는다. 내가 괜히 루사인에게 가만있으라고 한 게 아니라고. 나 혼자 저질러야 처리도 쉽다, 이거다. 그리고 나의 실버 나이트의 발언에 분위기는 다시 한 번 바뀌었다.

내 이름을 댔을 때부터 새파랗게 질려 부들부들 떨던 리진 남작이 갑자기 삿대질을 하며 군중 앞에 나섰다.

"거짓말이다!! 거짓말이야!! 여기가 수도하고 거리가 먼 지

방이라 거짓말을 하고 있는 것이다!!"

자신들의 영주가 침을 튀어가며 소리치자 마을 사람들은 저마다 서로의 눈치를 살피기 시작했다. 그리고 남작은 그런 틈을 노려 더욱 크게 외쳤다.

"공작의 영양이 이런 곳에 올 이유가 뭐야!! 게다가 실버 나이트라고? 계집애가? 하나부터 열까지 모두 말이 안 되잖아! 이 상황을 모면하려는 수작이다! 거짓말이라고!!"

침까지 튀기며 발악하는 것이 스스로를 세뇌시키려는 듯 절박해 보이기까지 했다.

"그, 그런가? 귀족인 건 어떻게 그냥 넘어간다고 쳐도 저런 여자가 실버 나이트라는 건 좀 말이 안 되지."

"그런데 아까 칼 쓰는 게 예사롭지 않았잖아. 내 평생 그렇게 칼 쓰는 건 처음 봤어."

"공작님의 따님이 왜 이런 데까지 오는 거야? 역시 거짓말 아냐?"

"거짓말치고는 스케일이 좀 큰데. 저 정도까지 말하는데 설마 아닐까."

남작의 외침에 사람들은 두 패로 의견이 갈리며 웅성거리고 있었다. 그리고 남작은 조금이나마 자신의 의견에 동조하는 사람들이 늘자 다시 자신있게 날 향해 외쳤다.

"그 다리를 훤히 내보이는 옷차림! 귀족 가문의 아가씨가 그런 옷차림으로 다닌다는 게 말이 안 돼! 술집 작부도 아니

고!! 게다가 호위도 그렇게 적은데 이 먼 남쪽까지 왔다는 것
도 이해할 수 없어! 넌 네 거짓말이 통할 거라 보는데, 하나도
맞는 게 없단 말이다!"

 여전히 자기 생각에만 가득 차 내 말은 전혀 인정하려 들
지 않는 남작을 보며 난 피식 웃었다. 그리고 바닥을 차 남작
을 향해 가볍게 달려들었다. 남작의 곁에서 그를 호위하던
병사들이 흠칫 놀라며 검을 세우고 내 앞을 막았다. 하지만
돌발적인 내 움직임에 날카로운 반응을 보인 것은 겨우 셋.
그 정도로 날 막을 수 있을 리 없지 않은가. 고민하지 않고 그
대로 밀어붙이며 날 막아서는 녀석들을 향해 크게 검을 휘둘
렀다.

 챙! 챙강!

 검이 바닥에 떨어지는 소리와 함께 날 막던 남작의 호위들
이 바닥에 쓰러졌다. 제대로 검날에 베인 느낌이 둘. 그리고
하나는 얼핏 빗나간 것으로 보아 아마 세 명 중 하나는 운 좋
게 살아남았을 것이라고 생각하며 찰나의 망설임도 없이 남
작의 목에 검을 들이댔다.

 "여어~ 처음인가? 이렇게 가까이서 보는 건?"

 "무, 무, 무슨……?!"

 너무도 순식간에 벌어진 일이라 눈앞에서 무슨 일이 벌어
졌는지 전혀 눈치 채지 못한 남작은 자신의 목에 칼이 들이대
져서야 당황하며 말을 더듬었다.

“이젠 좀 지루하잖아. 슬슬 끝내봐야지. 그런데 내가 꼭 들어야 할 게 있거든.”

“무, 무엇이냐?”

“드래곤. 어디 있어?”

“드, 드래곤?”

남작은 완전히 당황해서는 새하얗게 질린 얼굴로 주위를 살폈다. 이거야 원, 검을 들이댈 때보다 더 당황해서야 답을 들을 수 없지 않은가.

애초에 내가 이곳에 온 목적은 드래곤이란 말이다. 솔직히 이 바보 남작이 자기 영지의 계집애들을 납치하건 뭘 하건 간에 난 전혀 관심도 없다고. 왜 바보같이 날 끌어들여서 일을 이렇게 만들었는지, 이거 진짜 바보 아냐?

어쨌든 결국 날 화나게 하고 이렇게 사건에 깊숙이 끼어들게 만들었으니 내 성격상 그냥 두고 볼 순 없다. 아무래도 끝을 봐야 속이 시원하지. 이 상태까지 와서 내가 남작의 목을 따는 것을 주저하는 이유는 단 하나다. 드래곤. 내 궁극의 목적인 드래곤의 정확한 소재지를 알아놓고 일을 벌이던가 해야 할 것 아닌가.

“더듬지 말고 말해. 네가 알고 있잖아, 드래곤의 영역.”

“그, 그걸 내가 왜 말해야 하느냐?”

검을 세워 더욱 가까이 대자 날카로운 날에 닿은 남작의 목에서 가느다랗게 피가 배어 나오기 시작했다. 하지만 남작은 여전히 내게 말하는 것을 거절하며 대답을 회피했다.

그리고 그 순간 루사인이 나섰다.

"남작이 말할 리 없으니 헛수고입니다."

지금까지 내가 하는 양을 그저 구경만 하며 단 한 번도 말리지 않던 루사인이 내게로 다가오며 말했다. 팔짱을 끼고 살짝 미소 지으며 수많은 사람들의 시선이 집중된 가운데 보이는 저 여유있는 발걸음은 극도로 긴장된 분위기 속에 뭐랄까, 권위마저 느껴지고 있었다. 이런 분위기에 살짝 눈웃음을 치는 게 왠지 우리 집 영감탱이와 비슷한 존재감이 있었다.

어딘지 많이 닮은 느낌. 서당 개 삼 년이면 풍월을 읊는다 했던가? 아까 내가 내려 했던 분위기 잡는 아버지의 그것. 내가 이미테이션이라면 루사인은 완벽하게 재현해 내는 쪽이었다. 어딘지 억울하다. 아들도 못하는 걸 아들의 시종이 하다니. 영감탱이가 들으면 또 비웃겠군.

어쨌든 간에 그건 그거, 이건 이거다. 가만히 있던 루사인이 나섰는데, 이런 경우라면 분명 무언가 해결책이 있다는 것. 난 여전히 남작을 내 검으로 겨누며 루사인에게로 시선을 돌렸다.

"뭐가 헛수고란 거지?"

"그 검에 베여 죽든 드래곤의 영역으로 가 자신이 저지른 모든 게 드러나 반역죄로 죽든 결과는 매한가지란 거죠. 다른 게 있다면 세라님의 손에 죽으면 억울하다고 주장할 수 있으나 반역죄라면 삼족을 멸하게 된다는 차이가 있지요.”

“응?”

아… 다시 머리가 안 돌아가기 시작했다. 이게 또 무슨 소리지? 내 손에 죽는 게 차라리 낫다고? 반역죄라, 반역죄라… 음, 그러고 보니 내가 무언가 짚고 넘어가지 않은 게 있는 듯도 싶은 게…

“무, 무슨 소리냐! 반역죄라니!! 가, 감히 그게 무슨 소리냐!!”

내가 고민하는 사이에 남작은 이번엔 완전히 새파랗게 질려서 자신의 목에 내 검이 대여 있다는 것도 잊었는지 몸을 앞으로 내밀며 있는 대로 소리치고 있었다. 온 힘을 다해 소리치는 덕에 입에선 침이 덩어리로 튀고 있었다. 뭐랄까, 정곡을 찔린 자의 발광하는 모습 정도로밖에 보이지 않았다.

“루사인, 이해할 수 있게 설명해.”

어쩐지 재미있다는 생각이 들었다. 이렇게까지 흥분해서 감추려 하는 것이라면 들어주는 수밖에.

루사인은 말없이 남작을 바라보았다. 곧 살짝 고개를 돌려 이쪽을 주시하고 있는 마을 사람들 사이로 숨은 저택에서 발견된 소녀들을 바라보았다. 그리고 여전히 입가에 미소를 띠우며 설명을 시작했다.

“잊었습니까, 납치된 소녀들의 피가 어디에 쓰였는지? 드래곤의 영역에 피를 뿌려 냄새가 배게 하여 드래곤의 화를 이끄는 것이 첫 목적. 그리고 그로 인해 이 나라에 드래곤의 수호가 떠나게 하는 것이 최종 목적. 이것은 무엇으로 보나 국가에 대한 반역이고, 그것을 주도한 자가 바로 저 남작입니다.”

“그렇지.”

“지금 드래곤의 영역으로 가면 아직 남아 있는 죽은 소녀들의 피가 그 증거가 될 테니, 차라리 세라님의 손에 죽는 한이 있더라도 반역죄를 쓸 수는 없겠죠.”

“과연.”

루사인이 정리해 줘서야 제대로 이해할 수 있었다. 그러니까 반역죄보다야 내 손에 개죽음을 당하는 게 차라리 낫다, 이거지? 하지만 그럼 내가 곤란하단 말이다. 아무래도 드래곤에 대한 정보를 얻으려면 남작을 통해야 하는데, 목숨을 대가로 한 협박도 통하질 않는 판에 무슨 다른 수가 있어야지 말이다.

“저, 저게 무슨 소리야? 영주님이 뭐?”

“아이들이 납치된 게 영주님이 한 거라고?

“피, 피, 피를 드래곤님의 영역에 뿌리다니 무슨 말도 안 되는!!”

내가 고민하는 것만큼이나 마을 사람들 역시 경악하며 루사인의 말을 정리하고 있었다. 반신반의하며 설마 남작이 그런 짓을 했을까 고개를 저으며 부정하는 사람들도 보였다.

"그, 그렇다. 말도 안 되는 소리다! 내가 왜 그런 짓을 한단 말인가! 즈, 증거라도 있는가? 혹시라도 진짜로 드래곤의 영역에 피가 뿌려져 있다고 하자. 그런데 내가 거기에 관여됐다는 증거라도 있냔 말이다!! 아무리 네가 공작의 영양이니 왕족이니, 거기다 실버 나이트라 해도 누명을 씌우면 안 되지. 억지도 이런 억지가 어디 있어!!"

"남작이야말로 너무 억지를 쓰는 것 아냐? 이미 죄가 명백하다고. 뭐, 증거라면……."

눈에 핏발을 세우며 소리치는 남작을 비웃으며 루사인을 향해 고개를 돌렸다. 루사인이 저리 나서면 해결 안 될 일이 없다, 이거다.

하지만 그런 내 기대에 루사인은 고개를 가로저으며 대답했다.

"애석하게도 증거는 없습니다."

"…에?"

"검은 망토가 도망쳐 버린 지금으로선 내세울 만한 물질적인 증거가 없습니다. 그저… 심리적인 추측만 남았을 뿐."

그 순간 남작의 얼굴에 핏기가 돌아왔다. 지금까지 당황하고 겁먹었던 것은 말끔히 사라지고 처음 만났던 뻔뻔한 당당함만 남아 소리치기 시작했다.

"증거가 없지!! 난 관련이 없으니까! 명백한 누명이다!! 그래, 이 검, 치우지 않을 테면 그냥 베어버려라! 나는 죽더라도 이곳에 있는 모두가 내 억울한 죽음을 기억할 것이다. 왕족이라고? 실버 나이트라고? 아무리 면죄부를 가지고 있다 하더라도 저들의 기억에 새겨진 네 죄는 사라지지 않을 거다!!"

뭔가 뒷맛이 씁쓸해졌다. 다 잡은 토끼를 놓친 것 같은 기분. 남작의 말대로 이 자리에서 남작을 처단한다 하더라도 그리 시원한 기분이 들진 않을 것 같았다.

"뭐야, 뭐야? 증거도 없단 말이야?"

"결국 말뿐이란 거네? 저쪽에서 꾸민 건지 누가 알아."

"우리 영주님이 뭐가 좋다고 반역 같은 걸 하겠어? 다 저 마녀 같은 계집이 여기에 오고 나서 벌어진 일이잖아."

"공작의 딸이고 왕족이고, 실버 나이트며 영주님에 대한 누명까지. 모두 거짓말이다! 자신이 한 짓을 영주님에게 뒤집어씌우려는 거야!! 증거가 없는 게 당연하지. 영주님은 결백하다!!"

슬쩍 곁눈질하여 마을 사람들 쪽을 바라보았다. 사태가 좋지 않게 흐르고 있었다. 이 상태라면 폭동이 일어나도 충분할 것이다. 오히려 역효과가 되었다. 역시 그냥 베어버리는 것이 좋았다. 괜히 지금까지 당한 게 억울해서 나섰다가 도리어 일이 복잡하게 되어버렸다.

"내가 처리하겠다, 루사인. 넌 절대 관여하지 마."

점점 흥분되는 이 분위기를 막기 위해선 가라앉힐 무언가가 필요하다. 지금 여기서 할 수 있는 일이라면 피를 보아서라도 다시금 나에 대한 두려움을 상기시키는 것. 덤벼들 생각조차 하지 못할 정도로 공포에 질리게 하는 수밖에 없었다.

다른 누구도 아닌 내가 해야 한다. 특히나 루사인이 끼어들면 뒤처리가 정말 복잡하게 된다. 나는 몰라도 루사인까지 면죄시킬 정도로 이 나라가 사람의 목숨을 가벼이 여기진 않기 때문이었다. 그리고 이게 최선이었다.

덥썩. 휙!!

남작의 목을 위협하던 검을 치우고 녀석의 멱살을 쥐어 있는 힘껏 루사인이 서 있는 곳으로 내던져 버렸다. 큰 몸집만큼이나 굼뜬 몸이 허우적거리며 허공에서 휘청댔고, 루사인은 그런 녀석을 가볍게 받아 그대로 팔을 꺾어 옴짝달싹하지 못하게 붙잡았다.

"무, 무, 무례하다!!"

남작이 루사인을 향해 뭐라 외쳤지만 더 이상 내 귀에 그의 돼지 멱따는 소리는 들리지 않았다. 내 신경은 언제 폭발할지 모르는 군중을 향해 고정되었다. 폭발하기 전에 내가 먼저 움직여 분위기를 차갑게 식혀야 한다.

쓰윽. 저벅.

그대로 지면에서 한 발짝 발을 떼며 마을 사람들을 향할 때였다.

"그만. 거기 그대로 서서 검을 집어넣어."

익숙한 목소리에 멈칫, 발이 멈췄다. 물론 놀라서 멈춘 것은 아니었다. 그 멈추라는 음성에 나도 모르게 몸이 굳어버렸다. 말 한마디로 느껴지는 위압감. 감히 거역할 수 없는 무게에 식은땀이 흘렀다. 결국 더 이상 앞으로 나가는 것은 포기할 수밖에 없었다. 마른침을 삼키며 고개를 돌려 목소리의 주인을 바라보았다.

"말을 잘 듣네. 착한 아이구나."

목소리의 주인, 금발의 여자는 여전히 남작 저택의 현관에서서 생긋 웃으며 나를 바라보고 있었다. 분명 지금까지 알고 있던 그녀였다. 하지만 다른 게 있다면 조금 전과는 다른, 주변의 공기를 누르는 위압감이 그녀에게서 흘러나오고 있다는 사실이다.

"당신… 누구야? 일반인은 아니지? 뭐 하려는 거야? 왜 지금까지 정체를 숨긴 거였지?"

"경계하지 마라, 꼬마야. 난 단지 네게서 듣고 싶은 것들이 있었던 것뿐이니까."

"듣고 싶은 말?"

"네게 왕가의 피가 흐른다는 것, 이번 일이 왕가와는 관련이 없다는 것."

"뭐?"

도무지 무슨 소리를 하는지 이해할 수 없었다. 그런 것을 듣고 싶었다면, 이미 알고 있었다는 것일 텐데 왜 딱히 내 입

을 통해 듣기를 바랐다는 건가? 아니, 그것과 정체를 감춘 것
은 또 무슨 상관이란 말이냐고?!!

"혼란스러워하지 마라. 이제 아무것도 하지 않고 가만있어
도 좋아."

"무슨 소리야!!"

"이곳의 영주, 리진 남작이 드래곤의 영역을 오염시킨 것.
그 증거가 있으니까."

증거란 단어에 이곳에 있는 모두의 관심이 그녀를 향했다.
물론 남작은 루사인에게 팔이 꺾여 있는 채로 고래고래 소리
를 질러댔다.

"또 무슨 소릴 하려는 작정이냐!! 저 여자도 어차피 네 일
행이었지!! 무슨 이상한 날조된 증거를 들이밀려고 하는 것이
야!! 남에게 누명을 씌우고도 무사할 것 같으냐? 여기 있는 모
두가 증인이란 말이다, 모두가!!"

그 순간 거센 바람이 몰아치며 남작을 후려갈겼다.

"으악!!"

교묘하게 남작을 쥐고 있던 루사인은 아무런 영향도 받지
않고 무사한 채로 남작만이 돌풍어 날려 데굴데굴 굴렀다. 하
지만 이곳에 있는 어느 누구도 그런 남작에게 시선을 주지 않
았다. 모두의 시선이 한 점이 되어 모인 곳엔 황금색 빛이 온
몸을 감싸는 여자가 있었다.

"그 더러운 입. 이젠 다물었으면 좋겠구나, 남작."

그 순간 눈이 부실 정도로 화려한 금색의 빛이 마당을 덮었다.

빛이 사라지고 다시 시야가 확보된 내 눈앞에 보이는 것은 무언가 거대한 황금색 덩어리였다. 어찌나 큰지 목이 꺾일 정도로 고개를 들어도 그 끝이 보이지 않을 정도였다.

"뭐, 뭐야, 이건. 갑자기 어디서 나타난 거야?"

도무지 알 길이 없어 투덜거리자 갑자기 황금색 덩어리가 '휙' 하고 움직였다. 그리고 그 움직임에 맞춰 남작의 저택 한쪽이 무너져 내렸다.

우르르르, 부스럭, 와르르.

황금색 덩어리가 움직이며 부딪칠 때마다 건물은 계속해서 쓰러졌다.

―좁군. 움직이기 어려워.

귀로 직접 들리는 것이 아닌 마음속에서 울리는 음성. 나는 퍼뜩 놀라 다시 고개를 들었다. 그 순간 조금 멀리 떨어져 있던 자들의 비명 소리가 마당을 울렸다.

"드, 드래곤이다!!"

"드래곤님이 나타나셨어!!"

"어, 어떻게 된 일이야! 어째서 드래곤님이 마을까지 내려온 거야!!"

아수라장이 된 저택의 마당. 아비규환이 따로 없었다. 어떤 자는 벌벌 떨고, 어떤 자는 엎드려 빌며, 또 어떤 자는 뒷걸음질치며 달아나고 있었다.

"드래… 곤?"

멍하니 중얼거리며 황금색 덩어리를 살폈다. 과연, 덩어리라 생각했던 몸뚱어리 위로 목과 머리가 보이긴 했다. 꽤 높아서 고개가 아플 정도로 올려다봐야 했지만.

몸의 색과 똑같은 황금색 눈동자가 나를 바라보고 있었다. 인간이라면 으레 두려워해야 할 존재라지만 이상하게 그런 감정은 없었다. 아마도 절반은 드래곤의 피가 섞여 있기 때문이라 생각됐다. 나를 내려다보고 있는 드래곤의 눈길이 전혀 부담스럽지 않았다.

―나는 이곳의 주인. 산맥을 홀로 차지하고 있는 골드 드래곤, 티아라다.

딱히 누구에게라고 목표를 정하지 않은 자기소개. 그제야 난 그녀의 기이한 행동들을 이해할 수 있었다. 드래곤의 영역에 피가 뿌려진 것도, 남작이 관여되어 있는 것도 모두 그녀를 통해 알게 되었다. 그녀가 그 사실을 아는 것은 당연했다. 막말로 자신의 집 앞에서 벌어진 일들이다. 모르는 것이 더 이상할 것이다.

그래, 드래곤이니까 가능한 일이었다.

Chapter 3
대면, 그녀가 말하는 것

“드, 드, 드, 드, 드, 드래곤?!!”

티아라가 날린 바람에 바닥을 몇 바퀴 구른 남작이 완전히 얼어서는 꼼짝도 못하고 제대로 벌어지지도 않는 입으로 외쳤다. 그 모습만으로도 얼마나 놀라고 겁에 질렸는지 알 수 있었다. 지은 죄가 있으니 더욱 무서울 거다, 아마.

난 고개를 들어 드래곤을 바라보았다. 이상하게 두려움은 일지 않았다. 여기저기 아수라장이 되어 덜덜 떨고 있는 사람들의 반응을 오히려 이해할 수 없을 정도로 뭐랄까, 덤덤한 느낌이었다.

“루사인, 너도 무서워? 저 드래곤이.”

"근본부터 다른 종족이니까요. 지금 느끼는 긴장감을 설명하자면 온몸의 신경이 곤두서서는 조금만 움찔거려도 바로 전속력으로 100미터 밖까지 뒷걸음질치고 싶을 정도군요."

식은땀을 흘리며 나지막이 대답하는 모습. 즉, 무서워 죽겠다는 표현. 루사인치고는 참으로 적나라한 감상이었다. 그 정도로 이 드래곤이 무섭다는 걸 테고, 루사인마저도 저 상태인데 내가 멀쩡하다는 것의 결론은 결국 한 가지였다.

"흐음, 그래? 왜 난 아무렇지도 않지? 역시 절반은 같은 동족이란 건가."

"모르죠. 세라님이 겁을 상실한 건지도."

"꼭 그렇게 시비를 걸어야 긴장감이 풀리겠어?"

일단은 뱁새눈을 뜨고 노려보았지만 딱히 대답을 바라진 않았기에 바로 다시 드래곤을 향해 시선을 옮겼다. 어차피 일은 벌어진 거, 솔직히 나야 횡재한 거다. 이 빌어먹을 시골 도시 사람들의 오해도 풀고, 원래 내 목적인 드래곤 만나기도 달성한 것이니까.

─내가 이 땅을 수호하는 드래곤이다. 그런 내가 지금의 일들이 남작의 짓이라 증언하는 것이 증거가 되지 않는가?

드래곤이 묻는 소리에 어느 누구도 아니라고 나서는 자가 없었다. 물론 당연하겠지만. 일단은 피해 당사자랄 수 있는 드래곤의 입장에서 범인은 저쪽이다! 라고 하는데 감히 누가 반대를 하겠는가. 뭐, 그 이전에 드래곤의 존재 자체에 몸이 굳어서 옴짝달싹도 못하는 자가 대부분이지만 말이다.

—부정하는 자가 없으면 나는 다시…….

샤아아아아—

또 한 번 황금색 빛이 시야를 덮었고, 곧 그 커다랗던 드래곤은 점차 줄어들며 처음 만났을 때의 인간 여성의 모습으로 돌아왔다.

"역시 이게 편하군. 인간의 집은 너무도 좁아서 원래의 몸으론 숨 한 번 제대로 쉬기가 어려워."

드래곤일 때 묻어온 몸에 붙은 먼지를 털어내며 티아라는 중얼거렸다. 기껏 변신해 놓고 왜 다시 인간의 모습으로 돌아오나 했더니 저런 이유였나 보다.

"잘도 속였군 그래. 뻔히 다 알고 있었으면서 그렇게 여기저기 뛰게 만들고. 무슨 심보야, 그건?"

여전히 몸의 여기저기를 털어대는 티아라를 향해 투덜거리자 그제야 그녀는 나를 보고는 특유의 여유있는 미소를 지었다.

"말했잖아. 네 말, 기다리고 있었다고."

"내가 왕족이란 것? 대체 그 말이 왜 필요한 거야?"

"남작이 일을 저질렀을 때 난 동면 중이었어. 실컷 자고 있는데 웬 쥐새끼들이 내 앞마당에 들락날락거리지, 게다가 피비린내가 진동하지. 결국 일어날 수밖에 없었어. 막 자다 깬 멍한 상태론 사고 능력도 저하되어서 도무지 뭘 생각할 상황이 아니었다고."

여전히 멍한 듯 졸린 얼굴로 대답하는 티아라는 향해 난 투덜거리기 시작했다.

"그래도 대충 남작의 짓이란 건 알았잖아. 그럼 알아서 처리할 것이지, 왜 그 납치된 소녀들 사이에 당당히 껴서 발견된 거냐고."

덕분에 난 갖은 오해와 안 들어도 될 소리까지 들으며 있는 대로 스트레스를 받았단 말이다. 이제 와서 내가 증인이네~ 하고 편들어봤자 솔직히 그다지 고맙지도 않다. 단지 억울할 뿐.

"글쎄. 사건의 중추가 바로 그 남작이란 것 때문에 오히려 답이 딱 나오질 않았는걸. 에페트리아의 귀족이잖아. 그런 자가 저질렀는데 이게 개인적인 건지 국가적인 건지 알 게 뭐람. 게다가 왕족들까지 여기저기 돌아다니고 있고, 처음엔 진짜로 에페트리아가 내게 등을 돌리고 계약을 깨기 위해 그런 짓을 저지르는 줄 알았어."

"왕족… 들."

다른 소리는 더 들리지 않았다. 지금 티아라는 분명히 복수형으로 말했다. 즉, 이 땅에 움직이던 왕족이 두 명 이상이란 소리. 나 말고도 적어도 한 명이 더 이곳에 있었다는 말이다. 그렇다면 역시 생각나는 사람은 단 한 명이 아닌가? 프리츠… 설마 네가 진짜로?

"처음엔 아예 다 뒤엎어 버릴까 하다가 그래도 혹시나 하며 자세히 알기 위해 소녀들 사이에 끼어들었다가 너를 만난 거지. 그리고 슬슬 잠으로 멈춰 있던 사고 능력도 돌아오기 시작했고. 적어도 넌 이 사건에 관련되지 않았다는 확신이 들었어. 그래서 기다렸던 거야. 네가 스스로 왕족이라는 고백을 할 때까지."

내가 어떤 고민을 하던 티아라는 계속해서 말을 이었다. 그리고 나 역시 지금 중요한 것은 프리츠의 문제가 아니라 국가적인 대위기가 벌어질 뻔했던 지금의 사건을 수습하는 쪽이라 생각하고 다시 그녀에게로 관심을 돌렸다.

"왜 내가 고백할 때까지 기다린 거야? 아니라고 생각했으면 거기서 바로 행동으로 나서줬음 되잖아. 괜히 옆에서 약이나 살살 올리고."

"어쩔 수 없었어. 너는 이 사건에 관련된 게 아니라고 확신했지만, 네가 왕족이란 건 정확히 알 수가 없었잖아. 짐작만으로 움직일 순 없고 말이야. 그러니까 이 일에 관련이 없는 너는 왕족이고, 그러므로 왕족은 결백하다라는 공식에 대한 확신이 필요했어."

"……"

그리고 당연하겠지만 난 팽글팽글 도는 눈과 함께 그대로 정신이 아웃되어 버렸다.

"거기서 그만 하시죠. 더 복잡해지면 안 그래도 여러모로 부족한 세라님의 뇌가 폭발할 겁니다. 지금도 과부하로 좀 식혀야 하거든요."

머엉~ 하니 휘청대며 쓰러지는 날 루사인이 가볍게 받아들며 사태를 수습하기에 나섰다. 도와주는 것은 참으로 고맙지만 말이다, 뭔가 어감이 좀 많이 아니다? 이거 도움을 받아도 영 도움을 받는 기분이 아닌 게 기분 탓만은 아닌 것 같은데… 또 대놓고 바보라고 욕한 것도 같고.

뭐, 어쨌든 대충 일은 쉽게 쉽게 처리된 것 같았다. 뇌 기능을 잠시 마비시킨 어려운 말 따위는 잊고, 이제 남은 것은 중요한 내 용무이다. 아, 그전에 귀찮지만 해결해야 할 것이 있긴 하구나.

난 고개를 돌려 땅바닥에 철푸덕 주저앉아선 우리를 향해 시선을 떼지 못하는 리진 남작을 바라보았다. 그리고 역시나 이쪽을 보고 있는 남작의 사병들을 향해 눈길을 돌리고 입을 열었다.

"자, 이쯤 되면 너희가 어떻게 행동해야 할지는 알겠지? 그대로 남작을 따르며 함께 반역죄를 받든가, 왕족인 내 말을 따르든가."

물론 그들의 대답은 듣지 않아도 뻔하다.

"타국의 첩자들과 손을 잡고 국가를 위기에 몰아넣으려 한 반역자 리진 남작을 붙잡아라. 도망치지 못하게 단단히 묶어라."

후다다다닥! 덥썩!

명령을 내리는 것과 동시에 사병들이 누가 먼저랄 것도 없이 잽싸게 달려들어 남작을 포박했다. 물론 남작은 발버둥 치며 반항하고 소리쳤다.

"이, 이게 뭐 하는 짓이냐! 놔라! 너희들의 월급을 주는 게 누구라고 생각하는 거야! 놓지 못해!! 난 아니야! 저 계집이 꾸민 일이야! 드래곤하고 짰다고! 아니, 저 드래곤이 가짜다! 가짜라고!!"

아직까지도 자신의 죄를 인정하지 않고 뻔뻔하게 외치는 꼴을 보니 한심했다. 아무리 소리쳐 봤자 직접 눈으로 본 드래곤을 믿지 않을 리 없잖은가. 게다가 남작에게 꼬이면 반역죄까지 뒤집어쓸 판이니 어느 누구도 남작의 외침에 귀 기울이는 자가 없는 게 당연했다.

"자아, 일단 남작은 처리했고. 그럼 드래곤 씨, 우리 잠시 면담 좀 할까?"

남작에게서 완전히 관심을 떼고 귀찮은 일도 끝냈겠다, 본격적인 이야기의 진행을 위해 티아라를 향해 생긋 웃으며 말을 건넸다.

"면담? 그러고 보니 너… 남작에게 내 영역을 집요하게 물었었지. 무언가 볼일이 있었나?"

"볼일이고 뭐고, 내가 이 시골구석까지 찾아온 이유가 바로 당신이었으니까."

"하프 드래곤이 드래곤을 찾을 용건이라……."

재미있다는 얼굴로 나를 바라보며 중얼거리는 티아라의 말에 난 잠시 주변을 두리번거렸다. 아무래도 사안이 사안이니만큼 여러 사람이 알게 되어 좋을 게 없는 화제였다. 일단은 모두가 드래곤에 놀라 하나둘 자신들의 집으로 돌아가는 분위기였고, 그나마 남은 사람들도 남작 쪽에 관심이 쏠려서 이쪽엔 신경을 쓰지 않고 있었다. 정확히 말하면 드래곤인 티아라와는 감히 눈도 마주치지 못하고 설설 기고 있는 쪽이었다.

"뭐어, 이쪽의 대화를 들을 사람도 없어 보이고 하니 묻겠는데, 뭐야? 내가 하프 드래곤이란 거 알고 있었던 거야?"

"그럼, 설마 반쪽이라지만 동족도 못 알아볼까."

내 질문에 어이가 없다는 듯 피식 웃으며 대답하는 티아라를 보니 오히려 물은 내가 무안해졌다. 어쨌든 좋다. 상대가 내가 누구인지 이미 알고 있다면 이야기의 진행은 더 빠를 테니 오히려 환영이다. 이제 남은 건 본격적으로 같은 드래곤으로서의 대화를 나누는 것이다.

난 머리 속으로 열심히 정리를 하기 시작했다. 막상 물으려니 어디부터 시작해야 할지 미리 생각해 두지 않은 게 참으로 애석했다.

"음, 어디서부터 시작할까. 아, 그래. 그냥 단도직입적으로 물을게. 당신이 보기에 나, 남자로 돌아갈 수 있을 것 같아?

방법 혹시 알아?"

그야말로 완벽하게 앞뒤 다 동강 내고 진짜 본론만 꺼내 물었다. 물론 티아라는 눈을 동그랗게 뜨고 날 빤히 바라보았다. 그러니까 저 표정으로 말하자면 '이게 웬 헛소리인가? 정도일까? …제길.

"뭐야? 남자라니? 돌아간다고? 너 원래… 여자 아이가 아니었니?"

"아, 좀 복잡해. 무슨 이상한 생각을 했는지, 부모님이란 사람들이 성별을 선택하게 해주겠다느니 어쩌느니 하면서 일단은 남자로 태어나게 했거든. 문제는 난 내가 남자라고 철썩같이 믿고 자랐는데, 아니, 지금도 확실히 남자라는 의식이 강한데 갑자기 몸이 여자 아이가 되었다는 거야."

"남자로 태어나게 했다고? 흐음… 태어나기 전에 가장 힘이 미약할 때를 골라 드래곤의 마법적 성질을 봉인해 버린 건가. 지금 여자로 변한 것은 아마 봉인이 풀린 것. 즉, 마법을 쓸 수 있게 되었다는 거로군."

티아라의 중얼거림을 들으며 난 반가움에 얼굴 가득 미소를 띠었다. 그렇다. 바로 그거다. 역시 드래곤 정도가 되니까 알아준다. 솔직히 지금까지 내 상태에 대해 궁정 마법사니 뭐니 별의별 사람들을 다 찾아가 봐도 정신병자 취급 아니면 전혀 모르겠다는 대답밖에 없었는데, 역시 드래곤. 무슨 일이 있었는지, 그 방법까지 모두 내가 들은 것과 같지 않은가!!

"맞아! 딱 맞아! 그러니까 내가 필요한 건 어찌하여 이리 됐는지 그 과정이 아니라 어떻게 해야 다시 남자로 돌아갈까, 이 부분이라고."

난 그녀의 의견에 강하게 맞장구치며 눈을 빛냈다. 이제 드디어 진짜 드래곤에게 제대로 된 의견을 듣게 되는 것이다!

하지만 티아라는 의외라는 표정으로 나를 보며 물었다.

"아이라한테 못 들었어?"

나야말로 그녀가 무엇을 말하는지 몰라 고개를 갸웃거렸다.

"아이라? 뭐야, 그게?"

"아이라. 그러니까 아일란스, 네 엄마 이름이잖아?"

"에에에엑?"

의외의 장소에서 전혀 뜻하지 않은 정보를 얻게 된 난 괴상한 비명을 지르는 것으로 내 심리 상태를 표현했다.

그러고 보니 지금까지 어머니가 드래곤이란 것만 알았을 뿐, 이름이니 출신이니 그런 것은 전혀 모르고 있었다. 뭐, 의도적으로 영감탱이가 알려주지 않은 것도 있지만 그렇다고 내가 따로 알아보려고도 한 적도 없다. 아니, 전혀 안중에도 없었다고나 할까. 그런 것을 이런 곳에서 듣게 되니 새삼 호기심이 생겼다.

"저기 말이야, 어떻게 내 어머니를 알고 있는 거야? 전에 혹시 우리 엄마랑 나를 본 적이 있는 거야?"

"널 본 건 오늘이 처음이지."

"그런데 어떻게 알아?"

내 질문에 티아라는 무언가를 말하려다 멈칫했다. 그리고 다시 한 번 날 위아래로 찬찬히 훑어보았다.

"하나도 모르는 거야?"

"전혀. 엄마 이름도 오늘 처음 들었는걸."

"뭐야, 그거언?"

이번엔 티아라가 어이가 없다는 얼굴로 날 바라보았다. 하긴, 내가 생각해도 좀 황당하긴 하다. 엄마=드래곤, 이거 말고는 아는 게 전혀 없으니 스스로도 민망하지 않을 수 없었다.

하지만 어쩌겠냐, 정말로 모르는걸. 우리 집 영감탱이가 지금까지 숨기고 숨기다가 일 치르고 여자 아이가 되고 나서야 말해줬단 말이다. 지금 행동하는 걸로 봐선 혹시라도 내가 여자 아이가 되길 바라며 사전에 정보를 차단한 것은 아닐까 하는 의심도 간다만, 그건 일단 지금 따질 건 아니니까 패스.

"내가 여기에 온 건 정말로 아무것도 모르기 때문이야. 다른 드래곤이라도 만나서 물어볼까 해서 건국신화에 나온 드래곤이라도 찾아보려고 온 거야."

"으음, 그럼 조금 복잡해지는데. 이야기가 길어질지도. 이렇게 서서 말하는 것도 좀 그러니 저기라도 앉자."

그렇게 말하고 가리킨 곳은 티아라가 드래곤의 모습일 때 좁다며 비비적대다 무너뜨린 저택의 입구였다. 여기저기 부서진 가운데 저택으로 들어가는 계단이 확실히 눈에 띄었다. 고민하던 난 슬쩍 고개를 숙여 내 드레스를 보았다. 이리 뛰고 저리 뛰며 뒤집어쓴 먼지로 고급스럽던 내 드레스는 어느새 꼬질꼬질해져 있었다.

"어차피 지저분한 거, 여기서 더 더러워져도 티도 안 나겠네. 그래, 가서 앉자."

그런 내 뒤를 루사인이 한숨을 쉬며 따라왔다.

"흐음, 그래. 아무것도 모른단 말이지? 이건 또 상당히 의외지만 뭐, 물어본 것들부터 차근히 알려줘 볼까."

티아라와 나, 그리고 루사인 이렇게 셋이 계단에 옹기종기 앉았다. 제일 먼저 입을 연 건 티아라였는데, 그녀는 한참이나 고민을 하더니 결정했다는 듯 날 바라보며 물었다.

"먼저, 어떻게 네 엄마를 아냐는 거였지?"

"가장 중요한 건 그게 아니지만 어쨌든 편하다면 거기부터 설명해 줘."

"하프 드래곤은 애초에 성별부터 드래곤의 성별을 따라가지."

"그건 알아. 그래서 내가 100% 여자로 태어날 것을 선택인지 뭔지를 하게 해준다고 봉인시키고 남자로 태어나게 했던 거잖아."

난 고개를 끄덕이며 다음 설명을 재촉했다.

"드래곤을 따라가는 건 성별만이 아니야. 외모도 따라가지. 그러니까 드래곤의 인간 모습 말이야. 네 외모는 아이라랑 꼭 닮았는걸. 아이라와 똑같이 생긴 하프 드래곤이라면 아이라의 아이일 수밖에."

"아까부터 아이라, 아이라 하는데 둘이 무슨 관계야?"

"응? 내 동생."

"에에에에에엑?!'

내 질문에 한 치의 고민도 없이 바로 대답하는 티아라를 보며 난 그대로 놀라 소리쳤다. 이건 또 무슨 소리란 말인가. 우리 엄마가 저 여자의 동생이라고? 아니, 잠깐. 그러니까 촌수가⋯

"조카⋯ 인 건가. 뭐, 실감은 나지 않지만."

문득 티아라가 멍하니 중얼거렸다. 그런데 그거 내가 할 말이다. 나야말로 실감이 안 난다고. 처음 만났을 때부터 웬 이상한 여자, 그 이상도 이하도 아니었던 존재가 갑자기 드래곤에 그것으로도 모자라 내 이모라니. 이게 말이 되냐고!!

"촌수 관계 같은 건 그냥 넘기자고. 피차간에 정신적인 충격만 더해질 뿐이야."

"그렇지? 나도 아이라의 아이가 이렇게 머리 나쁠 줄은 꿈에도 몰랐어. 정말 충격."

“이봐, 당신!!”

나야말로 드래곤에게까지 머리 나쁘단 소릴 들을 줄은 꿈에도 몰랐다고. 이거 원, 만나는 사람+유사 종족마다 왜 다 내 머리 가지고 시빈데!

“솔직히 말하자면 아이라가 봉인했던 것이 풀린 게 더 신기해. 웬만한 능력으론 힘들었을 텐데. 어쩌다 그리 된 거야?”

순간 난 움찔했다. 아, 그러니까 그게… 야매 점쟁이를 찾아갔다가 이렇게 됐다고 하면 어떻게 반응하려나. 기가 막혀 할까, 아니면 정체 모를 야매 점쟁이의 능력에 감탄할까. 아무런 준비도 없이 툭 건드리고는 끝났다며 그 자리에서 사라져 버렸는데 말이야.

“그, 그 부분에 대해선 사연이 깊으니 그냥 넘어가자.”

식은땀을 흘리며 화제를 전환하기 위해 애쓰자 티아라는 잠시 고개를 갸웃거리더니 이내 웃으며 말했다.

“그래그래, 그럼 그 부분은 대충 넘기기로 하고. 다시 남자로 돌아갈 수 있느냐에 대해 물었지?”

그래, 맞아. 중요한 건 그거지. 이미 지난 과정이니 뭐 필요할까. 자, 드래곤! 속 시원히 대답해 달라고.

“힘들어.”

“에?”

“아까도 말했지만 처음 네게서 마법적 성질을 봉인했던 건 태어나기 전, 즉 마법 저항력이 가장 약했을 때라고. 이미 그만큼 자라 버린 널 누가 봉인할 수 있겠어. 넌 들어본 적 있어? 드래곤 마법을 봉인했다는 소리. 말도 안 되잖아. 네 마법력은 드래곤의 그것. 이젠 힘들어.”

난 그대로 털썩 주저앉아 버렸다. 물론 이미 앉아 있었지만 좀 더 좌절감을 표현하기 위해 완전히 엎어져서, 배경은 머리 위부터 파란 빗금도 그어서 절망의 표현까지 완벽.

뭐냐… 뭘 위해서 난 이곳까지 와서 별의별 고생을 다 사서 한 거냐. 우리 집 영감탱이의 정부 취급까지 당하면서 얻은 결론이 고작 이거? 아버지가 말한 거랑 똑같잖아. 전혀 진전이 없잖아. 말도 안 돼. 진짜로 평생을 이런 드레스나 입고 계집애로 살아야 한단 말이야?

내가 좌절을 하든 절망을 하든 티아라는 전혀 신경 쓰지 않았다. 이런 내 반응이 오히려 재미있다는 듯 눈을 빛내며 구경하던 그녀는 문득 생각났다는 얼굴로 내게 물었다.

“그런데 아이라는 어디 간 거야?”

“남의 절망에 눈곱만치도 관심없는 그 태도, 용서할 수 없지만. 어떻게 알아? 엄마가 사라진 거.”

“너, 네 엄마에 대해 하나도 모르잖아. 옆에 있다면 이것저것 많이 가르쳐 줬을 텐데 이렇게 만날 수 있을지 없을지 확신도 안 서는 날 보러 여기까지 온 거라면 옆에 없다는 거지.”

“그렇긴 하지만…….”

과연 드래곤이다. 말하지 않아도 벌써 척하니 알다니. 아니, 잠깐. 루사인이나 그 외 등등 내 주변에 있는 사람들도 얼마 알려주지 않아도 여러 가질 알아채지. 역시 머리가 문제인건가… 아, 취소, 취소. 또다시 스스로가 머리 나쁘다고 인정하게 되는 거라고 이건.

"어떻게 된 거야?"

"응? 어떻게 된 거고 뭐고, 내가 철들고 나니 이미 옆엔 없었는걸. 영감탱… 아니, 아버지 말론 어느 날 갑자기 사라졌다고 했어."

내 대답에 티아라는 잠시 눈을 내리깔고 혼자 무언가를 골똘히 고민하기 시작했다. 그러더니 곧 무언가 납득한 듯 고개를 끄덕였다.

"그런가. 어쩌면 나랑 같은 이유로 떠났을지도… 아니, 역시 그거밖에 없을까."

홀로 나지막이 중얼거리는 모습에 난 더욱 궁금증이 일었다.

"무슨 소리야? 같은 이유라니?"

"내가 내 대륙을 떠나 단 한 마리의 드래곤도 없는 이 대륙으로 온 이유."

"여기에는 드래곤이 없었어?"

"이곳 할센 대륙에선 내가 최초의 드래곤이지. 발칸 대륙에서 바다를 건너 이주해 온 거야. 나 말고는 없었어, 이곳으로 온 드래곤이.”

이건 또 처음 듣는 소리였다. 이제야 드래곤에 대한 자료가 그리도 없던 점을 이해할 수 있었다. 이쪽 대륙엔 아예 없었고, 그나마 이곳 에페트리아의 건국 신화에 나온 드래곤이 유일한 드래곤이었으니 정보가 없는 게 당연했다.

“저기 그럼, 우리 어머니 말이야.”

“그래, 아이라가 사라졌다면 아마 발칸 대륙으로 돌아갔겠지. 그곳에 있을 자신의 레어로.”

내가 무엇을 물어볼지 이미 눈치 채고는 센스있게 미리 대답해 주는 그녀를 보며 난 긴 한숨을 쉬었다. 이곳 에페트리아의 최남단까지 내려오는 것을 허락받는 데에도 별의별 조건이 다 붙었다. 여학생 선발 대회라던가, 드레스 입고 애교라던가. 그런데 이젠 아예 국경을 넘어서서 그것도 바다 건너 다른 대륙이라고?

실감조차 나지 않는 까마득한 거리였다. 게다가 발칸 대륙은 이곳 할센 대륙보다도 세 배는 넓다. 어디서부터 어떻게 시작해야 할지조차 감이 잡히질 않고 있었다.

“저기 말이야. 위치 알아? 그… 울 엄마 레어란 곳. 그러니까 그게……”

“전혀 몰라. 내가 그 대륙을 떠났을 땐 아이라가 아직 성룡이 되기 전이었어. 그 뒤로 2천 년이 지났으니 어딘가에 자신의 영역을 만들어놨겠지만, 그걸 지금의 난 모르지.”

처음부터 고개를 저으며 잡아떼는 티아라였다. 어차피 기대도 하지 않고 물었다. 물론 아무리 기대하지 않았다지만 막상 직접 들으니 허탈해지는 마음은 별개로 하겠다.

"하아……."

한숨을 쉬며 이제 앞으로 어떻게 해야 할지를 열심히 구상하고 있던 때였다.

"아이라, 찾을 거야?"

"물론이지."

"남자로 돌아가고 싶어서?"

"당연한 거 아냐? 당신 같으면 남자로 잘 살다가 본의 아니게 하루아침에 계집애가 되어버렸는데 네, 그렇습니까~ 하고 그냥 살겠어?"

이렇게 되면 역시 남은 건 오기라고. 오기로 안 되는 게 어디 있어? 성별도 바뀌었는데 까짓 잠적한 어머니 찾는 것쯤이야, 라고 하고 싶지만 솔직히 말해 막막했다. 드래곤이라곤 고작 하나밖에 없다는 이쪽 대륙에서도 여기까지 오는 데 거의 반년이 걸렸는데, 하물며 발칸 대륙이라니. 어머니 레어를 찾아가는 데 한평생 다 바칠 것 같은 불길한 예감이 새록새록 밀려들어 오고 있었다.

"내 생각엔 그냥 포기하고, 그보다 더 중요한 것에 신경 쓰는 게 좋을 것 같은데."

"더 중요한 거라니?"

대체 이건 또 갑자기 무슨 소리란 말인가. 지금 남자로 돌아가는 것보다 더 중요한 게 뭐가 있단 말이지? 전혀 감도 잡히질 않았다. 내용의 요점조차 파악이 되질 않고 있었다.

"너, 지금까지 계속 인간으로 살아온 거지?"

그래서 나는 고개를 끄덕였다.

"하프 드래곤이니까 지금까지는 별 차이 없이 자랐겠지. 하지만 점점 나이가 들면서 네 몸에 흐르고 있는 드래곤의 피를 깨닫게 될 때가 올 거야."

"무슨 소리야?"

"네 친구들은 모두 늙어가는데 너 홀로 남아버리는 쓸쓸함. 모두 잊혀져 가는데 혼자만 기억하고 있는 공허함."

쓴웃음을 지으며 멍한 눈으로 어딘가 아득히 먼 곳을 바라보며 중얼거리는 티아라를 그저 말없이 바라보았다. 그녀는 그런 내 시선은 전혀 느끼지 못한 듯 계속해서 말을 이어갔다.

"인간의 수명은… 너무 짧아. 드래곤이라는 다른 종족으로, 이미 그 사실을 알고 있음에도 이렇게 가끔 날 스쳐 간 자들이 떠오르는데 하물며 처음부터 인간으로 자란 하프 드래곤은 어떨까."

"……모르겠어."

지금 저렇게 말해봤자 실감이 나질 않는다고. 대체 저게 왜 나한테 중요한 일이란 건지 도무지 이해가 가질 않았다.

"그러니까 네 곁에 아무도 남지 않게 되는 거야. 네가 알고 있는 모든 사람들이. 그래, 예를 들면 네 옆에 서 있는 저 소년도 결국은 늙고, 사라지는 거지."

난 나도 모르게 지금까지 말없이 내 곁에 앉아 있는 루사인을 돌아보았다. 그러니까 루사인이 내게서 사라진다는 건가?

계속 붙어 있던 사람이 사라지는 느낌은 어떨까? 여전히 모르겠다. 무엇보다 난 말로는 하프 드래곤이라 하지만 아직까지 인간이 아니란 자각을 하지 못하고 있다. 가끔씩 감정의 선이 조금 다르다는 것은 느껴도 티가 날 정도는 아니다. 그런 내게 저런 소리를 해봤자 탁! 하고 눈앞에 다가오는 게 아니란 말이다.

"아직 모르는 거야?"

"뭐, 이미 다들 알고 있다시피 이해력이 좀 딸리거든 내가. 전혀 남일 같은데. 물론 무슨 소린지도 모르고 말이야."

자랑스럽게 가슴을 내밀고 대답하자 등 뒤에서 루사인의 중얼거리는 소리가 들렸다.

"자랑이 아니라고요, 그거."

"캬! 알아, 알아! 안다고! 하지만 부끄러워할 것도 아니지!! 내 머리가 나쁜 걸 나쁘다고 인정하는데 뭐가 어때서!"

"……부끄러워 할 일입니다. 어디 가서 공작가 출신이라고 하지 마세요. 집안 망신입니다."

또 나왔다. 저 집안 망신 타령. 아니, 망신을 당해도 우리 집안이 당하지 루사인, 제 놈이 당하느냔 말이다. 왜 가만있다가 시빈데!!

"뭐, 집안 망신은 내 일이 아니니 치워두고, 여전히 모르겠다는 얼굴이네."

"그렇지."

나로선 나름 중요할 수 있는 집안 체면에 대해 아주 가볍게 옆으로 치워놓고 다시 말하는 티아라를 향해 고개를 끄덕이며 긍정했다. 티아라는 잠시 고개를 갸웃거리며 고민하고는 어쩔 수 없다는 미소를 지으며 손가락을 들어 무언가 가르치는 선생님처럼 날 가리키며 한마디 했다.

"좋아. 그럼 숙제."

"에엥?!"

"모르겠다는데 어쩌겠어. 언젠가 알게 될 때까지 생각해 보라고. 충고하지만 이번 숙제는 아까처럼 옆의 소년에게 물어봤자 도움이 안 될 거야."

"뭐야, 그게!!"

내가 세상에서 제일 싫어하는 거 말 안 했던가? 공부랑 숙제란 말이다. 아, 학교도 추가. 그런데 숙제라니, 나한테 바랄 걸 바라라고, 이 여자야!!

실컷 인상을 쓰고 나름대로 열심히 여자를 노려보지만 저쪽은 전혀 아랑곳하지 않고 이제 내게서 관심이 떠난 얼굴로 주변을 둘러보고 있었다.

"그나저나 저거 어떻게 처리할 거야?"

"응? 저거라니?"

티아라가 가리키는 곳으로 시선을 돌리자 그곳엔 포박당한 남작과 그를 둘러싸 지키고 서 있는, 한때 남작의 사병이었던 자들이 한눈에 들어왔다. 그러고 보니 잠시 잊고 있었다. 드래곤에만 급급해서 저쪽은 전혀 신경 쓰지 않았다.

보통 반역죄라면 국가 단위로 기사와 관리인을 보내서 이런저런 처리를 알아서 다 하는 건데, 솔직히 아무 생각 없이 이곳에 왔다가 얼결에 사건에 휘말려 버린 상태다. 한마디로 완전히 대책 없다는 것.

"으음, 역시 처리해야겠지? 그런데 어떻게 해야 하는 거야, 이거?"

사병들에 둘러싸여선 아직도 결백하다느니 억울하다느니 다들 짜고 치는 고스톱이라느니 고래고래 소리치는 남작을 가리키며 루사인을 돌아보았다. 역시 이럴 땐 모든 방면에 유능한 시종이 최고란 말이다.

"글쎄요. 원래대로라면 세라님이 이름을 밝힌 이상 당장 수도로 돌아가야 하지만, 일이 이래서야……."

"아니, 난 지금으로선 당장 돌아가고 싶은데. 목적은 달성했거든."

"그렇게 마음대로 되는 일이 아니란 것 정도는 알고 있죠? 일단 수도로 통하는 연락용 마법을 통해 성에 알려야겠죠. 그리고 또한 집안의 사병을 시켜 이번 사건의 내용을 전할 전령으로 보내고요. 공식 서류로 쓰일 테니 자세히 절차에 맞춰 잘 써야 할 겁니다."

"에엑! 나 그런 거 못한다고!! 알잖아!!"

한숨을 쉬며 내가 해야 할 일에 대해 설명하는 루사인을 향해 난 비명을 질러댔다. 갑자기 무슨 서류니 절차니. 그런 걸 나한테 따지는 거 자체가 실례란 말이다!!

하지만 내가 비명을 지르든 말든 루사인은 그런 나를 애써 무시하며 계속해서 자신의 할 말을 이어갔다.

"성에서 공식적인 연락이 올 때까지 임시 영주를 세워야 하며, 지금의 경우 가장 작위가 높은 세라님이 총책임자로 관리를 해야 합니다. 그리고 성에서 사람이 오면 그때 사건의 경위를 다시 설명한 후 남작을 넘기고, 또한 임시 영주로서 관리했던 사항들을 보고하고 정식 관리자가 영주의 자격을 가지고 오면 인수인계해 주어야 합니다."

그리고 그대로 다시 한 번 내 머리 속에 무언가가 팅! 하는 소리와 함께 끊겨 버렸다.

아, 정말 오늘 많이 끊긴다, 진짜. 내가 왜 우리 영감탱이의 만수무강을 비는데! 영지 관리 내가 하긴 죽어도 싫어서 조금이라도 늦춰보고자 빌고 또 비는 거란 말이다!! 그런데 왜, 이제 와서 우리 집도 아닌 남의 동네를 관리해야 하는데!!

"몰라, 몰라, 몰라! 때려 쳐! 밥상 엎어!! 나한테 바랄 걸 바라야지! 이게 뭐야, 진짜!! 저 바보 남작 놈이 어쩌자고 내가 있을 때 이런 짓을 저질러서 진짜!!"

있는 대로 소리치던 난 획! 하고 고개를 돌려 리진 남작을 노려보았다. 갑작스런 나의 반응에 남작을 비롯한, 그를 둘러싸고 있던 사병들까지 모두 흠칫 놀라 나를 뚫어져라 바라보았다. 난 그런 시선에도 전혀 굴하지 않고 팔을 들어 남작을 손가락질하며 루사인을 향해 애원하기 시작했다.

"루사인! 저놈, 그냥 풀어줘! 없던 일로 해! 그래, 그게 제일 편하지. 최선이야. 싹 다 백지로 돌리고, 애초에 난 드래곤만 보러 온 거라고. 용건 끝났으면 저쪽은 알아서 볼일 보라 해. 끝!! 그냥 집에 가자!"

덥썩! 획!

"켁!!"

그대로 뒤돌아서서 마당을 빠져나가려는 내 뒷덜미를 루사인은 한 치의 고려도 없이 바로 낚아챘다.

"그런 게 통할 리 없다는 거 아시죠?"

차갑게 미소 지으며 날 향해 묻는 루사인. 너 웃어봤자 눈이 굳어 있어, 눈이. 이럴 때의 넌 진짜 무섭다고. 저기 그러니까 살기라도 좀 거두면 안 될까?

완전히 긴장해서는 두근두근거리며 루사인의 눈치를 볼 때였다. 갑자기 저쪽 마당의 입구에 여러 명의 인기척이 느껴지더니 누군가 조심스레 입을 열었다.

“늦은 건가. 벌써 한바탕한 분위기네.”

그 순간 난 눈을 빛내며 소리가 들린 곳을 향해 고개를 돌렸다. 루사인도 이번만큼은 날 막지 않았다. 녀석 역시 조금 놀란 얼굴로 마당의 입구를 바라보았을 정도니 말이다.

그리고 난 정말 하늘에 감사하며 감격하며, 목소리의 주인을 향해 있는 힘껏 달리며 그를 불렀다.

“아버지이이이이~!! 정말 정말 정말 너무너무너무 보고 싶었어!!”

그리고 그대로 영감탱이의 품에 폭 안겨주었다. 이거 대서비스라고 진짜.

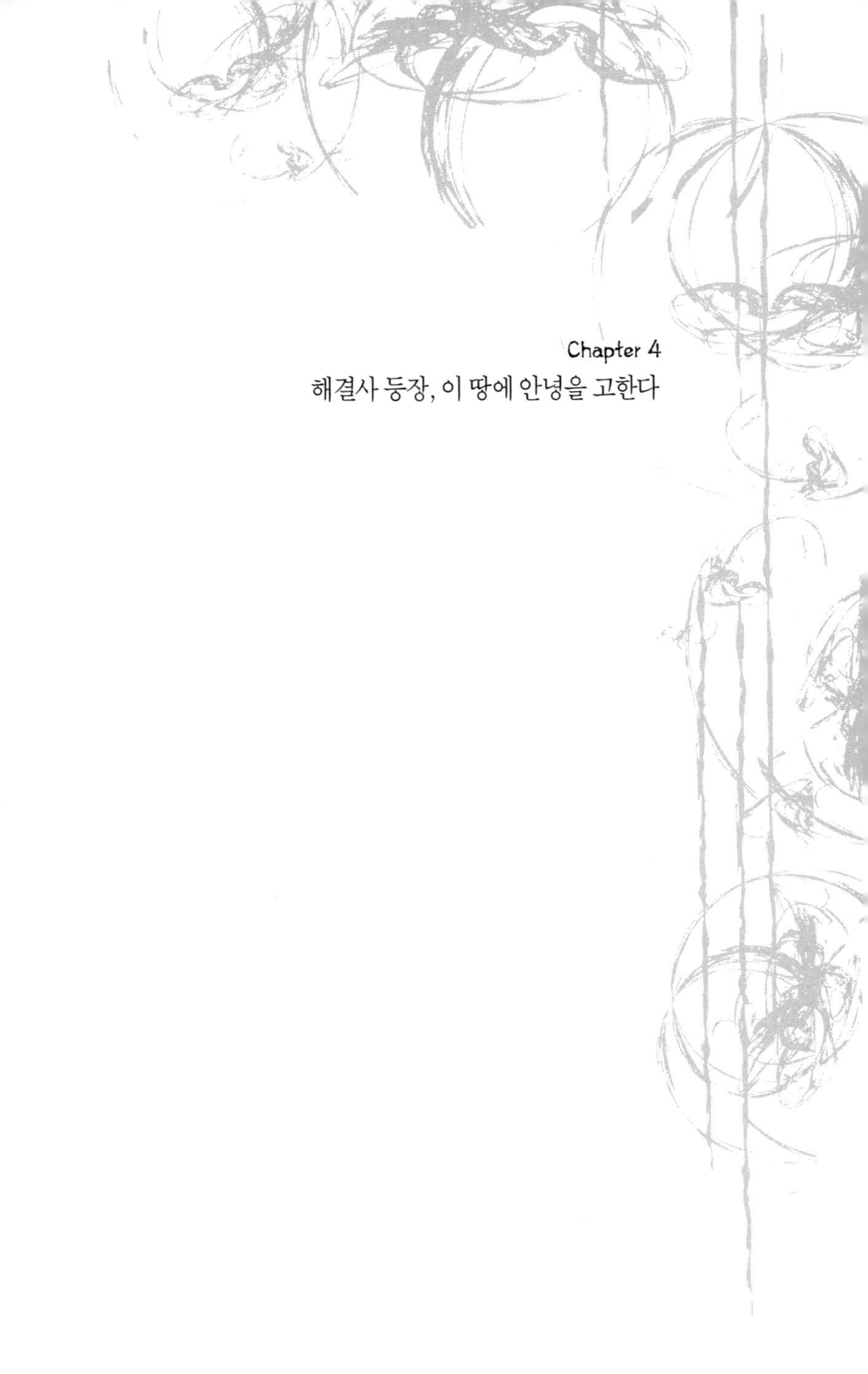
Chapter 4
해결사 등장, 이 땅에 안녕을 고한다

정말 진심으로 반가웠다. 뜻하지 않게 이런 타이밍에 나타나 준 아버지가 천사로까지 보일 정도이니 말 다 했다.

우리 영감탱이로 말하자면, 저 광활한 공작령을 무리없이 관리하는 정도가 아니라 할아버지 대보다 더더욱 발전시킨 영지 관리의 프로다. 공작령은 물론이요, 옆 대륙에까지 퍼져 있는 우리 집안의 상회까지도 완벽하게 관리하는데 고작 남작령 하나 추가되어 봤자 티도 안 난다고.

반란 지역의 임시 영주는 보통 그 자리에 있던 귀족 중 가장 작위가 높은 자. 여기서 작위가 제일 높은 자라면 당연히 우리 아버지가 아닌가!! 정말 때맞춰 잘 나타나 줬다. 너무 반갑다, 진짜.

"우리 딸, 아버지가 그렇게 보고 싶었어?"

"뭐야. 이틀은 걸린다더니 어떻게 벌써 온 거야?"

영감탱이가 행복한 얼굴로 뭐라 하건 일단 무시하고, 문득 새벽의 일이 생각나 안겼던 품에서 떨어지며 물었다. 그리고 슬쩍 영감탱이의 몰골을 검사해 봤다. 설마하니 새벽에 걱정했던 대로 웬 거렁뱅이 꼴로 나타났으면 그거야말로 집안 망신이다. 아니, 그 이전에 아버지에게서 폐인의 몰골을 본다는 것조차 상상이 안 가지만.

그나마 다행으로 아버지의 모습은 평소와 다름없었다. 척 보기에도 귀족적 분위기가 물씬 풍기는 깔끔한 외모도 여전했고, 옷차림도 화려했다. 한여름임에도 고급스러운 정장을 제대로 갖춰 입은 모습이 완벽한 귀족의 자태를 반영해 주어 더욱 자랑스러웠다. 비록 변태 아버지이지만 어디까지나 나에 대해서만 변태지 다른 데선 나름 완벽주의자다. 이런 데 있어선 확실하달까.

"새벽에 연락을 받고 바로 출발하려 했지만 생각해 보니 아무리 빨리 달려도 이틀인데 그사이에 뭔가 일이 터졌으면 터졌지 조용하진 않을 것 같더구나."

"보이는 대로 일이 터질 대로 터졌지. 그런데 어떻게 이렇게 일찍 온 거야? 난 곧 죽어도 모레는 되어야 올 줄 알았지."

"문득 생각해 보니 이곳은 최남단. 일단은 국경 지대란 거지.”

난 고개를 끄덕이며 아버지의 다음 말을 기다렸다. 그러자 아버지는 내 머리를 한 번 쓰다듬고는 계속해서 말을 이었다.

“국경엔 수도에서 바로 이동할 수 있는 마법진이 있지 않느냐. 그걸 쓰면 마법진이 있는 곳으로 가는 시간과 국경의 마법진으로 전송되어 이 도시까지 오는 그 몇 시간으로 충분하기에 그걸 사용했지.”

멈칫. 쩌억. 휘이이잉.

자랑스럽게 이렇게 빨리 도착하게 된 경위를 설명하는 아버지를 보며 난 그대로 돌이 되어 굳어버렸다. 그리고 장담컨대 이번만큼은 루사인도 경악했으리라 믿는다.

마법진. 그래, 그런 게 있긴 하다.

이곳 에페트리아는 세 개의 나라와 국경을 마주한다. 북쪽의 켄리온, 서쪽 평원을 사이에 두고 마주 보는 아세이드, 그리고 남쪽 산맥에 거쳐 왼쪽 평원의 절반을 차지하는 마법 국가 크라노.

이렇게 세 나라나 국경에 붙어 있는 것도 모자라, 특히 문제의 크라노는 호시탐탐 우리나라를 노리고 있다. 물론 위의 두 나라도 구경만 하고 있지는 않다. 솔직히 켄리온이야 약소국이니 무시한다 쳐도, 아세이드만 해도 군사력으로 볼 때 우리 에페트리아와 거의 막상막하이다. 대륙 최강국인 크라노는 생략하겠다.

이런 사정이다 보니 언제 무슨 일이 생기더라도 빠르게 대처하기 위해 국가적인 차원으로 각 국경 지대마다 수도에서 순식간에 이동할 수 있는 마법진을 설치해 놓았다. 물론 적들이 역으로 이용하는 것을 방지하기 위해 국경에서 수도로의 이동은 불가능한 단방향 전송 방식이다.

어쨌든 마법진은 시동을 거는 케에 고가품의 시약을 쓰는 것은 둘째 치고, 마법진의 수명상 오직 전쟁 시에만 사용한다는 제한을 가지고 있었다. 그렇지 않고서야 돈 있는 아무나 마구 이용해 버리면 국가 관리 차원에서도 상당히 힘들어지니까.

그런데 그런 것을, 저렇게 당당하게 마법진을 사용해 왔다고 말하는 아버지를 보며 내가 무슨 생각을 하겠나. 그저 기가 막힐 뿐.

"용케도 허가받았네. 쉽게 통과시켜 주지 않았을 텐데."

나름 아버지의 행동력에 감탄하며 새벽부터 들이닥친 아버지에게 놀라 마법진 사용을 허가해 줬을 폐하에게 마음으로나마 애도의 뜻을 전할 때, 아버지는 전혀 의외란 얼굴로 날 바라보며 웃었다.

"허가? 그런 걸 왜 받지?"

"……에?!"

난 다시 한 번 놀라서 고개를 들어 아버지를 빤히 바라보았다.

"긴급 상황이라 서둘러야 하는데 언제 허가를 받고 출발을 하냐고."

"아니, 잠깐, 아버지! 무단으로 타고 온 거야? 뒷감당을 어떻게 하려고 그렇게 무턱대고 저지른 거야? 아버지답지 않잖아."

"하나뿐인 딸이 위기에 처했는데 이보다 더한 비상사태가 어디 있지? 이용할 수 있는 건 뭐든 이용해서 최대한 빨리 와야지."

라고 당당하게 대답하는 우리 집 영감탱이. 이거야말로 자랑이 아니라고. 게다가 어차피 일은 다 끝났는걸.

"완전히 위법이야, 그거. 여기저기서 시끄러울 거라고."

"무슨 상관인가? 어차피 실버 나이트는 폐하에 대한 반역 행위만 아니라면 뭐든 면죄부를 가지고 있는데. 이 정도야 가볍지."

난 다시 한 번 기가 막혀서 여전히 자랑스레 당당히 서 있는 아버지를 바라보았다. 이봐, 영감탱이. 당신 이런 캐릭터였어? 초반부터 변태로 이미지 고정되긴 했어도 이렇게 막나가진 않았잖아.

이건 뭐, 내가 면죄부를 믿고 저지르는 게 개인적인 소소한 일이라면, 영감탱이는 국가적인 차원. 과연 이것이 바로 스케

일의 차이인가. 아버지 정도 되면 저 정도도 일단은 저지르고 보는 거구나.

"감탄하지 마세요. 둘 다 똑같습니다. 부전자전. 아니, 이제 부전녀전인가요? 그 아버지에 그 딸."

영감탱이의 의외의 화끈한 면에 물밀듯이 밀려들어 오는 감동을 느끼고 있을 때 등 뒤에서 루사인이 낮은 목소리로 중얼거렸다. 그리고 물론 그 말 그대로 아버지의 행동에 감탄하고 있던 난 뜨끔 놀랐고, 영감탱이는 스스로 생각하기에도 무안한지 그제야 당당한 표정을 지우고 슬쩍 다른 곳을 바라보았다.

"루사인, 나로도 모자라서 이젠 영감탱이까지 갈구냐?"

"제가 뭐라 했습니까? 그저 부녀가 똑같다고 했을 뿐. 아, 혹 재미있어 보인다고 똑같은 짓을 저지를 생각은 하지 마세요. 그땐 도련님이고 뭐고 확 다 뒤엎어 버릴 테니."

본인으로선 이미지 관리라도 하는지 생글생글 웃으며 말하지만, 너 그거 영감탱이가 열 받았을 때 눈은 웃지만 눈동자가 차갑게 굳어 있는 그 모습이랑 어찌 그리 빼다 박았냐?

뭐라 하지 않긴! 지금 말하고 있는 게 협박, 그 자체잖아!! 게다가 루사인답지 않게 과격한 표현. 저거 분명 화났다. 화난 거다. 나로도 모자라 영감탱이까지 막나간다고 제대로 삐진 거다!! 분명 영감탱이한테 직접적으로 말을 못하니 나를 통해 뭐라 하는 거다.

뭐, 어쨌든 이왕 벌어진 일. 이제 와서 고작 마법진 사용을 가지고 왈가왈부할 이유도 없다. 그럼 이제 대충 상황을 요약해서 아버지에게 알리고 다 떠넘기는 일이 남았는데… 대체 어떻게 요약을 하고 넘겨야 하는 거지? 이거 또 어렵네. 역시 이런 일은 내 적성이 아닌지라…

물끄럼.

"하아, 그렇게 바라보지 마세요. 어차피 할 줄 아는 거 하나도 없다는 것 뻔히 다 아니까."

최대한 불쌍한 표정을 지으며 루사인을 돌아보자 내가 원하는 게 무엇인지 단박에 알아차린 루사인은 긴 한숨을 쉬며 투덜거렸다. 하지만 어차피 자신이 다 처리해야 한다는 것을 애초부터 짐작했는지 말로는 투덜거리면서도 곧 아버지에게 정리를 해주기 시작했다.

"여기선 대충 요약만 하겠습니다. 자세한 건 나중에 따로 정리를 하도록 하지요. 우선 몇 달 전, 수도에서와 같은 소녀들의 행방불명 사건이 이곳에서도 있었습니다. 그리고 우리가 도착한 다음날 그중 한 소녀의 시체가 발견되었습니다. 또한 그 다음날 새벽, 우리 별장의 마당에 또 다른 소녀가 죽은 채로 발견되었습니다."

"내가 산 그곳 말이냐?"

아버지의 질문에 루사인은 고개를 끄덕였다. 그리곤 계속해서 말을 이어갔다. 역시나 루사인답게 요점만 추리며 정리하는 것을 흘려들으며 지루한 것엔 전혀 관심이 없는 난 기지개를 켜며 뭐 다른 재미있는 것은 없는지 주위를 둘러보았다.

문득 내게 보인 것은 마당 입구 쪽에 웅성거리며 모여 있는 도시의 사람들이었다. 티아라가 드래곤으로 변신했을 때 혼비백산하며 다들 저택 밖으로 나가더니 아버지의 등장과 함께 하나둘 다시 모이기 시작했다. 모두들 호기심으로 무장한 것이 갑자기 들이닥친 아버지의 정체가 참으로 궁금한 모양이었다.

하긴, 궁금하기도 할 거다. 소문으로만 무성하던 바로 그 귀족 장본인이 아닌가. 아무래도 분위기는 여전히 내 아버지라기보다는 내연의 무언가로 보는 듯하고. 뭐, 솔직히 아버지의 심각하게 동안인 외모가 나만 한 딸이 있다는 것을 믿기 힘들게 하긴 하지. 저 외모는 아무리 봐도 30대 초반이라니까.

그러고 보니 마침 잘 걸렸다. 저 사람들 나한테 빚진 게 상당히 많지, 아마? 난 당하고만은 못 산다고. 몽땅 갚아줘야 비로소 키르라이안님이지! 난 정말 음흉한 미소를 지으며 영감탱이를 불렀다.

"아버지!!"

들으란 듯 큰 소리로 외치자 도두의 시선이 내게로 몰렸다. 물론 저쪽 마당 입구에서 구경하던 사람은 두말할 것도 없었

다. 간간이 '진짜 딸이야?', '아버지가 맞나 봐' 등등의 대화
들이 귓가에 흘러들어 오는 것이 의도한 대로 진행되고 있어
흡족했다.

"왜 부르지?"

한참 루사인의 내용 요약을 듣고 있던 아버지가 돌아보며
물었다. 그리고 난 씨익 웃으며 역시나 모두 들을 수 있는 큰
목소리로 일러바쳤다.

"아버지, 나 여기 와서 이상한 소리 들었다."

"이상한 소리?"

"내가 아버지의 정부래."

저쪽. 마당 입구의 사람들에게서 '싸악' 하며 핏기 가시는
소리가 들려왔다. 그리고 영감탱이의 표정이 눈에 띄게 굳어
버리는 것도 보였다. 물론 그런 것에 신경 쓸 내가 아닌 고로
고자질은 계속되었다.

"얼굴 하나 믿고 귀족 하나 꼬셔서 먹고사는 종족이라더라
고. 옷도 그렇고, 여러모로 천박하기 그지없대. 이 옷, 아버지
가 골라준 거잖아. 에, 또 뭐라 했더라. 등 뒤에 있는 귀족 믿
고 잘난 척한다고 했다던가? 그리고……."

"그만."

기억하고 있던 것들을 하나하나 나열하자 아버지는 결국
끝까지 듣지 않고 내 말을 중간에 끊었다. 뭐랄까, 상당히 가
라앉은 분위기. 무표정한 얼굴로 내게서 시선을 돌려 마당 입

구에 있는 사람들을 슬쩍 곁눈질한 아버진 곧 아랫입술을 살짝 깨물고는 늘 함께 다니는 심복 둘을 불렀다.

"하인드, 타루덴."

"예."

원랜 아버지와 비슷한 나이이지만 극악의 동안인 우리 영감탱이 덕에 겉보기 나이는 아버지보다 한참 많아 보이는 두 사람이 합창을 하듯 대답했다. 아버진 마당 입구의 사람들을 가리키며 명령했다.

"주동자를 조사해서 잡아들여라. 왕실 모독, 귀족에 대한 능멸, 확인되지 않은 유언비어 살포, 명예 훼손, 인신 공격, 폭동 조장 혐의가 그 죄목이다. 빠른 시간 내에 내 앞에 주모자를 데려와라."

과연 영감탱이다. 아주 그냥 그럴듯한 단어들이 입에서 술술 나온다. 역시, 이러니 한자리 해먹고 사는 거구나.

"예, 알겠습니다."

두 심복이 동시에 대답했고, 입구에 있던 사람들은 모두 기겁하며 어찌할 줄을 몰라 했다. 이대로 도망치자니 괜히 제 발이 저려 도망친 주모자로 오해받을 수 있고, 그렇다고 가만있자니 저지른 짓은 있어 죄다 끌려갈 판이니 참으로 난감할 것이다.

우왕좌왕하며 갈 길을 정하지 못하는 사람들을 보며 슬그머니 입가에 웃음을 띠자 루사인이 다가오며 작은 목소리로 물었다.

"즐거운가요? 고소해하는 게 한눈에 보이네요."

"뭐, 뭐가 어때서. 나 정말 화났었다고. 나한테 했던 말의 절반만 가지고도 충분히 구속감이야."

흠칫 놀라 루사인의 표정을 살피며 변명했다. 이제 와서 괜히 산통 깨면 재미없단 말이다. 하지만 이런 내 우려와는 달리 루사인도 아버지의 조취에 대해 반대하는 분위기는 아니었다.

"어차피 저지른 짓들이 도가 좀 심했으니까요. 확실히 저 정도의 조취는 필요했습니다. 하지만 그 과정이 마음에 들지 않아요."

"또 뭐가 불만인데?"

"도련님이 당한 일이면 스스로 해결을 봐야지 주인어른에게 일러바치는 모양새가 가히 좋지 않습니다."

흐응. 그러니까 그 부분이 마음에 들지 않는다, 이 말이로군. 하지만 나도 그 정도는 생각한다고. 그래서 더욱 이쪽을 선택했달까.

"그게 더 좋지 않아? 귀족의 후광만 믿고 멋대로 까부는 계집애 취급이었는데, 그 말 그대로 내 등 뒤를 받쳐 주고 있는 아버지가 대신 나서주는 게 내가 직접 하는 것보다 더 분통터지잖아. 아버지 후광만 믿고 마음대로 행동하는 귀족 딸내미 1호. 그럴싸한데?"

"결국 다르지만 비슷한 상황임에도 처벌을 받음으로써 느끼게 되는 억울함이란 겁니까?"

"그렇지!"

눈을 빛내며 자랑스레 대답하는 날 보며 루사인은 긴 한숨을 쉬었다.

"하여튼 이런 데서만 잘 돌아가요, 그 머린. 잔머리 전용입니까?"

"이런 데라도 잘 돌아가면 다행이지, 안 그래? 아예 바보보다는 낫잖아."

"그러니까 자랑이 아니라고요."

루사인이 다시 한 번 한숨을 쉴 때 지금껏 구경만 하던 티아라가 다가왔다.

"지금 그런 게 문제가 아니잖아? 저거 어쩔 거야, 저거."

티아라가 가리키는 곳엔 여전히 포박당해 멍한 눈으로 아버지를 바라보는 리진 남작이 있었다. 그러고 보니 잊고 있었군. 내 자존심 문제가 좀 우선이다 보니. 아니, 가만. 날 가장 최하로 보던 인간의 대표가 저쪽 아니었던가? 괜히 저기서 덜덜 떨고 있는 도시 사람들을 닦달할 게 아니라 바로 이놈이 주동자잖아!

아버지의 심복들을 불러 남작을 처리하라고 말하려던 때였다. 갑자기 아버지가 나를 불러 세워 묻기 시작했다.

"세라, 저 여자는 누구지?"

인상을 쓰며 티아라를 위아래로 훑어보는 것이 아마도 어딘지 어머니와 닮았다는 것을 느꼈나 보다. 나야 티아라가 엄마와 자매란 사실을 밝히고 나서야 닮았다는 것을 깨달았지만 아버지라면 한눈에 알아봤겠지.

"그러고 보니 소개가 늦었네. 이쪽은 티아라. 아까 루사인이 말한 이곳의 골드 드래곤. 티아라, 저기 저 사람이 우리 아버지, 페르나슈 공작이야."

"티아라? 건국 신화의 바로 그 드래곤인가?"

아버지는 다시 한 번 티아라를 자세히 살피며 물었다. 하지만 티아라는 질문에 전혀 아랑곳하지 않고 생긋 웃으며 인사했다.

"이쪽이 제부? 확실히 저 금발보다는 왕족이란 느낌이 드네. 생긴 것부터 분위기까지."

"……제부?"

아버지는 다시 한 번 인상을 쓰며 많은 의미가 담겨 있는 단어에 대해 물었다. 자, 자. 더 복잡해지기 전에 정리해 줘야지. 안 그러면 아무리 우리 아버지라 해도 잠시 사고가 멎을지도 모르니까.

"아버지, 그러니까 어머니가 저 드래곤의 동생이래."

"흐음, 그랬던가."

"엑? 그걸로 끝이야? 더 안 놀라?"

의외로 쉽게 납득하는 아버지를 보며 오히려 내 쪽에서 놀랐다. 너무 덤덤한 반응이잖아, 저거.

"언젠가 한 번 이쪽 대륙에 자매가 있다는 소리는 들었으니까. 그게 설마 건국 신화의 드래곤일 거라곤 생각지 못했을 뿐."

"어머, 아이라가 내 이야기를 했었나 보네. 반가워, 제부."

놀란 나를 달래고자 설명해 주는 아버지의 말에 티아라가 더더욱 즐거워하며 인사했다. 저 여자… 어쩐지 건국 신화에서 본 분위기하곤 많이 다른데. 거기선 막 분위기있고, 뭐랄까, 여신 같은 이미지였는데 지금은 수수께끼의 제멋대로 행동하는 가벼운 여자란 느낌? 진짜 동일 인물, 아니, 동일 용물 맞아? 이거 슬슬 의심이… 가고 싶지만 드래곤으로 변신한 모습도 봤으니 믿어야 하나.

"음, 그럼 제부, 저쪽 부탁해."

내가 의심의 눈길로 자신을 바라보고 있다는 것은 전혀 모르는지 티아라는 리진 남작을 가리키며 아버지를 독촉했다.

"저쪽이 리진 남작인가? 상황이 이리 되었으니 이쪽은 잠시 맡아둬야겠군."

그 순간 난 번쩍 눈을 빛내며 아버지를 향해 시선을 돌렸다. 역시 바라던 대로 아버지가 처리하게 된 거다. 이거면 만족, 대만족. 비록 남자로 돌아간다는 궁극의 목적을 이루진 못했다지만 그래도 괜히 귀찮은 일만 떠맡게 된 것도 아니라 나름 괜찮은 결말이다.

"영감탱이, 그럼 이제 슬슬 바쁘겠네?"

여전히 눈을 빛내며 묻자 아버지는 고개를 끄덕이며 대답했다.

"그렇겠군. 일단 남작부터 접수하고 다시 체계적으로 조사를 해야 할 테니… 아, 루사인."

"……?"

자신을 부르는 소리에 고개만 돌려 아버지를 바라보는 루사인이었다. 저, 저, 대답도 안 하는 것 좀 봐라. 정말 진심으로 루사인이 과연 진짜 시종이 맞을까 다시금 고민하게 되었다. 하지만 아버지는 루사인의 그런 행동에 전혀 신경 쓰지 않고 손을 들어 지시 사항을 전했다.

"별장에 있는 스말 부부를 당장 붙잡아 오거라. 이곳의 소문이 퍼져 나갔을 테니 지금쯤 아마 실컷 짐을 싸고 있을 거다. 서둘러라. 벌써 도주했을지 모르니 집안의 사병들을 데려가서 포위망을 좁혀라."

"……알겠습니다."

갑작스러운 아버지의 명령에 잠시 멈칫하던 루사인은 곧 고개를 끄덕이며 대답했다. 그 길로 아버지가 데려온 사병들 몇을 추려 말을 하나 잡아타곤 전속력으로 달리기 시작했다. 그리고 난 호기심 가득한 눈으로 아버지를 바라보았다.

"뭐야? 그 사람들은 왜? 아버지가 직접 뽑은 사람들 아니었어? 왜 잡아들이는 거야?”

“일 처리하는 건 싫어하면서 이런 건 관심있어 하는구나.”

“그냥. 궁금하잖아.”

애써 변명하는 나를 보며 아버지는 피식, 하고 웃었다. 그리고 내가 알아듣게 설명을 했다.

“이곳에 와서 별장을 구할 때 뭔가 이상한 낌새가 있었다. 지방일수록 외지 사람에게 배타적인 것은 있지만 이건 도가 지나쳤지. 이상한 소문까지 끌어다 붙이려 드니까.”

“무슨 소문?”

“수도의 귀족인 내가 별장을 사서 여자가 쓸 만한 곳으로 꾸미다 보니 정부를 끌어들이려 한다는 소문이 잠시 돌았었지.”

“뭐야, 그때부터 있던 소문이었어?”

미리 알았으면 조취 좀 취하지 뻔히 다 알고 그대로 내게 넘겼다는 소리가 아닌가, 저거. 그나마 내가 여자 아이가 되고 나선 나한테 엄청 신경 써줬는데 이런 데서 소홀하다니 조금 실망이다.

“그런 표정 짓지 마라. 다 계산한 거였으니까. 그 소문을 잠식시킬 수 있었겠지만, 이곳의 사람들 모두가 배타적임에도 이상하게 문제의 스말 부부는 친근감있게 접근했지. 웃는 얼굴을 가장한 친절은 가장 주의해야 할 상황이지. 무언가 목적이 있다는 거니까.”

"흐음. 그래서?"

"그런 상대를 주의 깊게 관찰하려면 옆에 두고 보는 게 제일 정확하지. 그들은 어딘가 장소를 찾고 있었던 것 같았다. 별장의 지하에서 소녀들이 발견된 것과 아마 연관되어 있을 거다. 사전에 남작과 짜고 마을에 외지인들에 대한 안 좋은 소문을 뿌리고, 상황이 좋지 않다 싶으면 별장 지하실로 소녀들을 몰래 옮겨둔 뒤에 뒤집어씌울 생각이었겠지."

과연 납득할 만하다. 그들 부부는 처음부터 남작의 눈치를 살피며 나와 루사인을 계속 남작에게로 보내려 했다. 보통이라면 현재의 고용주를 더 우선으로 할 텐데, 특이하게도 그들에게 있어 최우선은 남작 쪽이었다. 그렇다면 이미 결론은 난 것이지. 애초에 남작의 사람들이었다, 이거로군.

"물론 의심스러운 자를 옆에 두게 됨으로써 위험하게 될 것을 생각해 세린에게만 수도를 떠나기 전에 미리 언질을 줬다. 이건 루사인에게도 말하지 않았던 일이지. 그 아이에게 알리면 네 안전을 위해서라도 티가 나게 배타적일 게 분명하니까."

계속해서 이어지는 아버지의 설명에 난 고개를 끄덕였다. 루사인이라면 그럴 만하다. 처음 막 이곳에 왔을 때, 스말 부부에 대해 아무것도 모르는 상태임에도 원래부터 우리 집안에 있던 사람들이 아니란 이유만으로 상당히 경계했다. 진짜 의심스러운 상대였다면 독단적으로 아예 집안에 들이지 않았을지도. 수도의 미끼 작전 때와는 달리 여기는 믿을 사람이 오직 서로밖에 없으니 심하게 과보호 체제로 들어갔을 게 분명하다.

"뭐, 좋아. 납득할 수 있는 이유였으니 속인 건 용서해 주지. 아버진 성에서 사람이 올 때까지 한동안 여기 있어야겠지? 난 루사인이 오는 대로 바로 수도로 갈 거야. 이 동네, 이젠 질려."

옷에 들러붙어 있는 먼지를 탁탁 털고 고개를 저으며 아주 그냥 치를 떨었다. 평생 받을 오해와 욕을 다 들었다 해도 과언이 아니었다. 이딴 동네는 두 번 다시 오지 않을 곳이다. 블랙리스트 오케이.

하지만 이런 나의 결심을 막는 사람이 있었으니, 그건 물론 우리 집 영감탱이였다.

"이곳이 그래도 경치는 좋던데 이왕 온 김에 이삼 일 더 있다가 같이 수도로 올라가자."

"에에? 무슨 소리야? 여기 영주 대행이 고작 이삼 일로 되겠어?"

아무리 아버지가 능력이 좋다지만 그건 절대로 무리란 말이다. 설마 말로만 이삼 일이라 하고 방학 끝날 때까지 여기 묶어두는 건 아니겠지? 아버지라면 그러고도 남을 심보의 소유자라지만, 정말 싫다고.

"괜한 걱정하지 마라. 성에서 사람이 나올 때까지의 임시 관리라면 이삼 일만 정리해 두고, 나머진 하인드에게 맡겨도 충분하니까. 영주 대행의 대행 정도겠구나. 실력은 이미 우리 공작령을 관리하는 것으로 증명되었으니 전혀 문제없을 거다."

"흐음……."

저렇게 말한다면야 역시 괜찮겠지. 아버지가 아무리 능력이 좋다 해도 철인이 아닌 이상에야 영지 관리를 혼자 해치우는 건 무리다. 그래서 아버진 내게 있어 루사인과 같은, 믿을 수 있는 심복 넷과 함께 일을 처리해 왔다. 아버지가 자리를 비워도 집안의 행정 처리가 막힘없이 진행될 수 있게 넷 중 적어도 한 명은 번갈아가며 아버지 대행으로 빈자리를 지켜 왔으니까 초반에 아버지가 기초를 잡아놓으면 별 무리 없겠지.

"뭐, 좋아. 공부하란 소리만 하지 않으면 이삼 일 정도야 놀아주지."

생긋 웃으며 허락하자 아버지 역시 미소 지으며 날 가까이로 끌어당겼다. 난 일부러라도 보란 듯이 아버지에게 붙어 친근감의 표시로 팔짱을 꼈고, 그대로 당당하게 도시 사람들의 사이를 지나 아침에 내가 타고 온 저어~기 구석에 박힌 마차로 향했다. 우리의 뒤로 티아라가 따라붙었다.

"아, 나도 며칠 잘 부탁해. 오래간만에 재미있겠다."

"상관없어. 방은 많으니까."

그리고 그보다 더 뒤로 집안의 사병들이 철통같은 호위를 하며 우리의 안전을 지켰다. 이 도시의 사람들은 아마 이 장면을 오래도록 기억할 것이다. 남작령에서 남작 하나만을 유일한 귀족으로 떠받들던 자들에게 이런 위엄과 힘이 넘치는 장면은 꽤나 새로운 세계를 보여주는 것이겠지. 그런 내 짐작을 반영하듯 마당의 도시 사람들은 넋을 잃고 멍하니 우리를 바라보고 있었다.

아버지와 약속한 삼 일은 생각보다 빨리 지나갔다. 처음 드래곤을 만나야 한다는 막중한 사명감을 가지고 이 땅에 왔을 때와는 여러모로 상황이 달랐다. 드래곤은 이미 만났고, 비록 원하던 대답은 아니지만 그럭저럭 지금의 상황을 파악할 수 있는 답을 얻었다. 말로는 옆 대륙에 있는 어머니를 찾아본다 했지만 아무리 생각해도 그건 정말 무리다.

그러니 지금으로선 딱히 무언가 할 일도 없었고, 그렇기에 몸이 여자로 바뀌고 나서 처음으로 여유가 생긴 기분이었다. 그동안은 무슨 일이 있어도 남자로 돌아가겠다고 마법이니 드래곤이니 이것저것 조사하며 조바심이 일었으니까. 그런 것을 떨쳐 버리고 나서야 진정한 휴식을 얻은 느낌이랄까.

게다가 이곳에 도착했을 때 그렇게도 수군거리고 욕하고 업신여기던 마을 사람들도 이제 드디어 날 귀족으로 인정했는지, 멀찌감치에서 보이기만 해도 고개를 조아리고 넙죽넙

죽 엎드려 버리는 게 이젠 이쪽이 더 부담스러울 정도였다. 그래도 아버지의 정부 취급하는 것보다야 정신적 데미지가 덜하니 그냥 넘어가 주는 수밖에.

나름대로 루사인과 도시에서 쇼핑도 하고, 과거 읽었던 어느 모험가들의 이야기에 나오는 시골 마을 대장간에 아무렇게나 버려져 있는 명검이라도 있나 싶어 둘러도 보고―물론 당연하겠지만 수확은 제로였다―티아라의 레어에도 구경 가 보며 놀다 보니 어느새 수도로 돌아갈 시간이 되어버렸다.

"자, 준비가 다된 건가?"

난 마당 앞에 죽 늘어서 있는 마차들을 보며 중얼거렸다. 이곳에 왔을 때와는 달리 아버지까지 추가된 덕에 마차는 몇 대나 더 늘어버렸다. 덕분에 마차 안에 들어가는 구성원도 조금 바뀌었다. 원래는 나와 루사인, 세린이 함께 한 마차에 탔는데 수도에 올라갈 땐 아버지와 나, 그리고 루사인이 함께 타게 되었다. 세린이 전속 시녀들과 한 마차를 타는 것으로 밀려났달까.

"그럼 이제 가볼게."

우리 집 별장 앞에서 주인인 양 팔짱을 끼고 우릴 배웅하러 나온 티아라에게 작별을 고하자 티아라는 웃으며 받아주었다.

"단 삼 일이지만 잘 놀았어. 몇백 년 만에 잠에서 깬 선물

치고는 꽤나 마음에 드는걸. 너희 집, 수도에 있다고 했지? 페르나슈 공가를 찾으면 되는 건가? 심심하면 놀러가 볼게.”

“환영하지. 일단은 우리 엄마의 자매잖아. 나름 혈연관계도 있으니 문전박대는 안 해.”

같은 드래곤의 피가 흐르는 탓인지 티아라와는 급속도로 친해졌다. 그래서인지 헤어지는 게 어쩐지 아쉬웠다. 계속 밖에서 미적미적대고 있으니 이미 마차에 올라선 아버지가 날 불렀다.

“세라, 올라오거라. 늦으면 노숙하게 된다.”

“아, 응.”

아무리 티아라와 헤어지기 싫더라도 치마 입고 노숙하는 것 역시 너무나도 싫기에 난 냉큼 대답하며 마차로 향했다. 그때 티아라가 날 불러 세웠다.

“잠깐만.”

“응?”

대답하며 다시 뒤돌아서자 티아라는 손을 뻗어 내 이마에 손가락을 댔다. 뭐랄까, 처음 문제의 야매촌에서 야매 점쟁이가 내 마법 속성을 깨운다면서 이마에 손을 대던 게 생각나 살짝 기분이 나빠지기 시작했다.

“뭐 하는 거야, 이건?”

“가만있어 봐.”

“……?”

"갑자기 생각난 건데, 네 머리가 나쁜 이유를 알 것 같아
서."

갑자기 다짜고짜 왜 머리 가지고 들먹이는 것인가? 내 머
리 나쁜 거 나도 알고 있다니까. 왜 새삼 화제에 올리느냐고.

"아하하, 그렇게 인상 쓰지 마. 안 좋은 소린 아니니까."

입을 삐죽 내밀고 노려보자 티아라는 호쾌하게 웃으며 앞
으로 내민 손가락으로 내 머리를 툭툭 쳤다. 그리고는 계속해
서 고개를 끄덕이며 중얼거렸다.

"음… 역시, 역시."

"뭘 혼자서 그렇게 납득하는 건데? 내가 머리 나쁜 거랑 무
슨 상관?"

"괜찮아. 문제없다."

"응?"

대체 무슨 소릴 하는지 몰라 다시 되묻자 티아라는 화사하
게 미소 지으며 설명을 시작했다.

"세라, 갓 태어난 아이가 걷지도 기지도 못하는데 고대 수
학 이론이라거나 초고밀도 정령의 궤적 원리 같은 걸 이해한
다면 어떻게 생각해?"

"뭔 소리야. 고대 수학 이론에 정령의 궤적 뭐? 어쨌든 말
이 돼? 엄마, 아빠 소리도 제대로 못할 때 아냐."

"그렇지? 지금 네가 그렇거든. 인간과의 혼혈이니까 몸의
성장 속도는 인간과 비슷하다 쳐도 정신은 애거든. 드래곤의

기준으로 보면 이제 막 태어났을 정도로. 그러니까 머리 나쁜 것에 대해 그렇게 신경 쓰지 마. 나름대로 생각하는 머리는 돌아가잖아? 이해를 못해서 그렇지."

으음, 그러니까 이거… 좋은 소린가? 나름대로라거나 그 뒤에 토를 단 게 좀 마음에 걸리긴 하다만, 그러니까 내가 지금 머리가 나쁜 게 합법적이다, 이 소리지? 그러고 보니 마법의 종족이라는 드래곤이 머리 나쁘다는 소리는 들어본 적이 없는 것 같다.

"드래곤으로 치면 인간 기준보다 한참 애니까, 나중에 나이 더 먹으면 결국은 좋아진다는 소리지?"

"뭐어, 그게 몇십 년이 될지 몇백 년이 될지는 모르겠지만."

"뭐야, 그건."

뱁새눈을 뜨고 노려보자 티아라는 다시 한 번 생긋 웃으며 내 머리에 대었던 손가락을 눈앞에 들어 보이며 흔들었다.

"그래서 조금 선물을 주는 거랄까. 뭐, 원래는 네 엄마가 해야 하는 일이었지만."

"응?"

"마법을 봉인시켜 놓고 사라졌다니 분명히 안 해놨을 것 같아서 확인해 보니 역시. 인간과의 하프는 일반적인 드래곤보다 육체적인 성장도 빠르고 해서 일부러 깨워줘야 하거든. 드래곤의 성질을 말이야."

“드래곤의 성질? 그게 뭐야?”

“그냥 적당히… 지금까지보다는 머리가 좀 더 잘 돌아가고, 마법을 배우고 이해하는 것도 수월해지는 거.”

난 눈을 빛내며 티아라를 바라보았다. 그러니까 내가 지금까지 머리가 나쁜 것도 다 이유가 있었던 것이고, 그걸 타파하기 위한 계책이 있다, 이거로구나. 역시, 남부행이 완전히 빈손 여행은 아니었던 거로군!

“해줘! 빨리 해줘!!”

“응? 끝났어. 아까 머리 쳐줬잖아. 그걸로 끝. 참고로 말하자면 어디까지나 지금보다 조금 좋아졌다는 것뿐. 워낙에 나쁜 머리가 조금 좋아진 정도론 택도 없지. 시간이 약이야, 시간이 약.”

“뭐야, 그게!!”

성질을 버럭 내며 소리쳤다. 아니, 그럼 말을 말던가. 왜 사람을 기대하게 만들고 이리도 허무하게 하냐고!! 몰랐으면 기대나 안 하지!!

“세라, 더 지체하면 진짜로 노숙이다.”

“아!!”

말없이 이쪽을 바라보던 아버지가 다시 입을 열었고, 난 퍼뜩 대답하며 냉큼 마차에 올라탔다. 드래곤의 성질이고 뭐고 노숙 안 하는 게 더 중요하니까.

티아라는 여전히 미소를 띤 얼굴로 나를 보고 이번엔 아버지를 바라보았다. 그리고 무언가를 회상하듯 멍한 얼굴로 중얼거렸다.

"역시 에페트리아의 왕족은 질기구나. 그렇게 오랜 시간 계속해서 사람이 바뀌었는 데도 똑같은 분위기, 비슷한 얼굴. 네 아버지도 그야말로 왕족의 전형적인 분위기야."

마차의 창문에 매달려 티아라의 대화를 들은 난 전적으로 긍정하며 고개를 끄덕였다.

"그치? 그건 나도 인정해. 가끔 보면 폐하와 너무 닮았어. 사촌이라서 그런진 몰라도 말이야."

"음, 하지만 역시 네 옆의 검은 머리, 루사인이 제일 그 녀석을 닮았어."

"에? 그 녀석이라니? 누구?"

"그러니까 나와 계약한 에페트리아 재건의 초대 왕. 외모는 물론 분위기까지 빼다 박은 느낌. 성격은 루사인 쪽이 좀 더 까칠한 듯싶지만 그래도 너무 닮아서… 처음 봤을 땐 그 녀석의 환생인 줄 알았다니까."

난 그대로 눈을 동그랗게 뜨고 멍하니 티아라를 바라보았다. 티아라가 말하는 것이 무엇인지 바로 이해가 되질 않았다. 그러니까… 루사인? 내 옆의, 내 시종 루사인 말인가? 어째서 왕족에 대해 이야기하는데 저 녀석이 화제가 되는 거지?

"저기 티아라, 무슨 소리야? 루사인이 왜? 루사인은 왕족이 아닌걸?"

내가 강하게 부정하자 티아라는 고개를 갸웃거리며 다시
한 번 나와 창문 사이로 보이는 루사인을 번갈아 보았다.

"그래? 이상하네. 완전한 왕족, 그 자체인데… 뭐, 아니라
면 아닌 거겠지. 무슨 사정이 있든 간에 말이야."

또다시 이해가 힘든 애매모호한 말을 남기고 티아라는 손
을 들었다. 작별의 인사. 눈높이까지 들어올린 손을 좌우로
흔들며 그녀는 우리를 배웅했다. 그리고 마차는 별장을 출발
했다.

마차 안은 한참 동안 침묵에 감싸였다. 아버지와 루사인,
그리고 나도 누구 하나 먼저 입을 여는 자가 없었다.

"저기, 루사인."

결국 오랜 시간이 지나서야 입을 열어 루사인을 부르자 그
제야 루사인이 나를 향해 고개를 돌렸다.

"이거 정말 혹시나 해서 묻는 건데 말이야."

"말하세요."

어떻게 물어야 할지 몰라 뜸을 들이자 루사인이 재촉했다.
난 나도 모르게 심호흡까지 하며 루사인을 빤히 바라보고 결
국 그 중요한 의문의 중심을 꺼내들었다.

"설마하니 네가 숨겨진 왕자는 아니겠지?"

"네?"

내 말에 의외란 표정을 짓는 루사인을 보며 난 다시 한 번

질문했다.

“그러니까 네가 능력을 인정받고 세상에 이름을 떨칠 날을 기다리는 다음 대 국왕이라거나, 아니면 국왕의 자식이지만 밖에 이름을 내지 못하는 서브라거나… 그런 거야?”

정말로 진지하게 묻자 루사인은 한참이나 날 뚫어져라 쳐다보더니 갑자기 어깨를 들썩이며 웃기 시작했다.

“아… 아하하하! 아니, 아닙니다. 절대로 그런 거 아니에요. 무슨 소린가 했더니 그런 엉뚱한 추측이라니. 아하하!”

“웃지 마. 난 심각해. 솔직히 네 외모가 왕족의 특성에 상당히 많이 닮아 있잖아. 그리고 말로는 시종이라지만 전혀 시종답지 않은 당당함이며, 그걸 그냥 인정하는 아버지까지. 설마 진짜로 국왕의 자식이거나 한 거 아니야?”

웃는 루사인을 향해 인상을 쓰며 꼬치꼬치 캐묻자 그제야 루사인도 진지한 표정으로 날 바라보았다.

“걱정 마세요. 이건 장담합니다. 전 절대로 국왕의 왕자가 아닙니다.”

“진짜야? 이미 내 성격을 알고 있겠지만 난 날 속이는 걸 제일 싫어해.”

“당연히 알고 있지요. 제가 언제 도련님을 속이는 거 봤습니까? 감추는 건 있었지만.”

“하긴, 그렇긴 해.”

그제야 조금 마음이 놓이는 것 같았다. 그래, 루사인이 아니라면 아닌 거다. 국왕의 숨겨진 왕자만 아니라면 그가 누구든지 간에 상관없다. 다른 누구라도 괜찮다. 어느 날 갑자기 국왕의 왕자라고 나서며 내 곁을 떠나 왕좌에 오르는 일만 없으면 된다. 그것으로 만족한다.

"이제 볼일 끝난 거냐?"

지금까지 말없이 나와 루사인의 대화를 듣고 있던 아버지가 그제야 입을 열었다.

"응. 그런 것 같아."

"그래? 그럼 이제 편한 마음으로 경치나 구경하며 집으로 돌아가자. 올 때는 마법진으로 한번에 왔더니 구경을 못했어."

"영감탱이나 혼자 실컷 해. 난 여기 올 때 다 봤으니까."

말은 그렇게 하면서도 고개를 돌려 창밖을 바라보았다. 네 마리의 말이 끄는 마차는 빠른 속도로 달리고 있었고, 그만큼 남부의 풍경은 계속해서 뒤로 밀려가고 있었다.

어쨌거나 많은 일이 있었던 남부였다. 생전 처음 이상한 오해도 받아보고, 드래곤도 만났다. 그리고 뭣 같은 남작의 반역 음모에도 휘말렸고, 문제의 검은 망토들도 만났다. 그래, 검은 망토 하니 또 생각나네. 수도에 가서도 확인해야 할 일이 하나 있구나, 덕분에.

어쨌든 짧은 시간의 체재였지만 오랜 시간을 지낸 듯한 남부여, 당분간 안녕이다. 지겨워서라도 한동안은 쳐다보기도 싫다고 정말!

Chapter 5
마티아스 공가를 찾다, 확신?

아버지도 합세한 김에 집에 돌아오는 길은 완전히 여행 분위기로 흘러 버렸다. 오는 길에 괜찮은 관광 명소가 있다 싶으면 죄다 들러주며 정말 여유있는 유랑이 되어버렸다. 덕분에 수도까지 오는 데 거의 열흘을 잡아먹었고, 집에 도착했을 무렵엔 모두 녹초가 되어 축 늘어져 있었다.

수도에 들어오고도 한참을 달린 마차는 드디어 우리 집 입구에 도착해서야 멈췄고, 루사인이 재빨리 내려서서 손을 내밀어 내가 손쉽게 내려갈 수 있게 도와줬다. 마차 안에서 계속 앉아 오느라 뻐근해진 몸을 쭉 펴며 내려서자 이미 문 앞에서부터 마중 나와 대기하고 있던 근 이백 명에 달하는 집안의 고용인들이 입을 모아 환영했다.

"잘 다녀오셨습니까, 공작 전하, 아가씨."

"별 탈 없이 즐거운 여행이셨습니까."

그리고 곧 아버지가 집을 비운 동안 관리를 맡고 있던 아버지의 또 다른 심복 로건과 집사가 아버지에게 달라붙어 그간의 일을 보고하기 시작했다. 그 뒤로 힘 좀 쓰는 남자 고용인들이 나와 마차의 짐을 날랐다.

"세라 아가씨, 피곤하시죠? 목욕물을 데워놨습니다."

"루사인님도 방에 씻을 준비를 해놨으니 어서들 씻으시고 쉬세요."

나와 루사인에게도 시녀들이 달라붙어선 조금만 세게 다뤄도 깨질 것 같은 유리 장식품마냥 조심, 또 조심하며 집 안으로 길을 열며 안내했다.

"세린, 목욕 끝나면 입고 나갈 옷 준비해. 그냥 간단한 거면 돼."

내 방이 있는 이층으로 올라가다 문득 생각나서 고개를 돌려 세린에게 명령하자 세린이 퍼뜩 놀라며 물었다.

"네에? 어딜 나가시게요? 피곤하시잖아요. 안 쉬세요?"

인상을 쓰고 있는 것이 꽤나 피곤해 보이는 게 체력도 딸리는데 쉬지도 못하게 하고 부려먹는다고 불평하는 것 같았다.

"넌 따라오지 않아도 되니까 옷만 준비해 놔. 근처로 나갈 거니까 루사인만 데려가면 돼."

내 말에 세린은 그나마 다행이라는 안도의 한숨을 쉬며 곧 무언가 생각하는 표정으로 바뀌었다. 저건 분명히 내 옷 리스트를 하나하나 떠올려 보며 어떻게 입고 나가야 간단하면서도 공작가 아가씨다운 느낌을 줄지 고민하는 것이다. 장담한다, 내가.

"마티아스 공가로 가실 겁니까?"

내가 나갈 준비를 한다는 소리만으로 벌써 내 목적을 눈치챈 루사인이 목적지를 확인하며 물었다.

"응, 가봐야지. 문 안 열어주면 쳐들어가기라도 해야지."

굳은 표정으로 대답하자 루사인은 고개를 끄덕였다.

"좋습니다. 이왕 할 것, 빨리 끝내는 게 좋겠죠. 서둘러 준비하고 나오겠습니다."

그리곤 나를 지나쳐 성큼성큼 계단을 걸어올라 내 방 옆에 붙어 있는 자신의 방으로 향했다.

마티아스 공가는 우리 집에서 마차로 15분을 달리면 도착하는 거리에 위치해 있다.

그쪽 역시 우리 집이나 다른 대다수의 귀족 가문들처럼 지방의 영지에 성이 있지만 실버 나이트로 수도에 볼일이 많은 마티아스 공작이나, 역시나 같은 실버 나이트이면서 수도의 왕립학교에 다니는 프리츠 덕에 수도에 따로 저택을 마련해

놓고 있었다. 저택의 규모는 우리 집과 비슷한 정도로, 영지에 있는 본가와는 비교도 안 될 만큼 아담한 규모이지만 어디까지나 본가와의 비교일 뿐, 수도에 이백여 명의 고용인들을 필요로 하는 저택이라면 충분히 그 재력과 권력을 한눈에 보여주고 있었다.

마티아스 공가의 사유지에 도착한 마차는 잠시 멈춰 섰고, 마차에 보란 듯이 걸려 있는 우리 가문의 문장을 확인한 문지기들은 육중한 문을 열어 통과를 허락했다. 마차는 다시 빠른 속도로 달려 곧 저택의 문 앞에 도착했다.

"자, 그럼 들어가 볼까."

굳은 표정으로 마차에서 내려선 난 굳게 닫혀 있는 저택의 문을 보며 중얼거렸다.

보통 귀족의 저택을 방문하려면 사전에 주인의 허가를 받아야 한다. 예고도 없이 불쑥 찾아가는 것은 큰 실례 중의 실례로, 교양있는 귀족으로선 지양해야 할 행위였다. 하지만 그 중에 예외는 있었으니, 바로 나와 프리츠와 카린이 그에 속했다. 정확히 말하면 어느 곳에서나 무사 통과가 아니라 서로가 서로의 집에 예의를 차릴 필요가 없다는 것.

우리 셋이야 예의니 뭐니 구분도 못할 정도로 어릴 때부터 함께 어울렸고, 작위와 사는 수준이 비슷하고 해서 거리낌없이 서로의 집에 방문하다 보니 이 나이가 되어서까지 얼굴만 들이밀면 언제든 집은 물론 방 안에까지 들어갈 수 있는 특권 아닌 특권을 갖게 된 것이다.

급한 마음에 성큼성큼 걸어서 저택의 문 앞까지 올라선 난 문 옆에 매달려 있는 작은 종을 있는 힘껏 흔들어댔다. 평소라면 시종인 루사인이 해야 할 일이지만 기다리고 있을 마음의 여유가 없었다.

콰콰콰콰!! 딸랑딸랑, 콰콰!!

"빨랑 나와서 문 열어, 문!!"

막무가내로 소리치며 계속해서 딸랑딸랑 종을 흔들자 곧 저택 문이 조심스레 열리며 안에서 시녀 하나가 고개를 내밀었다.

"대체 누가 예고도 없이 찾아와선 이렇게 예의없이… 어머? 키르… 아니, 세라 아가씨?!"

짜증 섞인 목소리로 투덜대던 시녀는 나와 눈이 마주치자 화들짝 놀라며 내 이름을 외쳤다. 키르라이안이라고 부르려다 순간 세라로 바꾼 것으로 보아 그래도 꽤나 경력이 있는 시녀인 것 같았다.

내가 원래 키르라이안이었다는 것은 나름대로 극비 사항으로, 항간에 알려지기론 난 키르라이안의 쌍둥이 여동생 세라다. 하지만 워낙에 똑같은 얼굴이니 키르라이안이었을 때의 날 아는 사람들은 세라 모습의 날 처음 보면 백에 백은 헷갈려 했다. 이곳에서도 전에 문 지키던 시녀 하나가 내가 드레스를 입고 이 집에 처음 찾아왔을 때 날 키르라이안, 그 자체로 여기고 치마 입고 있는 도련님 취급을 했었다. 물론 우리 영감탱이가 그 사실을 알고는 마티아스 공작에게 이박 삼일로 잔소리를 해댄 뒤로 다시 그 시녀를 현관에서 본 기억이 없다.

비록 키르라이안의 키르까지는 입 밖에 내뱉었어도 극도의 자기 컨트롤로 중간에 겨우 끊고 세라로 정정한 이 시녀는 적어도 그 시녀보다는 고참이 분명했다.

"프리츠, 있지?"

형식적으로 물으며 난 시녀를 제치고 저택의 안으로 들어갔다. 물론 내 뒤로는 루사인이 따라 들어왔다.

어렸을 때부터 수없이 와본 집 안을 내 집인 양 거침없이 활보하며 1층 거실로 향했다.

"저, 저기, 세라 아가씨. 잠시만요!!"

시녀가 당황한 목소리로 수선을 떨며 뒤따라왔다. 하지만 난 그대로 무시하며 거실 한쪽에 있는 2층으로 향하는 계단으로 발걸음을 옮겼다. 바로 그때, 위엄있는 목소리로 날 부르는 소리가 들렸다.

"그대로 서 계십시오, 세라 아가씨!"

순간 난 움찔 놀라며 뒤돌아섰다. 안절부절못하며 발을 동동 구르는 시녀의 뒤로 나이 지긋이 먹은 시녀가 허리를 꼿꼿이 세우고 당당하게 서 있었다.

그녀로 말할 것 같으면, 이곳 마티아스 공가에서 근무한 지

50년. 마티아스 공가의 살아 있는 화석이라 불리며 모든 고용인들의 정점에 서 있는 시녀장 알리에였다. 현 마티아스 공작의 유모였던 그녀는 나이를 먹어 은퇴를 했음에도 이 저택에 남아 젊은 시녀들의 고문관 노릇을 하고 있었고, 나나 프리츠에게 신분이나 지위를 전혀 생각하지 않고 잘못한 일이 있으면 바로 꾸중을 해댔기에 아직도 이렇게 그녀에게서 이름이 불리면 몸이 굳어버릴 수밖에 없었다.

"뭐야, 알리에. 프리츠를 보러 온 거야. 왜 새삼 과민 반응이야?"

알리에는 내가 키르라이안이란 것을 알고 있었다. 그리고 그것을 전혀 신경 쓰지 않았다. 때문에 거리낌없이 키르라이안일 때와 같이 그녀를 대했다.

"프리츠 도련님은 지금 계시지 않습니다."

"흐응, 그래? 어디 갔는데?"

또박또박 정확한 발음으로 프리츠의 부재를 알리는 알리에를 보며 난 시큰둥한 반응으로 되물었다.

"개인적인 사정으로 외출하신 후 아직 돌아오지 않고 계십니다."

"언제 나갔는데?"

"오늘 오전에 나가셨습니다."

내 질문에 한 번도 막힘없이 술술 대답하는 알리에에게 난 살짝 비웃음을 섞으며 다시 물었다.

"이상하네? 오면서 문지기에게 물었더니 삼 일 전부터 한 번도 밖에 나간 적이 없다던데."

"착각. 이겠지요."

역시나 딱 잘라 잡아떼는 알리에였다. 하지만 누가 그 말을 믿겠는가. 다른 누구도 아닌 이 집의 작은주인 프리츠다. 문지기가 설마 프리츠를 착각했을 리가 없지 않은가.

하지만 그렇다고 확실한 물증도 없는데 저 알리에를 앞에 두고 무턱대고 프리츠를 찾아 저택을 뒤질 용기는 없었다. 저 여자, 말이 시녀장이지 마티아스 공작은 거의 어머니로 모시는 사람이란 말이다. 그런 그녀를 앞에 두고 내 멋대로 했다가 마티아스 공작의 귀에 들어가면 바로 우리 영감탱이한테 그 소식이 들어갈 것이고, 뒤이어 모진 잔소리가 이어질 테니 억울하지만 어쩔 수 없었다.

결국 여기서 더 쳐들어가지도, 그렇다고 꼬리를 말고 집으로 돌아가기도 영 내키질 않아 거실의 한쪽에 있는 소파에 철퍼덕 주저앉아 버렸다.

"제길. 뻔히 다 아는데 감춘다, 이거지?"

그저 분해서 중얼거릴 때였다. 누군가 위에서 날 부르는 소리가 들렸다.

"세라?"

흠칫 놀라 고개를 들자 2층 계단에서 프리츠와 똑같은 벌꿀색 금발의 비슷한 또래의 남자가 날 내려다보고 있었다.

귀족들은 보통 자녀를 적게 두는 편이다. 자녀가 세 명만 되도 많은 편으로 생각하는데, 이는 오랜 시간 귀족이라는 테두리 안에서만 행해진 근친혼의 결과였다. 혈통에 있어 물갈이가 되지 않는 것은 왕가가, 특히나 대표적인 사례로 왕족은 아예 한 대에 거의 한두 명의 자녀만을 두고 있었다. 현재 에페트리아에 명맥을 잇고 있는 방계 왕가가 단 두 개뿐인 것도 이 때문이었다.

혈통의 단절. 자녀의 수가 극히 적은 탓에 몇 대 내려가다 보면 가문을 이을 후계자가 없고, 결국 그 방계 왕가는 거기서 끝을 맺고 사후의 재산은 국고로 환수된다. 이런 환경 속에 이미 10대 이상을 이어져 내려온 마티아스 공작가는 참으로 이례적인 경우로, 이쪽은 남들이 감히 따라하지도 못할 방법으로 가족의 구성원을 늘려가며 지금에 이르렀다.

그 방법이라 함은 간단했다. 여기저기에 애인을 두고 그들 사이에서 태어난 아이들을 모두 공작가로 불러들여 가문의 일원으로 받아들여 키우는 것이었다. 물론 가문을 잇는 것은 본처 태생의 아이에게서만이라는 조건이 붙지만, 언제 무슨 일이 생기더라도 그 뒤를 이을 후보가 여럿 있다는 것은 그만큼 든든하고 힘이 되었다.

물론 마티아스 공가 정도의 재력과 권력이 있기에 가능한 일이었다. 세상에 어느 부모가 첩을 여럿 둘 것을 뻔히 알면서 딸을 시집보내겠는가. 마티아스 공가나 되니까 공작은 다른 여자들 품에 놀아나더라도, 평생을 사치 부리며 공작 부인이라는 사회적 신분과 다음 대 공작의 어머니가 된다는 조건만으로 명가의 영애를 부인으로 맞이할 수 있는 것이었다.

그러한 이유로 2층 난간에 서 있는 금발의 이름은 카리엔. 나나 프리츠보다 한 살 위로 마티아스 공작의 사생아, 프리츠의 배다른 형제였다.

"오래간만이네?"

카리엔을 보며 인사하자 녀석은 생긋 웃으며 계단을 내려오기 시작했다.

"키르… 가 아니라 세라야말로. 듣기론 방학이 시작되자마자 수도를 떠났다더니 이제 돌아온 거야?"

"응. 막 도착한 김에 프리츠한테 인사나 해볼까 하고 왔지. 기념품을 사 왔거든."

루사인이 들고 있는 상자 꾸러미를 가리키며 대답했다. 그래, 기념품이지. 혹시라도 괜한 착각이었을지 모르니까 여차하면 핑계라도 대볼 생각으로 그 남부 시골구석에서 사 온 흔하디흔한 단검 하나. 물론 그때의 그 망토가 프리츠라는 것을 거의 확신하므로 이 선물은 내용물 확인당할 일이 거의 없을 거라 예상하지만 말이다.

"그래도 소꿉친구가 좋긴 하네. 매일같이 으르렁대도 이렇게 챙길 건 챙기니 말이야.”

“뭐, 그렇지. 그런데 프리츠는 뭐 좀 사 왔어? 녀석도 며칠 여행 다녀왔다고 들었는데.”

물론 이건 넘겨짚는 것이다. 어디까지나 제대로 된 대답을 듣기 위해 상대를 떠보는 것이었다. 프리츠가 진짜로 집을 떠나 있었으면 부정하지 않을 것이다. 혹시라도 카리엔에게까지 함구가 걸려 정색을 하고 프리츠가 이곳에 있었다고 거짓말을 하더라도 분위기로 알 수 있다.

“글쎄, 며칠 전에 돌아오긴 했는데 빈손인 것 같았는데. 하긴, 같이 갔던 학교 친구가 좀 다쳐서 무언가를 살 정신도 없었을 거야.”

다행히 입막음을 시키진 않았는지 내가 무엇을 노리는지 전혀 모르는 채 의심도 안 하고 자신이 아는 것을 그대로 말하는 카리엔을 보며 난 눈을 빛냈다. 그래… 같이 간 학교 친구가 다쳤다, 이거지? 그게 누군지 너무도 정확하게 짐작이 가는데?

자, 그럼 이제 저 카리엔을 어떻게 살살 구슬려야 내가 나설 수 있는 딱 맞는 정보가 들어올까. 잠시 안 되는 머리를 돌려 고민하고 있을 때 갑자기 지금까지 말없이 가만히 서 있던 루사인이 나서며 물었다.

“남부는 좋았다던가요? 우린 가서 고생만 하다 왔는데.”

“남부? 프리츠가 남부로 갔었던가?”

과연, 루사인. 상황에 딱 맞는 질문을 제대로 골랐구나! 이번 일에 대해 아무것도 모르는 듯한 카리엔은 잠시 고개를 갸웃거리다 여전히 거실 저 구석에 버티고 서 있는 알리에와 문지기 시녀를 향해 확인했다.

"프리츠 남부로 간 거였어? 남쪽에 볼 게 뭐가 있다고 그쪽으로 간 거야? 모처럼 방학이고, 놀러가는 거면 동쪽 항구로 가볼 것이지."

카리엔의 질문에도 알리에는 꼿꼿이 서서 애써 무시하며 단 한 마디도 하지 않았다. 과연 베테랑. 여기서 무언가를 말하면 자신이 모시는 자에게 불리할 거라는 것을 본능적으로나마 느끼고 있을 것이다. 하지만 알리에는 완벽할지 몰라도 그 옆의 시녀는 아직 그녀만큼 관록이 쌓여 있질 않았다.

"아, 네, 카리엔님. 예의 그 손님 분이 어딘가 외출하셨다 저녁에 돌아오시더니 남쪽으로 간다고 하시면서 바로 여행 준비를 하고 나가셨었습니다."

"안나!!"

알리에가 날카로운 목소리로 시녀를 제재했으나 이미 필요한 정보는 모두 얻었다. 이젠 날 막아도 소용없다. 이 정도로 증거가 있다면 발뺌도 어렵지 않은가.

"프리츠, 방에 있지? 올라간다."

"나간 것 같진 않으니까 있겠지. 요즘은 플루토, 그러니까 거스틴 남작의 둘째 아들이랑 잘 어울리더라고. 아마 그 손님

방에 있을 거야. 2층 끝 방이다.”

“고마워.”

가볍게 몸을 날리며 종종거리고 2층으로 올라가는 내 뒤로 알리에의 외침이 계속해서 들렸다.

“거기 서십시오, 세라님!! 세라님!! 그렇게 막 들어가는 건 예의에 어긋납니다, 세라님! 이런 건 예가 아닙니다!!”

물론 멈출 내가 아니었다. 능력있으면 막아봐라. 단, 실버 나이트인 나와 그 실버 나이트의 능력을 상회하는 루사인을 견제할 자신이 있다면 말이다.

“언젠 세라가 우리 집에 막 안 들어왔나, 새삼스레 왜 다들 이래? 대체 무슨 일이야?”

영문 모르는 카리엔의 공허한 질문만이 내 귓가에 남았을 뿐이다. 그래, 나도 묻고 싶다. 대체 무슨 일이 벌어지고 있는 거냐. 무슨 속셈이냐고, 프리츠!

알리에가 계단 아래에서 당황하며 날 부르던, 카리엔이 계단 난간에서 어리둥절해하며 중얼거리던, 전혀 아랑곳하지 않고 2층으로 올라온 난 우리 집만큼이나 익숙한 복도를 걸으며 카리엔이 말한 제일 끝 방으로 향했다. 그리고 도착하자마자 벌컥 문을 열고 안으로 들어갔다.

예상했던 대로 방 안에서 프리츠와 플루토 두 녀석을 발견할 수 있었다. 방 안에 놓여 있는 소파에 아무렇게나 몸을 기대고 앉아 있는 프리츠와 허벅지에 붕대를 감고 있는 플루토.
둘 모두 갑자기 들이닥친 나를 조금 당황한 모습으로 바라보
고 있었다.

"뭐야, 라이안. 아무리 네가 우리 집에 예의 차릴 것 없다
는 건 알고 있지만 그래도 여긴 손님방이라고. 우리 집안 사
람이 아닌, 우리 집안에 찾아온 손님에게까지 예의를 차리지
않는 건 많이 실례 아냐?"

프리츠가 당황한 눈빛을 감추고 미리 기선 제압이라도 하
려는지 인상을 쓰며 신경질적으로 물었다. 하지만 그런다 해
도 통하지 않을 거라는 건 어차피 알고 있을 것이다.

"누가 손님인데?"

삐딱선 타기로 작정을 한 나는 한쪽 입꼬리를 올려 비웃으
며 물었다.

"지금 옆에 있는 플루토 말이야. 학교에서 좀 아는 사이라
해도 엄연히 우리 집 손님으로 여기에 머무르는 중이고, 이
방은 그 손님을 위해 내준 공간이야. 네가 계속 이렇게 막 행
동한다면 우리 집 손님을 가볍게 보는 것이고, 그만큼 우리
가문을 가볍게 보는 것으로 생각하겠어."

"아, 그래? 저기 저 허벅지에 붕대를 감고 있는 손님을 말
하는 것인가? 어쩌지? 딱 저 위치에 상처를 입고 있는 사람을
하나 알고 있는데. 남부 반란 지역에서 만났거든. 내가 직접
칼로 허벅지를 쑤셔줬지."

붕대에 감겨 있는 플루토의 허벅지를 가리키자 모두의 시선이 그곳으로 모였다. 자, 이제 또 어떤 식으로 얼버무리려 할까? 프리츠, 그 좋다는 머리로 짜낸 변명을 해보길 바란다. 내가 진심으로 납득할 수 있는 것으로 제발 부탁한다. 솔직히 말해 내가 추측한 대로 결론이 나버리는 건 최악이란 말이다.

저 플루토 놈이 누구인지는 어차피 안중에도 없다. 프리츠, 네가 끼어 있다는 게 문제다. 그게 가장 두렵다고.

"우연이겠지."

"우연? 비슷한 시기에 똑같은 상처를 가지고도 우연이란 게 될까?"

기껏 나온 변명이란 게 말도 안 되는 우연 타령이었다. 기가 차서 말이 안 나올 정도로 어이가 없었다. 그저 비웃음만 나오고 있었다.

"사람에겐 이런저런 사정이 있는 거니까. 무슨 일로 왔는지는 모르겠지만 이렇게 막무가내로 찾아와선 처음부터 의심의 눈길을 가득 띠고 심문하는 게 보기 좋지 않다."

협박이라도 하듯 낮은 목소리로 으르렁대는 프리츠를 향해 크게 소리쳤다.

"나도 싫어!!"

"어이, 라이안. 목소리가 크잖아."

내 반응에 놀란 프리츠가 눈을 동그랗게 뜨고 제재했지만 전혀 아랑곳하지 않았다.

“그래, 이런저런 사정 중에 어떤 사정일까? 처음 수도에 나타난 검은 망토는 팔뚝에 단검이 박혔지. 그런데 그 부분에 똑같은 상처를 가지고 다닌 녀석이 있었다. 남부에 나타난 검은 망토의 허벅지를 검으로 찔러놨더니 이번에도 역시 똑같은 부위에 붕대를 감고 있어. 이게 우연이야? 내가 아무리 머리가 나빠도 우연이란 단어의 뜻은 알고 있거든?”

“그러니까 라이안, 이건……．”

“그래, 들어줄게. 지난번엔 마법의 오작용으로 다쳤다 했지? 이번엔 뭐야? 뭐 하다 다친 상처인지 그 이유라도 들어보자.”

계속 변명을 하려는 프리츠의 말을 막고 차가운 눈으로 프리츠와 플루토를 번갈아 노려보며 묻자 둘은 잠시 침묵했다. 그리고 곧 누가 먼저라고 할 것 없이 동시에 입을 열었다.

“나무에서 떨어졌어.”

“낙마.”

휘이이잉.

방 안에 다시 한 번 침묵이 감돌았다. 물론 냉기를 띤 한랭전선을 동반하고.

둘 다 앉아서 날 올려다보는데 서서 상대하자니 조금 어색해진 난 대충 근처의 소파에 다리를 꼬고 앉았다. 그리고 작은 한숨을 한 번 내쉬고는 다시 한 번 녀석들을 향해 물었다.

"하나는 나무에서 떨어졌다 하고, 하나는 낙마라. 상처는 하난데 이유는 둘? 설마하니 내가 위에 나열한 우연들에 추가로 다친데 또 다쳤다는 우연도 포함시키게?"

"그게 아니라……."

일단은 프리츠가 나서서 무언가 변명을 하려 했다. 하지만 이래저래 당황했을 때의 버릇이 여기 저기 보이는 것으로 보아 딱히 할 말이 없어 그저 시간을 끌려는 게 분명했다. 그럴 듯한 변명이 생각날 때까지 말이지.

"그게 아니라 뭐?"

머리 좋은 녀석이다. 시간을 주면 정말로 믿을 수밖에 없는 변명을 떠올릴 것 같아 틈을 주지 않고 재촉했다.

"그러니까 그게… 아, 나무에서 떨어졌는데 마침 아래에 말이 있어서 거기로 떨어졌다가 그 말에서 다시 떨어져서 낙마가 된 거지."

라고 대답하는 프리츠. …너 머리 좋다고 소문난 놈 맞냐? 고민하고 고민한 게 이거야? 진심인 거야?

물론 본인이 생각해도 참으로 무안한지 살짝 얼굴을 붉히고 차마 눈을 마주치지 못하는 모습을 보며 순간 김이 빠져버렸다. 허탈해졌다고나 할까? 그저 기가 막힐 뿐.

"됐다. 왠지 더 상대하면 바보가 되어버릴 것 같아."

고개를 돌리고 힘없이 중얼거리며 자리에서 일어섰다. 그런데… 지금 좀 심각한 상황 아닌가? 난 나름대로 분위기를 잡은 건데 프리츠랑 루사인의 표정이 아무리 봐도 무언가를 마구 말하고 싶은 그런 기분이 드는 건 뭐지?

"원래 바보잖아."

그 틈을 노리고 아주 작은 소리로 혼잣말하는 프리츠. 야, 너!! 이 상황에서 꼭 그걸 말로 해야 하냐?! 그렇게 작은 소리로 말할 거면 그냥 속으로 생각하던가. 오히려 작게 말하니까 진심인 것 같아서 무섭잖아!!

게다가 옆에 있는 저 플루토 놈은 뭐가 그리 재미있는지 혼자 이죽거리고 있는데, 네놈이 문제다, 네놈이. 네놈만 나타나지 않았어도 이렇게 일이 꼬이고 복잡해지지 않았다고! 아니, 잠깐. 그러고 보니 저놈이 나타나서 내가 마법을 배우겠다고 설치다가 성별도 바뀐 거지, 참. 뭐야, 저놈이 모든 일의 원흉이잖아!!

"기분이 무지 나빠졌어. 나 갈래."

"라이안!"

휙 돌아서서 방을 나가려 할 때 프리츠가 불러 세웠다. 그리고 난 굳은 표정으로 다시 돌아서서 프리츠를 노려보며 물었다.

"뭐야? 더 할 말 있어?"

"오해다."

"뭐가? 나보고 바보라 한 거? 들어버렸는데 그게 어떻게 오해야?"

진지하게 말하는 프리츠를 향해 쏘아붙였다. 하지만 프리츠는 더욱 진지한 얼굴로 내 눈을 똑바로 바라보며 다시 말했다.

"오해야."

"그러니까 무엇에 대한 오해인데?"

"미안. 지금 할 수 있는 말은 이것밖에 없어."

무언가 말하고 싶은 게 많아 보이는 얼굴. 하지만 굳게 닫힌 입은 더 이상 어떠한 말도 꺼내지 않고, 그저 눈을 내리깔며 한숨을 쉴 뿐이었다.

"그래. 오해건 뭐건, 한마디만 하지. 네가 누구인지, 어떤 신분인지, 어떤 게 바른길인지 한 번 더 생각하고 행동하길 바란다. 아무리 실버 나이트라도… 반역은 중죄야."

그 말을 끝으로 다시 뒤돌아서서 방문으로 향했다. 그래, 오해였음 좋겠다. 정말이지 지독할 정도로 재수없는 우연들이 겹치고 겹쳐서 이렇게 된 거였음 정말 너무 좋겠다. 그런데 어쩌지? 아무리 내가 머리가 나빠도, 정말 말도 안 되는 기대란 것 정도는 알고 있는데. 정말 아니길 바라는데, 그럼에도 의심이 가는데 어찌해야 할까.

"그런데… 프리츠님의 그 버릇은 여전하군요."

지금까지 계속해서 침묵 모드로 마냥 서 있기만 하던 루사인이 입을 열었다. 그리고 당연하겠지만 모두의 시선이 루사인에게로 모였다. 지금까지 가만히 있었던 만큼 말을 꺼내기 시작하니 무서울 정도로 존재감이 커졌다.

루사인은 자신에게 모두의 관심이 모이길 기다리고, 잠시 침묵을 두어 뜸을 들이고 나서 다시 말을 이었다.

"가까운 사람에게 거짓말을 할 때, 무의식중에 근처의 아무거나 붙잡고 만지작거리는 버릇에 대해 전에 말했던 것 같은데요."

"뭐?!"

프리츠가 흠칫 놀라며 당황해선 외마디 비명을 질렀다.

"아까부터 웃옷 자락을 계속 만지작거리고 있더군요. 오해라… 글쎄요. 어느 부분부터가 거짓말일까요."

희미하게 비웃으며 말을 끝낸 루사인은 곧 내 곁으로 다가왔다. 그리고 나 역시 다시 휙 돌아서서 더는 뒤도 돌아보지 않고 방을 나섰다. 프리츠에게 그런 버릇이 있었다는 것은 몰랐다. 루사인만큼이나 자기 관리에 확실한 녀석이니 티를 내지 않았겠지. 하지만 루사인이 눈치 챘고, 프리츠가 저런 반응이다. 두 번 말할 필요도 없다.

"간다."

차갑게 말하고 그대로 방문을 닫았다. 굳은 표정으로 복도를 걸어갈 때, 등 뒤에서 급히 방문이 열리는 소리가 들렸다.

"루사인, 너 이 자식!! 네가 왜 끼어드는 거야!! 라이안! 아니야, 아니라고!!"

당황하여 외쳐 대는 프리츠의 뒤로 플루토 녀석의 웃음 섞인 목소리가 들렸다.

"아까부터 옷깃을 살짝씩 만져 대는 게 신경 쓰이긴 했는데, 무언가 했더니 그런 버릇이 있었군."

난 그 둘의 대화를 들으며 있는 힘껏 주먹을 꽉 쥐고 서둘러 저택을 나갔다. 부들부들 떨리고 있는 꽉 쥐어진 주먹으로 마티아스 공가의 현관을 치곤 있는 힘껏 소리쳤다.

"제길!! 제기랄!!"

속에서부터 끓어오르는 분노로 손바닥에 피가 날 정도로 꽉 쥔 주먹을 말없이 바라보던 루사인이 조심스레 손을 뻗어 내 손을 감싸 쥐었다. 그리고 문 앞에 대기하고 있는 마차로 안내했다. 나와 루사인이 올라타고, 마차의 문이 닫히자 네 마리의 말은 기다렸다는 듯 전 속력으로 마티아스 공가를 빠져나갔다.

분했다. 정말로 분했다. 미칠 것처럼 화가 치밀어 올랐다. 프리츠가 그 검은 망토와 연관이 있어서 이러는 건 아니다. 녀석이 폐하를 배신한 것이 확실하다 해도 이렇게 분하진 않다. 어차피 짐작하고 있었다. 어느 정도는 예상하고 찾아갔다. 그렇기에 새삼 이렇게 금방이라도 울 것 같은 분노가 차오를 리 없다.

고백하겠다. 프리츠가 반역 행위를 하든 뭘 하든, 솔직히 말해 그 정도로 배신감을 느끼진 않는다. 내가 화를 내는 것은 다른 무엇도 아닌 불쾌감이었다. 계속해서 날 지배하던 감정, 느낌. 그래, 불쾌했다. 녀석의 곁에 플루토가 있어서 분했다.

함께 자라왔다. 10년을 곁에서 지내왔다. 나와 프리츠, 루사인, 카린. 모두 한데 어울렸는데… 지금 프리츠가 떠나려 한다. 우리와는 다른 곳에, 우리가 아닌 다른 사람을 곁에 두고 다른 길을 가려고 한다. 아니, 가고 있다.

언제까지고 변하지 않을 거라 생각했던 세계에 균열이 가기 시작했다. 그것이 불안하고 불쾌하며, 또한 분했다.

Chapter 6
인간과 고양이의 상관관계, 친구란

수도로 돌아와 마티아스 공가에 들른 후, 난 집 안에 처박혀 그저 멍하니 시간만 때우며 보냈다. 뭐랄까, 나답지 않게 방구석에서 뒹굴거리는 나날의 연속이었다.

계속 기분이 저조했다. 시녀들이 기분 전환을 시켜주겠다느니 하면서 가끔씩 다가왔지만 신경이 날카로워진 나의 히스테리를 감당하지 못하고 바로 도망쳤다. 그리곤 결국 아무도 다가오지 않고 내 눈치만 살폈다.

3일이 지날 무렵, 남부에서의 소식을 접할 수 있었다. 루사인과 아버지가 번갈아 오며 남작과 그의 수하들에 대한 조사의 결과를 전해주었다.

뭐, 어차피 예상했던 것과 별 다를 바 없었다. 남작은 어디선가 나타난 검은 망토와 손을 잡고 드래곤의 영역에 납치해 간 소녀들의 피를 뿌리고, 그 대가로 망토에게서 영지를 키울 수 있는 막대한 자금을 지원받기로 했다 한다.

우리 집에 잠시 고용되었던 스말 부부는 원래 남작을 보좌하던 최측근이었고, 남작이 납치해 온 소녀들을 몰래 숨길 장소를 구하던 차에 수도에서 온 귀족이 저택을 구한다는 소문을 듣고 고용인으로 들어가 때를 봐서 소녀들을 옮겨 몰래 가둬놓으려 했다고 자백했다.

애석하게도 검은 망토가 크라노 인이라는 자백은 받질 못했다. 자백 이전에 그 사람들은 검은 망토가 크라노 인이란 것 자체를 전혀 몰랐던 것 같다. 도대체가 국가의 수호룡이 등을 돌릴지도 모를 짓을 저질러 놓고서도 그것에 대한 자각이 전혀 없었다. 그저 드래곤에 대한 조사를 한다는 검은 망토를 뒤집어쓴 학자가 비밀리에 드래곤으로 실험하는 것을 도와달라며 거액을 주었고, 그래서 영지의 소녀 몇 정도 희생시키는 거야 영지의 발전을 위해서도 문제없을 거라 판단하여 동업했다고 한다.

게다가 극구 우기길, 검은 망토는 절대 한 명이었지 여러 명이 아니었다는 거다. 처음부터 혼자 와서 혼자 움직였는데 일행 같은 게 있을 리 없다는 게 남작의 주장이었다. 하지만 처음부터 끝까지 검은 망토를 뒤집어쓰고 있어 그의 실제 얼굴을 본 적이 없다. 망토란 물건만으로 사람을 판단했을 뿐, 같은 망토를 뒤집어쓰고 각기 다른 자가 눈앞에 나타나도 웬만한 눈치가 아니면 미묘한 차이를 구별하기 힘들다. 때문에 남작의 주장은 말소되었다.

본인은 크라노와의 관계를 모르고 저지른 짓이라며 선처를 원했지만, 워낙에 사안이 사안인지라 그대로 국가 반역에 해당하는 죄목을 가지고 진행되는 것 같았다. 더불어 나에 대한 갖은 유언비어 유포와 거기에 따른 무례한 행동도 남부에서 말한 대로 왕실 모독을 중점으로 한, 그 외 여러 가지 죄목들로 남작의 죄를 더욱 무겁게 만들어갔다. 물론 그 중심은 두말할 것 없이 우리 아버지였다.

프리츠와 플루토에 대한 사항은 누구에게도 말하지 않았다. 정말 내키지 않았다. 플루토, 그 자식은 진짜 마음에 들지 않는 놈이지만 그렇다고 녀석 하나 건드리자니 프리츠도 휘말릴 것 같아 여전히 그쪽 둘에 대한 사항은 보류였다.

루사인도 이런 내 심정을 아는지 프리츠에 대해선 아버지에게조차 말하지 않은 듯싶었다. 만약 아버지의 귀에 그 소식이 들어갔다면 국가적인 대혼란이 일어났을 텐데, 여전히 멀쩡한 것으로 보아 확실했다. 뭐, 루사인도 프리츠와는 만날 때마다 신경전을 벌일 정도로 사이가 안 좋아 보여도 일단은 소꿉친구의 범위이니 녀석도 나름대로 고민했겠지.

하지만 일이 너무 조용히 흘러가니 그건 그것 나름대로 또 기분이 나빠졌다. 그래서 덕분에 우울하고 저조한 기분으로 열흘이나 지나 버렸다.

"놀고 있네. 뭐야, 이 어두운 방은? 아무리 냉기 마법으로 온도를 낮췄다 해도 한여름에 뭐 하는 짓거리야? 네 주제에 무슨 분위기를 잡겠다고 이러고 앉았냐. 약 처먹었냐?"

오늘도 여전히 멍하니 의자에 앉아 하염없이 시간을 보내고 있을 때, 갑자기 문이 벌컥 열리며 카린이 밝은 빛을 동반하며 내 방 안으로 당당하게 들어섰다. 양팔로 있는 힘껏 밀어버린 문이 쾅! 소리를 내며 벽에 부딪쳤다. 방문이 열리며 몰아친 바람에 초록빛 머리가 흩날리며 똑바로 나를 바라보는 눈빛이 뭐랄까, 제목을 붙이자면 여신 등장이랄까? 물론 여신의 말투치고는 뒷골목 건달 급이라 참으로 애석했지만.

"시끄러. 문 닫아."

한 손으로 턱을 괴고 슬쩍 카린을 바라본 뒤 다시 눈길을 돌리고 퉁명스레 말하자 카린은 싱긋 웃으며 힘있게 방 안으로 쳐들어왔다.

"많이 컸다, 애송아. 지금 감히 누구한테 명령이냐? 간뎅이가 부었냐? 근데 방이 이게 뭐야. 칙칙하게."

내 의사는 깡그리 무시하고 방 안 전체에 처져 있는 커튼들을 하나하나 활짝 열 때마다 밝은 빛이 기다렸다는 듯이 나를 향해 직격으로 쏟아졌다. 물론 그녀의 박력에 완전히 쫄아버린 난 꼼짝없이 눈치만 보며 카린이 하는 양을 구경할 뿐이었다. 잘못 건드리면 죽는다. 방 안의 모든 커튼을 다 치워 버린 카린은 이제야 성이 풀린다는 얼굴로 손을 털며 투덜거렸다.

"어우, 정말. 이 여름에 웬 겨울용 커튼이야. 주제에 분위기 좀 잡는답시고 고용인들만 고생시켰구나, 아주."

"무슨 상관이야. 왜 와서 참견인데? 신경 쓰지 말고 그냥 가."

적당히 눈치를 보며 있는 대로 짜증을 내고는 의자에서 일어나 침대로 향했다. 침대에 따로 걸려 있는 커튼을 풀며 빛이 차단된 어두운 침대 안으로 기어들어 갈 때였다. 그 자세 그대로 '꽈악' 하며 카린에게 발목을 잡혀 버렸다.

"나도 웬만하면 무슨 상관이냐고 하겠다만, 지금은 사정이 여의치 않아서 말이다."

휙! 철퍼덕, 쿵!!

"으, 으악!!"

내 얇은 발목을 꽉 잡고 우악스럽게 당긴 덕에 난 그대로 주르륵 미끄러지며 바닥과 조우했다. 그리고 안면에 온몸의 무게를 실은 충격이 그대로 밀려들었다. 정말이지 무식하게 힘도 세다. 아무리 내가 성별이 변하면서 몸집도 작아졌다지만, 또래의 여자 아이에게 이렇게 무지막지하게 힘에서 밀릴 거라곤 생각도 못했단 말이다.

“무슨 짓이야! 다칠 뻔했잖아!!”

그대로 철퍼덕 엎어져 얼굴부터 바닥에 갈아버린 난 벌떡 일어나 소리쳤다. 그래, 힘에서 밀리면 목소리라도 이겨야지. 하지만 카린은 전혀 신경 쓰지 않고, 아니, 도리어 성을 내며 날 향해 따졌다.

“무슨 짓? 내가 묻고 싶은 소리야, 그거! 너야말로 무슨 짓이야!!”

“뭐, 뭐가…….”

카린의 기세에 눌려 기어들어 가는 목소리로 눈치를 보며 물었다. 아… 이거 분명 내가 화를 내야 하는 게 맞는 상황 같은데 어째서 이런 분위기로 흘러가는 거지? 대체 왜?

이해하기 어려운 지금의 상황에 홀로 자괴감에 빠져 있을 때, 어느 샌가 카린은 내가 앉아 있던 의자에 자리를 잡고 앉아 팔짱을 끼고 한숨을 쉬었다. 그리곤 갑자기 날 노려보며 으르렁거리기 시작했다.

“남이 기껏 본격적으로 방학을 즐겨보려던 차에 이게 뭐야? 무슨 상관이냐고? 이 집 관리인이며, 네 담당 시녀 등등 아주 줄줄이 찾아오더라. 너 좀 어떻게 해달라고.”

그러고 보니 요즘 들어 세린을 비롯한 집안의 고용인들이 모두 내 눈치를 살피며 숨죽이고 지내왔다는 것이 생각났다. 어차피 내 성격, 한 번 성질내면 밥 먹던 개 건드리는 것보다 더 막나간다는 건 나도 안다. 혹시라도 내가 한 번 폭발하면 지금 이 집 안에 있는 사람 중 누구 하나 말릴 자가 없으니 카린에게라도 도움을 요청했을 게 뻔했다.

"쓸데없는 짓들을… 카린, 넌 그렇다고 이렇게 쪼로로 와서는 남이 사색하는 거 방해나 하냐?"

"이건 무슨 개 풀 뜯어먹는 소리야. 너랑 사색이란 단어가 어울린다고 생각해? 아니, 그전에 네가 사색이란 단어의 뜻은 제대로 알고 사용하는 거야, 지금?"

"아, 너 정말!! 너 목적이 뭐야? 우리 집 고용인들이고 뭐고 다 핑계지? 그냥 뭔가 기분 나쁘던 차에 시비나 걸자고 찾아온 거 아냐?!"

버럭 소리를 지르며 카린의 맞은편에 있는 의자에 털썩 앉았다. 오랫동안 어두운 곳에만 있었던 탓에 완전히 밝아진 방이 좀 부담스러웠지만 카린이 저리도 시비를 거니 이젠 전혀 신경 쓰이지 않았다.

"기분이 좀 나쁘긴 했지. 놀러가려던 차에 여기에 오게 된 거니까."

"그러게, 그냥 놀러갈 것이지 왜 여길 와."

계속 투덜거렸지만 카린은 전혀 아랑곳하지 않고, 내 의사는 완전히 무시하며 주위를 두리번거렸다. 무언가를 찾는 눈빛으로 계속 방 안을 살피던 카린은 무언가 알 수 없다는 표정으로 날 향해 물었다.

“루사인은?”

“없어.”

“으잉?”

내 대답에 카린은 제대로 놀라선 해괴한 비명을 지르며 되물었다. 이것참, 카린답지 않은 반응이랄까. 솔직히 내가 좀 우울 모드로 며칠 보냈다 해서 시녀들이 카린을 찾아갈 이유가 딱히 뭐가 있겠나. 옆에서 말릴 루사인이 없으니 미리 카린이라도 불러다가 혹시 모를 내 히스테리에 대해 보험 들어보겠다는 심사 아니겠냐고. 그걸 머리 좋은 카린이 놓치고 있다니. 뭔가 신기한 느낌이었다.

“며칠 전에 아버지랑 같이 영지 시찰을 갔어. 슬슬 가을이고 하니 곡물 생산도 봐야 하고, 그런 김에 대리인이 결제하지 못한 중요한 사안들도 정리하겠다고 갔으니 며칠 걸리겠지.”

대충 설명하자 카린은 더욱 알 수 없다는 표정을 지었다.

“지금이 영지 정리의 적기라는 건 나도 알아. 그런데 왜 루사인이 가고 네가 남은 거야? 후계자는 너잖아.”

“어디 갈 기분이 아니었어. 그리고 뭐 어때. 내가 가봤자 뭘 알겠어. 내가 작위를 이어받아 봤자 어차피 관리는 루사인이 다~ 해줄 건데. 그러니 루사인이 가서 공부하고 와야지.”

“그거… 자랑이 아니거든?”

뱁새눈을 뜨고 어이없어 하는 카린을 보며 난 피식 웃었다. 자랑이 아니란 것 정도는 나도 알지만 솔직히 말해 효율을 따지자, 이거다. 내가 백 시간 앉아서 설명 들어봤자 모르는 걸 루사인은 단번에 깨우친단 말이다. 어느 쪽이 이득이겠냐고. 우리 영감탱이도 그걸 계산하고 나 대신 루사인을 데려간 것 아니겠냐.

지금쯤 영감탱이의 곁에서 머리에 쥐나도록 공부를 하고 있을 루사인에게 애도를 표하고 있을 때, 카린이 갑자기 일어 서며 소리쳤다.

"아!! 영지 얘기하니까 또 화가 치밀어 오르네!!"

"에? 에? 이건 또 무슨 반응이야?"

갑자기 열혈 버전이 되어서 분노로 활활 타오르는 카린의 기세에 흠칫 놀라 몸을 사리며 슬쩍 눈치 보고 슬금슬금 뒷걸 음질칠 때, 카린이 갑자기 달려들어 내 멱살을 부여잡는 통에 옴짝달싹도 못하는 처지가 되었다.

"너, 이 돼먹지 못한 금발 애송아!!"

"카, 카카카카카카린!! 이건 좀 놓고……."

당황하며 애원했지만 통하지 않았다. 카린은 더더욱 분노 가 가득한 얼굴로 멱살을 잡은 두 손을 앞뒤로 세게 흔들었 고, 난 그 몸짓 그대로 탈탈거리며 온몸이 흔들리고 있었다.

"내가 우리 영지로 가려다가 그 계획을 철회하고 여기로 온 거거든? 어떻게 책임질래, 엉?"

"아, 아니, 그러니까 그냥 영지로 갔으면 될 걸 가지고… 아, 잠깐, 영지 정도는 나중에 가도 되잖아. 그걸 왜 새삼 지금 못 갔다고 이러냐고."

나야말로 억울하다. 누가 와달라고 했냐? 지금 이렇게 분노의 카린을 상대해야 하는 내 정신적 피해에 대한 보상은 어디로 청구해야 한단 말이냐!

하지만 곧 이어지는 카린의 외침에 난 멈칫할 수밖에 없었다.

"지금 영지에 아빠가 와 있단 말이다!!"

아빠? 아빠라… 그러니까 카린의 아빠…….

"아저씨가 돌아왔어?"

"축제 때까지 휴가라 임시 귀국했다."

카린의 대답에 난 고개를 끄덕였다. 괜히 우리 집 고용인들에게 잡혀 그다지 내키지 않음에도 아버지를 포기하고 나를 찾아오게 된 카린의 심정을 조금이나마 짐작할 수 있게 되었다. 아마 지금이라도 당장 마차를 타고 자신의 영지로 달려가고 싶겠지.

"알았어. 이거 놔. 나도 기분 좀 가라앉혀 볼게."

여전히 멱살을 쥐고 있는 카린의 손을 밀어내자 이번엔 순순히 힘을 빼주었다.

"미안. 괜히 이렇게 시간 끌게 해서."

"알았으면 됐다. 뭐, 어차피 늦은 거 아빠는 며칠 뒤에 수도로 오면 그때 만나면 되는 거고."

다시 의자에 털썩 주저앉는 카린을 향해 난 진심으로 미안한 마음을 담아 두 손을 모으고 다시 한 번 사과했다.

카린은 쿼터 엘프다. 초대 잉게 공작이 엘프, 그리고 지금
의 잉게 공작이 하프 엘프. 즉 초대도, 현재 공작인 카린의 어
머니도 남편을 인간으로 골랐다는 소리다. 그런 이유로 카린
의 아버지는 인간.

나이는 대충 우리 아버지와 비슷. 듣기론 왕립 루베르크 출
신이라 한다. 뭐, 가끔 볼 때 평소 사람을 가리는 데 까다로운
우리 아버지와 친한 것 같으니 친구인 것 같기도 하고. 그러
고 보니 우리 아버지, 프리츠네 아버지, 그리고 카린네 아버
지 모두 루베르크 동문이구나. 다들 나이도 비슷비슷하니 어
쩌면 친구였을지도 모른다는 의심이 들었다.

뭐, 어쨌든 카린은 자신의 아버지를 엄청나게 좋아한다. 정
작 엄마인 잉게 공작 앞에선 완전히 굳어서 어머님, 어머님
하며 엄청 무서워하지만 아버지한텐 어릴 때부터 온갖 아양
과 애교를 부리며 자라왔다. 저 카린이 아양과 애교를 부린
다. 이 정도면 할 말 다하지 않았나?

카린이 가장 사랑하는 그 잉게 공은 5년 전부터 발칸 대륙
북부의 제국 카델란에 외교 대사로 파견되었고 아주 가끔, 일
년에 한두 번쯤 휴가 때나 귀국하여 국내에 며칠 체류하고 있
었다. 며칠 안 되는 그 시간을 카린이 얼마나 고대하는지를
알고 있는 나로서는 비록 의도한 일은 아니었지만 정말 너무

미안했다.

"진심으로 미안해하니 이번엔 봐주지."

다리를 꼬고 팔을 괴고 앉아 중얼거리는 카린을 보며 나도 다시 맞은편 의자에 앉았다.

"반년 만에 오신 것 같은데 영지로 간 거야? 식구들은 모두 수도에 있잖아."

"내 말이!! 무슨 세기의 로맨스니 어쩌니 했다더니만, 대체 어머님은 왜 그렇게 차가우신 거야!"

내 말에 카린은 입에 거품을 물고 흥분해서 소리치기 시작했다. 물론 그 대상은 내가 아닌 잉게 공작.

"정말 좋아하는 거 맞느냐고! 종족을 뛰어넘어 선택했으면 그 종족에 맞게 대우해 줘야지, 이건 완전 아빠를 시간이 남아도는 엘프로 보는 것도 아니고, 뭐가 그리 부족하다고 계속 공부하라는 거야!"

"저, 카린. 진정하고… 너무 흥분했는데."

등 뒤로 식은땀을 흘리며 카린을 말려보려 했지만 이미 내 권한 밖이었다. 제어를 벗어난 카린은 입에서 불을 뿜는 괴수마냥 불만을 토했다.

"아, 그래, 가진 거 하나 없는 고학생으로 믿을 건 머리밖에 없어서 루베르크에 입학했다고 쳐. 그리고 근성 하나로 어머님과 어떻게 잘돼서 결혼했다 쳐. 그런데 그게 그렇게 집안과 맞지 않을 정도로 모자란 거야? 아직까지도 공부라니!!"

하긴, 우리 아버지와 비슷한 나이가 되어서까지 공부라면 정말 사정이 딱하긴 하다. 솔직히 나라면 의무교육이 끝남과 동시에 다시는 공부의 공자도 듣기 싫을 텐데 말이다. 물론 그렇다고 지금은 공부에 조금이라도 손을 대고 있느냐, 라고 묻는다면 당당히 아니라고 대답하겠다만.

"글쎄, 어머님이 뭐라 하셨는지 알아? '당신이 가진 거라곤 그 뺀질거리는 잔머리 굴리는 기술뿐이니, 그 장기를 살려 제국에 가 외교나 하며 다른 대륙의 문물을 배워오세요' 라고 했다고. 말이 돼? 아빠는 머리 하나로 루베르크를 졸업했다고. 그런데 뺀질거리는 잔머리뿐이라니!!"

아… 시작됐다. 아버지에 대한 저 열광적인 두둔. 내가 아저씨를 잘 아는 것은 아니다만, 기억하기로 능글능글하게 웃는 웃음 뒤로 많은 짓을 저지를 것 같은 분위기였는데. 그러니까 잉게 공작의 말대로 잔머리에 능수능란한 느낌이랄까? 하지만 뭐, 루베르크의 졸업생이니만큼 카린의 주장도 맞는 듯싶고.

"그렇게 오랫동안 외국에 보내놓고, 휴가라고 돌아오는 사람한테 '그럼 영지로 가서 영지 관리에 대해서도 배워보세요' 라고 하다니. 어머님은 진짜 너무하셔!!"

물론 나도 그것에 대해선 동감이다. 잉게 공작은 뭐랄까, 완벽해 보이려는 성향이 있다. 감정 표현도 잘 하지 않고, 하려고 마음먹은 일이 있으면 어느 샌가 조용히 처리해 버리고. 솔직히 말해 저런 막나가는 딸과 남편이 있다는 것이 오히려 이해가 가지 않을 정도의 인물이었다.

"어차피 인간과 함께 있을 수 있는 시간은 정말 짧은데… 어째서 그 시간을 소중히 하지 않는 거야. 나라면 정말 시간 이 너무 아까워서 늘 곁에 있을 거야. 놓지 않을 거라고."

바닥을 보며 중얼거리는 카린. 억울한 감정을 담아 혼잣말 하는 카린을 보며 난 묘한 감정이 생겨났다. 몇 번이고 카린 이 한 말을 머리 속에 돌려보았다.

함께 있을 수 있는 시간이 짧다라……. 왜 갑자기 이 말이 계속 뇌리에 떠도는지 모르겠다. 이거 어쩐지 티아라가 숙제 라며 생각해 보라 했던 그것과 비슷한 것 같기도 하고. 에라, 뭐 언젠 내가 직접 생각했던가. 아는 사람한테 물어봐서 정답 만 들었지. 그런 이유로 지금 내가 할 일이라면 당연히 한 가 지다.

"카린, 그거 무슨 소리야? 왜 그렇게 시간을 아까워하는 거 야?"

내 질문에 카린은 의외란 듯 눈을 동그랗게 뜨고 날 바라보 았다. 그리고 조금은 안쓰러운 눈길로 날 향해 물었다.

"그러고 보니 너도 하프 드래곤이구나. 생각해 본 적 없는 거야? 네 수명과 인간의 수명에 대해서 말이야."

"응? 글쎄, 인간보단 오래 산다는 것 정도는 알고 있는데."

질문의 의도를 제대로 이해하지 못해 고개를 갸웃거리며 대충 대답하자 카린은 긴 한숨을 쉬었다. 그리곤 굳은 얼굴로 나를 보며 설명하기 시작했다.

"넌 하프 드래곤이지? 드래곤의 수명을 만 년으로 잡았을 때 네 수명은 최하로 잡아도 오천 년 정도는 될 거야. 하지만 인간은 기껏해야 겨우 백 년."

"헤에, 나 그렇게 오래 사는 거야?"

"신기해하지 말고 들어! 남 일이 아니라 네 문제라고!!"

"아, 넵!!"

어쩐지 다른 사람의 이야기 같아 멍하니 듣는 나를 향해 버럭 화를 내는 카린의 기세에 퍼뜩 놀라 부동자세를 취하며 다시 이어질 카린의 말을 기다렸다. 아, 그래. 이거 내 문제에 대한 설명이지. 그런데 여전히 집중은 안 되는데…….

"지금 네 곁에 있는 인간들이 모두 사라져도 넌 앞으로 4,900년은 더 살아야 한다는 거야."

"음? 뭐랄까… 너무 막연해서 이해가 잘 안 되는데?"

남부를 떠나올 때 티아라가 지금보다는 조금 더 머리가 돌아가게 해놨다고 했는데 별로 달라진 게 없는 것 같아 서글펐다.

"아, 그래. 네가 머리 나쁘다는 거 잠시 잊었다. 다시 설명하지. 나나 프리츠, 루사인과 10년을 함께 지냈지? 그리고 아마 앞으로도 계속 옆에 있겠지. 하지만 인간의 수명은 너무 짧아. 결국은 루사인과 프리츠가 없이 그 10년이 490번이나 되풀이되는 시간을 혼자 살아가야 한다고.”

드디어 카린이 말하는 것이 무엇인지 조금이나마 깨닫게 된 난 그대로 멍하니 앉아 한참 동안 카린을 바라보았다.

그래, 이제야 좀 알 것 같다. 인간과 드래곤의 차이… 아버지도 루사인도 모두 인간이니까 나보다 먼저 죽겠구나. 그것도 한참이나 먼저. 오천 년 대 백 년이라… 그들에겐 평생의 시간이 내겐 찰나라는 소리. 아버지도, 루사인도, 그리고 프리츠도……. 모두 사라진다면 정말 슬플 거다.

이게 티아라가 말하던 숙제인가. 저들이 모두 사라지고도 수천 년이나 남아 있을 나는 대체 어떻게 해야 하는 거지? 내 나이 16살. 10년을 넘게 루사인과 지내왔다. 기억도 못할 정도로 오랜 시간이 흐른 것 같은데, 그게 인간의 수명인 백 살에도 한참을 미치지 못하는 시간이란 건 알겠지만… 거기서 5천 년 이상이라고?

시간이 너무나도 막연하면서, 그렇기에 더욱 현실적으로 다가왔다. 그러니까 시간이 지나면 내 곁엔 결국 아무도 남지 않게 되고, 난 지금으로선 짐작도 할 수 없는 긴 시간을 혼자 살아야 한다는 거지?

“이제 이해가 되는 거야?”

“…웅. 그런 것 같아.”

여전히 멍한 눈으로 힘없이 대답하자 카린이 내게 다가와 날 꼭 끌어안았다.

"뭐야, 라이안. 아무것도 몰랐었구나. 누구도 너에 대해 자세히 말해주는 사람이 없었구나. 인간인 줄 알고 자랐는데, 인간으로 자랐는데. 어떻게든 알려줘서 조금이라도 일찍부터 준비를 시켜야 하는 걸……."

"병 주고 약 줘? 네가 말해서 알게 된 거잖아. 그리고 어차피… 미리 알았다 해도 사실은 변하지 않는 거고."

그렇다. 어차피 인간의 수명이 짧다면 미리 알든 이제야 알든 결말은 같은 것 아닌가? 새삼 이제야 알게 되었다 해도 별다를 바 없지 않은가.

날 안고 있던 카린이 갑자기 떨어져서 내 어깨를 잡고 내 두 눈을 똑바로 바라보았다. 엘프 특유의 보일락 말락 한 홍채보다 아주 조금 짙은, 희미한 동공의 이질적인 느낌이 드는 탁한 바다색의 눈동자는 언제 보아도 신기했다.

"저기 라이안, 달라."

"응?"

"아무것도 모른 채로 똑같은 시간 속에 살다가 갑자기 당하는 것하고, 처음부터 알고 있는 것은 엄연히 달라."

정색을 하며 말하는 카린을 보며 난 고개를 갸웃거렸다.

"뭐가?"

"그러니까 인간으로 따지면, 그래, 네 아버지. 어차피 수명이 있고, 결국은 너보다 먼저 죽을 거란 사실을 원래 알고 있던 거잖아? 달라진 거라면 네가 남겨지는 시간이 조금 길 뿐이란 것.”

“무슨 소리를 하는 거야? 이해 못하겠어. 아버지는 그렇다 치고, 루사인은? 동갑이잖아? 어떻게 생각해야 하는 거야?”

카린의 설명은 너무 어렵다. 저렇게 말해봤자 내가 반도 못 알아먹는다는 것을 뻔히 알면서 무엇을 이해시키려고 저렇게 계속 말을 거는지 모르겠다. 전혀 생각지도 못한 사실을 알고 혼란스러움으로 꽉찬 이 머리에 무슨 지식을 더 우겨 넣어서 내 머리를 폭발시키려는 걸까.

“라이안, 그러니까… 루사인도, 네 아버지도 인간은 모두 우리보다 먼저 죽는다는 것을 기억해 두고 있어야 한다는 거야.”

카린은 여전히 불쌍한 아이를 감싸 안는 얼굴로 쓴웃음을 지으며 말했다. 난 고개를 저으며 울 것 같은 얼굴로 카린의 말을 받아쳤다.

“기억해서 달라지는 게 뭔데?”

“글쎄…….”

내 질문에 한숨을 쉬며 카린은 일어섰다. 그리고 방을 가로질러 창가로 향했다. 내게서 등을 돌리고 창밖을 통해 멀리 어딘가를 바라보며 카린은 다시 한숨을 쉬었다.

"어떻게 말하면 좋을까… 라이안, 고양이를 키우고 있지?"

"응? 아버지가 키우고 있지."

고양이를 무지 좋아하는 영감탱이 덕에 우리 집엔 두 마리의 고양이가 살고 있다. 그 무뚝뚝한 루사인마저도 녀석들을 어찌나 좋아하는지, 고양이들을 자신의 방으로 데려가 안고 뒹구는 모습을 가끔이지만 볼 수 있었다. 그런데 왜 갑자기 여기서 고양이에 대해 묻는지 이해할 수 없었다.

"고양이는 말이야, 인간보다 수명이 짧잖아. 고양이는 진짜 오래 살아봐야 20년. 인간은 백 년. 인간에 비하면 아기 고양이가 자라고 성장해서 늙어가는 것은 매우 짧아. 그 고양이의 한평생을 인간으로 치면 짧은 시간으로 보는 거지."

"흐응……."

뭔가 알듯 말듯, 경청하여 듣고 있자 카린은 계속 이어서 말했다.

"고양이가 다섯 살이 되고, 열 살이 되고, 나이가 들어갈수록 생각하게 되지. '아, 이 아이와 함께할 수 있는 시간은 지금까지 지내온 시간 정도밖에 남지 않았구나. 어쩌면 그것보다 더 짧을지도 모르겠구나' 라고 말이야. 하지만 그렇다고 해서 지금부터 슬퍼하진 않잖아?"

"그렇긴 하지."

"수명이 있는 것을 죽지 못하게 막는 건 될 리도 없고. 그렇다고 언젠가 헤어질 거라 해서 아예 정을 주지 않겠다고 처음부터 멀리하려는 건 말도 안 되지? 난 말이야, 좋아하는 건 좋아하는 거니까 지금 바로 옆에 있을 때 정말 후회하지 않게 최대한 추억을 남기고 싶어.”

난 멍하니 카린을 바라보았다. 어쩌면 카린은 나에게 말하기보다는 자기 자신에게, 스스로에게 말하고 있는 것 같다는 느낌이 들었다. 그리고 그 예상이 맞는지 카린은 더 이상 내 반응에 신경 쓰지 않고 어딘가를 멍하니 바라보며 꿈을 꾸는 듯한 표정으로 말했다.

“우리에게 인간은 고양이와 같아. 함께 지내지만 다른 시간을 살고 있어. 그들의 평생을 바라보면서 ‘아, 이제 몇 년밖에 안 남았구나’ 라고 자조하는 거 난 싫어. 그들의 수명이 짧다는 건 늘 기억하고 있어. 그렇기 때문에 더욱 그 짧은 시간을 행복하게 보내고 싶어. 그래야 먼 훗날에 혼자 남게 되어도 행복했던 한때를 기억하며 즐거워할 수 있을 것 같아.”

그 순간, 내게도 무언가 스위치가 켜지는 것 같았다. 그래, 먼 훗날인가. 아무리 하프 드래곤인 내 수명이 몇 년이든 간에, 결국 몇십 년 뒤의 일은 아직 실감도 나지 않는다. 그럼 고민할 필요도 없지 않은가.

그래, 태어난 이상 모두 죽음을 곁에 두고 살고 있다. 난 그게 보통 인간들보다 좀 더 멀리 있을 뿐. 그리고 지금 내 곁의 인간들이 모두 나보다 먼저 사라진다는 것을 알게 되었을 뿐이다. 하지만 어차피 내가 지금까지 살아온 시간보다 한참 더 많은 시간이 지난 후의 일들이다. 미리부터 새삼 고민해 봤자 아무런 소용이 없지 않는가.

카린이 말하는 것을 이제야 이해할 수 있었다. 아무것도 모르는 채 갑작스레 맞이하는 주변 인물의 부재보다는, 이미 각오를 하고 준비해 가는 게 낫겠지. 어쩔 수 없는 일이니까. 그러니까 그때가 되면 겸허하게 받아들일 수 있게 될 테니까.

"이해돼?"

"조금."

카린의 물음에 고개를 끄덕이며 대답했다. 그래, 조금은 이해할 수 있었다.

조금 편해진 것 같은 내 표정을 보며 카린은 생긋 웃으며 다시 내 앞의 의자로 와서 앉았다. 그리곤 다리를 꼬고 팔짱을 끼고 앉아 투덜거렸다.

"너 같은 자타 공인 바보도 이해하는 걸 어째서 어머님은 납득하려 하질 않는지 몰라."

"어이, 자타 공인 뭐?"

"넘어가, 넘어가."

뱁새눈을 뜨고 문제의 발언에 대해 따지려 들자 카린은 특유의 노려보는 눈길로 은근슬쩍 넘어갔다. 라기보다는 더 발언하면 죽여 버린다, 라는 뜻이 담겨 있는 협박성 어조랄까.

"그냥 넘어가기엔 좀 문제성 발언이……."

왠지 억울해서 끝까지 궁시렁거려 봤지만 카린에겐 씨알도 안 먹혔다. 완전히 무시하고는 자기 할 말만 하는 정말 강한 여자였다.

"티가 날 정도로 좋아하거든, 어머님이 아빠를 대할 때 말이야. 세상에, 볼이 발그레해져. 상상이나 해봤어? 우리 어머님이 한 떨기 풋풋한 소녀처럼 느껴질 정도야."

"……꿈꿨냐?"

나에 대한 무시보다 카린의 말이 더욱 신경 쓰였다. 아니, 대체 쟤가 무슨 소릴 하는 거야. 전에도 말했지만, 잉게 공작하면 가장 먼저 떠오르는 단어가 바로 차가운 얼음이란 말이다. 그런데 뭣이 어쩌고 어째? 카린, 쟤가 아무래도 제정신이 아니지. 지금 누구 앞에서 상상의 나래를 펼치고 있는 거야, 진짜.

"못 믿냐?"

"너라면 믿겠냐?"

못마땅한 눈초리로 날 보며 묻는 카린을 향해 기가 막혀 되물었다. 그러자 카린은 언제 그랬냐는 듯 노려보던 눈길을 돌리고 짧은 한숨을 쉬었다.

"하아, 그래. 내가 말하는 거지만 솔직히 나도 실감이 안 난다. 하지만 사실이더라. 그런데 말이야, 그런 어머님이라 더욱 아빠 앞에서 저 정도로 반응을 보인다는 건 엄청나게 좋아한다는 거 아냐?"

"네가 말하는 게 사실이라면 그렇겠지. 아니, 그 이전에 잉게 공작이 네 아버지랑 결혼했다는 것 자체가 보통 각오론 불가능했을 거라고 생각되는데. 네 아버지는 평민이었잖아."

"그래, 맞아. 그러니까 내 말은 그렇게 좋아하면서 왜 그렇게 멀리 떨어뜨려 놓는 건지 도무지 이해할 수가 없다는 거야. 바다 건너의 다른 대륙으로 보낸 것도 그렇고, 겨우겨우 휴가에 맞춰 돌아오니 이번엔 영지로 보내 버리고. 도무지 곁에 두려고 하질 않아."

카린의 한숨에 난 고개를 끄덕였다. 소문으로는 잉게 공작이 연애결혼한 것이라고 들었다만, 솔직히 그것이 과연 사실인지 그 진의조차 의심스러울 정도로 카린의 아빠와 가까이 지내려 하질 않았다. 아저씨가 어느 정도 귀족 출신만 됐어도 그냥 집안끼리 정략결혼을 한 것이라 생각할 수 있다. 하지만 말 그대로 평민이어서야 감히 정략결혼 쪽은 엄두도 못 내고, 그렇다고 연애결혼이라 하기엔 너무도 무리가 있는 분위기였다.

"인간인 아빠의 시간은 정말 짧단 말이야. 솔직히 말하면 엄마를 이해할 수 있을 것 같기도 해. 그 짧은 시간이 두려워서 지금부터 조금씩 헤어지는 예행연습을 하는 것 같거든. 그런데 정말 바보 아니야? 안 그래도 짧은 시간을 그렇게 쪼개 버리는 건 너무 손해잖아."

그렇다. 전적으로 동의한다. 이왕 처음부터 결정된 거라면 최대한 누릴 수 있는 것만큼은 누려보고 난 다음에 생각해 봐야 할 일 아닌가? 카린의 증언이 사실이라면 아무래도 잉게 공작은 인생을 너무 비관적으로 살 거나 아니면… 보는 것과는 다르게 겁이 많은 거다.

"나라면 정말 그 시간이 아까워서라도 꼭 붙어 있을 거야. 조금이라도 더 많이 보고, 대화를 나누고, 함께 놀고. 죽을 때까지 떠올려도 끝이 없을 정도로 많은 추억을 남기고 있을 거야. 죽을 날을 받아놓은 환자도 아니고, 저렇게 떨어져 사는 거 정말 바보 같아."

"동감. 내가 인생을 너무 가볍게 사는 건진 몰라도 전적으로 네 주장이 더 마음에 들어. 헤어질 때를 생각해서 지금부터 멀리한다면, 애초에 곁에 두질 말았어야지."

계속 고개를 끄덕이며 카린의 말을 받아주자 카린은 눈을 동그랗게 뜨고 날 바라보았다.

"뭐냐, 너. 진짜로 내 말을 다 이해한 거야? 뭐 잘못 먹었냐? 네 이해력은 이 정도로 안 뛰어나잖아. 야, 죽을 때가 되면 사람이 달라진다는데, 너 혹시……?"

"무슨 헛소리야!! 못 알아들으면 머리 나쁘다고 구박, 알아들으면 약 먹었냐고 놀리고. 어느 쪽 장단에 맞추란 거야!"

정말이지 주변에 있는 사람들 전부가 하나같이 누굴 바보로 취급하고 있단 말이야. 내 머리에도 뇌란 게 자리 잡고 있다. 생각하는 능력 정도는 있다고!

억울한 마음에 빤히 노려보자 카린은 고개를 끄덕이며 의자에서 일어섰다.

"뭐, 적당히 붕어 대가리라 생각했는데 닭 정도로 진화가 된 건가. 그치만 생선이나 조류나 별 차이 없을 텐데……."

"무슨 뜻을 품은 발언이야, 그거!!"

"별거 아냐. 신경 쓰지 마."

기지개를 쭉 켜고 생긋 웃으며 대답하는 카린의 모습이 참으로 가증스러웠다. 아니, 대체 남을 닭이니 생선이니 따위에 갖다 붙이고는 신경 쓰지 말라니. 신경 안 쓰게 생겼냐고 이거.

"별거 아닌 문제는 아닌 것 같은데. 심하게 본심이 우러나온 듯한 느낌이 드는걸?"

"네 머리가 나쁘다는 건 새삼 거론할 일도 아니잖아? 뭐, 어쨌든 하소연 끝!"

"엥?"

갑자기 웬 하소연이란 말인가? 아니, 잠깐. 그러니까 저거 혹시… 우울해하고 있는 나를 보다 못한 시녀들의 애원에 마지못해 온 게 아니라 설마 잉게 공작에 대한 화풀이 겸 하소연을 위해 날 찾아온 것은 아니겠지? 설마아.

"그렇게 억울한 눈으로 보지 말거라, 금발 애송아. 어차피 서로 상부상조 아니겠냐."

"무엇에 대한 상부상조냐? 넌 하소연하고, 난 닭머리니 생선 머리니 하는 소리를 듣는 거 말이냐?"

카린의 말에 비아냥을 담아 묻자 카린은 키득거리며 웃었다.

"기분이 좀 나아지지 않았어? 우을해했었잖아."

"뭐, 그건 그렇지만……."

"나아진 김에 아예 확 풀어버리게 놀러 나가자."

"응?"

갑자기 내 손을 잡아당기며 방문 앞으로 끌고 가는 카린에게 당황하며 외마디 질문을 던졌다. 카린이야말로 뭐 잘못 먹은 거라도 있나, 갑자기 이런 태도는 심하게 적응 안 된다고.

"이상한 눈으로 보지 마. 갑자기 여자 애가 되어선 한 번도 혼자 돌아다녀 본 적 없지? 오늘 아주 본격적으로 여자 애들이 노는 방법을 알려줄 테니 따라만 오라고."

"자, 자자자자잠깐! 이런 차림으로?!"

날 잡아 끄는 카린의 손아귀에서 벗어나기 위해 안간힘을 쓰며 한 팔로 방문을 붙잡고 버티며 소리쳤다. 나 정말, 집 안에서 입고 뒹구는 끈 나시 차림에 초미니란 말이다. 물론 아무리 집에서 뒹굴기용으로 입는 옷이라 해도 아버지가 골라준 것이니만큼 재질이며 디자인이 고급스럽기 짝이 없다지만, 그래도 차림새가 문제라고. 내 아무리 상식이 없기로 유명하다지만 적어도 귀족가의 딸이 이런 모습으로 밖엘 돌아다닌다는 건 정말 상식 밖의 일로…

"뭘 그렇게 깊게 생각해? 나도 같은 차림새인걸? 밖에 나가면 다들 이렇게 입고 다녀. 유행이잖아. 거, 어깨 아래로 내려온 금발이나 질끈 묶어라. 더워 보인다."

"에… 에……?"

그러고 보니 카린 역시 나와 세트로 맞춘 듯 나시 차림에 미니스커트였다. 그러니까 저 모양새로 우리 집까지 왔다는 거로군. 에라, 모르겠다. 카린은 정통 귀족 소녀가 아닌가. 나 같이 중간에 노선 변경해서 소년에서 소녀로 전입해 온 사이비하고는 시작부터가 다르다고. 그런 카린이 괜찮다 했으니… 뭐, 상관없겠지. 그래, 놀아준다니 어디 같이 놀아보자고.

나와 카린의 차림새에 심히 놀라 눈을 동그랗게 뜨는 마부를 무시하고, 현관 앞에까지 따라 나와 발을 동동 구르는 시녀들도 무시하며 카린은 힘차게 '출발'을 외쳤다. 곧 사륜마차는 수도의 번화가로 향했다.

왕성으로 향하는 큰길이 시작되는 수도의 중심엔 큰 광장이 자리 잡고 있다. 그 광장을 중심으로 상가가 형성되어 있고, 특히 광장 동쪽은 대형 시장과 놀거리, 먹거리가 몰려 있는 번화가였다. 발칸 대륙과의 무역이 성행하고 있는 항구 도시가 동쪽이다 보니 아무래도 조금이라도 그쪽과 더 가까운 탓에 그렇게 발전한 거라고 언젠가 아버지가 가르쳐 주었다.

8월의 작열하는 태양이 가득한 대낮에 번화가의 한가운데
에 선 난 멍하니 주위를 바라보았다. 타고 온 마차는 카린이
집으로 되돌려 보낸 지 오래. 이렇게 내 발로 서서 번화가를
걷는 건, 솔직히 말해 처음이었다.

시장을 보러 나온 아줌마들이 주를 이루는 가운데 상류층
가문의 아가씨들도 여럿 보였다. 물론 저 아가씨들이야 시장
이 아니라 근처에 깔려 있는 명품점이 목적이겠지만. 그녀들
의 뒤로 시녀들이 서넛씩 줄을 이어 양손 가득 짐을 들고 따
라가는 게 특히나 눈에 띄었다.

하지만 무엇보다 내 눈길을 끄는 건 팔짱을 끼고 혹은 손을
잡고 두셋, 많게는 대여섯까지 무리를 지어 여기저기를 돌아
다니는 소녀들 무리였다. 대부분의 차림새는 나와 카린마냥
나시에 짧은 스커트. 카린이 말한 게 사실이었다는 것은 둘째
치고, 뭐가 저리도 신났는지 서로 웃으며 상점을 구경 다니는
모습이 꽤나 낯설었다.

고백하겠다. 내가 소년이었을 때 논답시고 여기저기 많이
돌아다니긴 했지만, 주로 활동하던 곳은 광장 남쪽에 있는 유
흥가 지대였다. 술집과 여관은 표면적이고 전반적인 모습이
었지만 깊게 들어가면 도박이나 퇴폐업으로 연결되는 곳으
로, 그런 분위기에 익숙한 내게 있어 이쪽 번화가의 밝은 모
습은 참으로 신기로울 뿐이었다.

"뭘 그렇게 두리번거려? 꼭 여기 처음 와본 촌뜨기마냥."

"네 말대로 처음이니까 그냥 넘어가."

"에엑?"

순순히 대답하는 나를 향해 카린은 괴상한 비명을 질렀다. 거참, 귀족가 여식이란 게 이미지 관리는 못할망정 대낮에 도로 한가운데에서 이게 뭐 하는 짓이람. 그래가지고 잘도 시집가겠다.

"입 다물어라, 침 떨어진다. 처음이니까 처음이라고 했건만 뭐 그리 놀라냐?"

"라이안, 너 수도 태생이잖아. 그런데 여길 한 번도 안 지나갔단 말이야?"

"지나가기야 했지, 마차타고. 가끔 환기시킨다고 마차 창문을 열며 슬쩍 구경해 봤을라나? 솔직히 내가 여기에 볼일이 없잖아."

그러자 카린은 기절할 만큼 놀랐다는 감정을 온몸을 휘청거리는 것으로 표현했다. 야, 너 그거 솔직히 오버다. 다른 사람도 아니고 내 앞에서 약한 척 쓰러지면 그걸 받아줄 것 같냐? 남들은 모르는 네 본성을 알고 있는 나라고. 그 가증함에 넘어갈 것 같아?

뱁새눈을 뜨고 바라보자 카린은 무안한지 다시 자세를 가다듬고 당당한 아가씨의 모습으로 돌아가서 외쳤다.

"너, 오늘 각오해. 이쪽 번화가의 재미를 제대로 느끼게 해주지!!"

그리고 지옥은 시작되었다.

정말이지 생전 처음 보는 것, 처음 경험하는 것 천지였다. 카린의 손에 이끌려 노점에서 머리 장식도 사보고, 냉기 마법을 이용해 만든 아이스크림도 사 먹었다. 그리고 역시 노점에서 파는 도넛과 시원한 음료도 사서 들고 다니며 먹어보았고, 약 1분간 냉기를 느낄 수 있는 이동식 간이 냉기 마법 도구도 사봤다.

"대체 이건 왜 산 거야? 마법 정도야 스스로도 할 수 있는 걸 왜 굳이 사서 들고 다녀. 그것도 겨우 1분."

"시키면 시키는 대로 해라, 애송아. 내 돈 들었지, 네 돈 들었니?"

내 투덜거림에 낮은 목소리로 으르렁대며 맞받아치는 카린을 보며 난 찍소리도 못하고 그녀의 손에 이끌려 다녀야 했다.

그래, 내 돈이야 안 들지. 모두 다 카린이 부담. 솔직히 아무 준비 없이 그냥 끌려 나왔는데 돈이 있을 리가 없지 않은가. 뭔가 돈이 될 만한 거라면 아버지가 직접 구해준 목걸이라던가 귀고리, 아니면 팔찌와 발찌 정도랄까. 하지만 노점에서 도넛 하나 사 먹으며 이런 걸 낼 수도 없는 일이고. 언뜻 보기엔 무난한 장식품 정도로 보이지만 그걸 노리고 만든 액세서리들이다. 집 안에서 착용하고 뒹굴기에 부담스럽지 않게 특별 제작한 거라나. 말은 그렇지만 찬찬히 뜯어보면 박혀 있는 작은 보석들이며 세공이 모두 상등품. 보기에 부담스럽지 않을 정도라 해서 값이 쌀 리가 없잖아.

어쨌든 덕분에 얻어먹는 처지니 불평만 하고 있을 순 없겠지. 비록 얻어먹을 수밖에 없게 된 상황 자체가 카린 덕분에 벌어진 거라지만 따져 봤자 나만 손해. 그냥 좋게 좋게 뜯어나 먹는 게 낫지.

게다가 솔직히 말하자면 이렇게 돌아다니는 카린의 모습에 놀랐달까. 학교에서 내숭만 떠는 완벽한 이중생활의 대가로만 생각했는데, 이렇게 일반 가정집 소녀들마냥 거리에서 노는 게 익숙한 걸 보니 새삼 다시 보였다. 카린도 나름대로 자신의 재미를 찾아 노력하고 있었다는 사실에서 어쩐지 동질감이 들었다. 물론 나는 범죄, 저쪽은 신분을 뛰어넘는다는 것으로 분야는 매우 많이 다르지만 말이다.

"흐음, 괜찮은 먹거리가 아직 많은데 배가 불러서 더는 못 먹겠다. 그럼 소화도 시킬 겸 저기에 들어가 볼래?"

꽉 찬 배를 두들기며 카린이 가리킨 곳을 본 난 인상을 쓰며 카린에게 물었다.

"저기? 옷가게잖아. 집에 쌓인 게 옷인데 가서 뭐 하게?"

"뭐, 어때. 갔다가 마음에 드는 것이 있으면 사는 거고, 아님 마는 거지. 요는 구경에 있다니까. 그리고 의외로 종류가 다양하게 많아서 편하게 입기 좋아."

"종류가 많으면 뭐 해. 아까부터 보니까 하나같이 다들 다 우리랑 비슷한 차림이던데. 솔직히 너무 똑같은 거 아냐?"

정말이지 모두 다 하나같이 나시에 짧은 치마. 그나마 간간이 보이는 상류층 아가씨들만이 이 더운 여름에 겹겹이 갖춰 입고 돌아다니고 있었다. 물론 그건 말 그대로 가끔 보이는 수준이었고, 오늘 카린과 거리를 돌아다니며 마주친 몇몇 유서 깊은 귀족가 영양들도 우리와 똑같은 차림이었다. 하나같이 다들 비슷비슷하게 고만고만한 차림. 그런데 무슨 종류가 다양하단 말인가.

"라이안, 라이안. 네가 아직 잘 모르나 본데, 유행을 따르는 대세 속에 조금이라도 남들과는 다른 것을 추구하는 게 바로 진정한 꾼이란다."

"이건 또 무슨 소리야?"

"그러니까 비슷한 듯 보이지만 비슷하지 않은 게 좋다, 이거야! 들어가자!!"

그대로 카린의 손아귀에 잡혀 마구잡이로 매장 안으로 끌려 들어가 버렸다.

옷가게 안은 생각보다 넓었고, 사람들도 많이 보였다. 그리고 난 이것저것 옷을 고르며 매장 안을 돌아다니는 카린의 요구대로 점차 쌓여가는 옷을 본의 아니게 수십 차례 갈아입는 고역을 치러야 했다. 아무리 건물 전체에 냉방 마법이 쳐져 있다지만, 이렇게 사람이 많고 옷을 몇 벌씩 갈아입다 보면

땀이 흐른단 말이다.

"왜 내가 옷을 입어야 하는 건데? 고르는 건 너잖아."

"내가 입어보긴 귀찮으니까. 넌 나랑 몸매가 비슷비슷하잖아. 대충 입은 이미지만 보면 되니까."

"그러니까 왜 내가 그 귀찮은 짓을 해야 하냐고?"

"오늘 물주가 나다."

아무리 옆에서 투덜거려도 전혀 들어먹질 않는다, 저 이중인격 엘프. 내가 정말 살다 살다 돈 없다고 이리 괄시받기는 처음이다. 상상이나 해봤겠냐고. 손가락 안에 드는 부호, 그리고 공작가의 유일한 후계자인 내가 노점에서 사 먹을 돈이 없어서 부려먹힘 당하고 있다는 걸 말이다!

"라이안, 딴생각하지 말고 빨리 그거 벗고 이번엔 이거 입어봐."

"예, 예."

한숨을 쉬며 카린이 넘겨주는 분홍색 나시를 받고 있을 때였다. 문득 내 주위를 둘러싸고 있는 분위기가 술렁거리는 것을 느꼈다. 모두의 시선이 이쪽으로 몰린 긴장감이 온몸을 감쌌다.

"뭐지?"

슬쩍 시선을 돌려 주위의 눈치를 살피던 난 흠칫 놀랐다. 느낌 탓이 아니었다. 매장에 있는 사람들 거의 대부분이 나와 카린을 대놓고 보거나 흘끗거리는, 어쨌든 간에 우릴 보고 있었다. 그리곤 옆에 있는 일행들과 대화를 나누는데, 슬쩍 집중해 보니 그 내용이 여과없이 들렸다.

"저기 쟤들, 귀여운데. 상당히 미인들이잖아?"

"야야, 저건 완전 상등품이라고. 하나도 아니고 둘 다 저렇게 수준 높기는 힘든데 말이야."

라고 하는 남자들 무리나, 아니면 저쪽의 여자애들 무리.

"뭐니 아까부터. 이 옷 저 옷 다 들추고. 사지도 않을 거 아냐, 저거."

"뭘 입어도 잘 어울린다고 재는 건가? 좀 적당히 고르고 나가지, 여기 전세 냈나?"

"그래도… 예쁘니까 같은 여자라도 눈요기는 되네. 외모가 받쳐 주니 뭘 하든 어울려서 좋겠다."

뭐랄까, 부러움과 질시와 푸념이 가득 찬 저 대화들. 그러니까 저 대화의 중심이 된 게 바로 나와 카린이란 말이다.

솔직히 말해 기분이 묘했다. 원래 남자였을 때부터 특출난 외모로 늘 시선 집중을 받아왔기에 새삼 놀랄 것도 없지만, 그래도 왠지 여자 아이가 되어 받는 건 느낌이 달랐다. 이렇게까지 남들의 시선에 노출된 적도 없었고, 저렇게 노골적인 반응을 받아본 적도 없었다. 아, 최근 들어 겪어본 돼지 남작은 논외. 어쨌든 조금은 부담스럽기도…….

"카린, 나가자."

"엥? 라이… 가 아니라 세라?!"

정색을 하고 들고 있던 옷을 내려놓고 획 돌아서서 매장의 출구를 찾았다. 저런 시선에 전혀 아랑곳하지 않고 여전히 옷을 들춰보던 카린은 깜짝 놀라 날 불렀다. 하지만 내가 뒤돌아설 분위기가 아니란 것을 깨달았는지 계속 따라다니던 매장의 점원을 향해 요구했다.

"지금까지 입어본 것 중에 내가 따로 오른쪽에다 쌓아놓은 거, 전부 다 포장해 놔."

"네?"

점원은 눈을 동그랗게 뜨고 카린이 가리키는 오른쪽의 옷들을 바라보았다. 이곳에 들어와서 고른 옷들의 대부분. 좋은 재질의 괜찮은 옷들 중에서도 고르고 고른 것이, 얼핏 봐도 일반 가정의 두 달치 생활비는 족히 넘을 게 분명했다.

"이건 옷값 선불. 모자라는 건 조금 있다가 가지러 오는 사람이 내줄 거야. 오늘 내로 올 거니까 아무한테나 넘기지 말고. 야, 세라!! 같이 가!!"

급히 점원에게 얼마간의 돈을 넘기고 목청이 터져라 날 부르는 카린을 무시한 채 건물 밖으로 나가 버렸다. 밖으로 나오자 다시 후덥지근한 열기가 덮쳐 왔다. 건물 안이 아무리 더웠어도 이 정도로 차이가 나는 걸 보면 냉방 마법이 걸려 있긴 했었나 보다.

"세라, 거기 서!! 더운데 땀나게 왜 이렇게 서두르는 거야."

뒤따라나온 카린이 날 덥석 잡으며 투덜거렸다.

“몰라. 안에 더 있기 싫었어.”

“뭐야, 왜 갑자기 변덕이야? 입으론 귀찮아하면서도 잘 입었잖아. 옷 고르는 거 재미있지 않았어?”

“아니, 그건 그렇다 하지만…….”

그렇다. 재미있었다. 카린이 어찌나 옷을 잘 고르는지, 그녀의 말마따나 비슷한 패턴의 옷인 데도 입을 때마다 느낌이 다른 게 꽤나 신기했다. 그래서 투덜거리면서도 내심 다른 옷을 기다리고 있었다. 하지만 이상하게 저 분위기는 싫단 말이다. 모두의 시선을 한 몸에 받은 게 어제오늘 일은 아니지만서도 저건 뭔가 아니었다.

“흐응… 알겠다.”

내 표정을 살피던 카린이 갑자기 눈을 빛내며 생긋 웃었다.

“뭘?”

“네가 왜 그러는지 말이야.”

난 퉁명스러운 반응으로 입을 삐죽 내밀며 카린의 말을 기다렸다. 대체 나도 모르는 이 내 마음을 카린이 어찌 아는지 궁금하기도 했다.

“넌 말이야, 아직 다른 사람들이 널 여자로 바라보는 눈길을 부담스러워하는 거야. 하긴, 당연하겠지. 지금까지 계속 남자로 살다가 여자가 된 지 이제 반년이잖아. 그러니까 그 미묘하게 다른 시선과 분위기에 아직 적응하지 못했다는 거지.”

“……그런가?”

듣고 보니 과연 그럴듯하다. 이래서 머리 좋은 사람은 다른가 보다. 단번에 이렇게 사태의 문제점을 파악해 내다니. 어쩐지 신빙성이 있어 고개를 끄덕이자 카린은 계속해서 말을 덧붙여 나갔다.

“그런데 말이야. 난 아무리 생각해도 이쪽이 더 자연스럽다고 봐.”

“응?”

“네가 남자였다는 게 더 어색할지도. 뭐랄까, 지금 이렇게 여자 아이가 되고 나서야 드디어 제자리를 찾은 느낌이야. 그러니까 맞지 않던 옷을 벗어 던지고 제대로 꼭 맞는 것을 고른 거라고 할까?”

“그게 뭐야.”

그러니까 카린의 말을 정리해 보면, 내가 애초에 남자였던 게 잘못된 거라는 것 아닌가. 하지만 아무리 그렇게 말해도 지금까지 인생의 대부분을 남자로 살아온 나다. 이제 와서 잠시 성별이 여자로 바뀌었다 해도, 그리고 저렇게 말한다 해도 납득할 수 있을 리 없지 않은가.

“못 믿는 거야?”

“무슨 근거로 그런 소리야. 지금까지 남자로 잘 살아왔는데.”

괜히 투덜거리자 카린은 고개를 갸웃거리며 잠시 생각하

고는 다시 웃으며 말했다.

"네가 남자였을 때, 솔직히 어딘가 안 맞았거든. 그런데 지금 봐. 여자 아이가 되니까 여자 대 여자로 함께 노는 게 정말 자연스럽잖아. 내가 누구니? 비록 쿼터지만 자연의 일족, 엘프라고. 내 느낌은 정확해!"

"그 성격으로 자연 파괴나 하지 마라. 어쨌든 상관없어. 남자로 돌아갈 수 있는 일이라면 뭐든 할 거니까. 언제가 됐던 어머니의 행적을 알아내서 할 수 있는 건 다 해봐야지."

굳은 다짐과 함께 고개를 끄덕거리며 주먹을 불끈 쥐자 카린도 포기했는지 생긋 웃으며 내 손을 잡아끌었다.

"그래, 마음대로 하렴. 그래도 난 네가 여자인 게 좋아. 특히 말이야, 네 아버지가 나서서 옷을 디자인하면 그게 바로 유행이 되잖아. 어찌 그리 소녀들 취향에 잘 맞는 옷을 생각해 내는지, 너무 좋아."

"영감탱이 변태 취향에 바랄 기 뭐가 있다고."

"어머? 어머님이 말씀하시던테, 페르나슈 공작은 젊었을 때 발칸 대륙에서 공부해서 안목이 높다고. 틀에 박히지 않은 다양한 사고로 나온 디자인이라 하더라고."

"흐음, 그래?"

영감탱이가 발칸 대륙에 유학 갔다는 것은 처음 들었다. 그러고 보니 어머니가 발칸 대륙의 어딘가에 있을 거라 했었지? 아버지가 그쪽 대륙으로 가서 만난 거였던가? 그럼 아버지의

결혼 전의 행적에 대해 어떻게 조사해 보면 어머니의 레어를
알 게 될지도 모르려나.

"그나저나 날도 덥고 한데 어디 들어가서 음료라도 마실
까?"

한참 말없이 아버지의 젊은 시절에 대해 추리를 하고 있자
카린이 화제 전환을 노렸는지 웃는 얼굴로 말을 걸었다.

"좋지. 마침 좀 앉고 싶었으니까."

"내가 자주 가는 데로 가자. 분위기 좋은 데 있어. 조용하
고 시원하고. 아참, 근데……."

"응?"

갑자기 무언가 생각난 듯 멈칫하는 카린의 반응에 나 역시
멈칫했다.

"아무리 생각해도 뒤에 있는 사람들, 옷가게에서부터 뒤따
라왔지?"

뒤돌아보지 않아도 카린이 말하는 사람들이 누구인지는
이미 인식하고 있었다. 하지만 그리 대수롭게 생각하진 않았
다. 솔직히 우리가 누군가. 오밤중에 홀로 돌아다녀도 전혀
무서울 것 없는 인물들이 아닌가. 게다가 저렇게 대놓고 따라
온다면 생각할 건 하나밖에 없었다.

"그러긴 했는데, 난 그냥 너희 집에서 뒤따라온 사람들인
가 했지."

"아냐. 난 이곳에서 놀 땐 아까처럼 가게에서 왕창 살 때

뒷수습하기 위해 몰래 따라붙어서 정리하는 시종밖에 없는데, 저렇게 티 나게 따라다니진 않아. 혹시 너희 집 사람들인가 했는데 말하는 거로 봐선 아닌가 보네."

"저런 어설픈 미행 실력을 가진 사람을 우리 집에서 고용할 리가 없지."

"그래? 그렇군. 나름대로 상당히 거슬리는데, 처리 좀 할까?"

슬쩍 날 보며 묻는 카린에게 난 고개를 끄덕이며 답했다.

"좋아."

그와 동시에 우린 휙— 하며 바람을 일으키며 뒤돌아섰다.

20대 초반으로 보이는 다섯 명의 청년이 갑자기 되돌아선 우릴 보고 흠칫 놀랐다. 하지만 그러길 잠시, 곧 얼굴 가득 비웃음을 띠고 껄렁껄렁하게 걸으며 우리의 곁으로 다가왔다. 뭐랄까, 옷차림과 분위기를 한마디로 말하자면, 전형적인 양아치였다.

"당신들, 아까부터 우릴 따라왔지? 무슨 용건이라도 있어?"

카린이 날카롭게 쏘아보며 묻자 녀석들 중 한 명이 앞으로 나서선 대담하게도 손을 뻗어 카린의 볼을 쓰다듬으며 비아냥거렸다.

"이야, 이거 진짜 엘프네. 이봐, 아가씨들. 날도 더운데 우리 어디 시원한 데로 놀러갈까? 사내자식들만 다섯이 다니자니 너무 우중충해서 말이야. 아가씨들처럼 예쁜 여자들이 끼어주면 정말 재미있을 것 같지 않아?"

그러니까 한마디로, 완전히 흑심을 품고 따라붙었다는 소리다. 당연하겠지만 이런 녀석들을 상대할 나나 카린이 아니었다. 카린은 여전히 자신의 볼을 쓰다듬고 있는 녀석의 손을 거칠게 뿌리치며 뒤돌아섰다.

"상대할 가치도 없는 놈들이네. 가자, 세라."

"응."

성큼성큼 앞으로 걸어가는 카린의 뒤를 서둘러 따라 걸었다. 하지만 너무나도 뻔한 전개대로 양아치들이 쉽게 우릴 포기할 리가 없지 않은가. 예상했던 대로 우리를 추월해서 길을 막고 주위를 둘러싸며 협박을 하기 시작했다.

"이봐, 아가씨들. 말로 하니까 쉬워 보이는 줄 아나 본데, 우린 이 동네에서 막나가기로 유명하거든?"

"괜히 이러다 아픈 꼴 당해도 아가씨들만 손해라고. 여기 이렇게 돌아다니는 사람들이 많은데 왜들 안 막겠어? 괜히 불똥 튀기 싫어서라고."

"좋게 말할 때 같이들 가서 좀 놀아보자고. 누가 알아? 맘에 들면 애인으로 삼아줄지. 아가씨들은 생긴 것만으로 통과니까, 부잣집 망나니 아들 애인 노릇을 하는 것도 좋잖아? 돈은 많다고, 우리.”

말 안 들으면 폭력이라도 불사하겠다는 분위기. 이거 원, 부잣집 망나니 아들 애인이기 이전에 내가 공작가 망나니 아들 출신이다! 아무리 빽 믿고 막나가 봤자 나보다 더할까. 니들보다 경험치가 훨씬 높단 말이다.

“당신들, 귀족?”

카린이 생글거리며 묻자 녀석들은 피식거리며 비웃었다.

“뭐야? 생긴 대로 논다고, 귀족만 상대하겠다는 거야?”

“이봐, 포기해. 웬만한 귀족도 울고 갈 정도의 부잣집이라고, 우리.”

있는 대로 재고 있는 녀석들을 향해 카린은 한숨을 쉬었다. 그리곤 나지막이 중얼거렸다.

“그래? 아깝네. 귀족이면 가문을 상대로 시비 걸고 싹 다 뒤엎으려 했는데.”

왠지 이글이글 타오르는 것 같은 분위기. 참으로 간만에 나왔다, 리얼 버전 카린. 내숭의 장벽을 100% 개방하면 나타나는, 나도 프리츠도 감히 대항할 수 없는 초강력 괴수!

“뭐라는 거야, 이 계집애가?”

아아… 저기 저, 분위기 파악도 못하고 여전히 우릴 둘러싸고 있는 이 바보 양아치들아, 니들은 강자를 구별하는 최소한의 방어 본능도 없냐? 나조차도 등골이 오싹할 정도로 서슬이 퍼런 카린의 살기를 진짜 전혀 못 느끼는 거냔 말이다. 나 같으면 뒤도 안 돌아보고 전속력으로 달아났다고.

"라이안."

"아, 넵!!"

낮은 목소리로 부르는 소리에 나도 모르게 차렷 자세로 대답했다.

"무기 가진 건 없지?"

"네가 다짜고짜 끌고 나온 거잖아. 단검 하나 챙길 시간도 없었는걸."

"그래? 하긴 뭐, 저런 녀석들은 무기가 오히려 아깝지. 주먹으로 패자. 반 죽여놔."

"오~ 케이~"

난장판 깽판 폭력은 내 전문이다. 저런 주문이라면 언제라도 준비 완료란 말씀.

"이 계집애들이 지금 무슨 소리를… 어? 어? 어라? 켁?!"

끝까지 상황 파악 못하고 자신이 강자인 양 여유를 부리고 있던 양아치들은 나와 카린이 움직이기 시작하자 처음엔 가소롭게, 그러다 갈수록 당황하며 결국 겁에 질린 얼굴로 눈을 크게 뜨고 그대로 굳어버렸다.

카린의 말이 끝나기가 무섭게 아무나 걸리는 대로 붙잡은 난 잡힌 녀석을 들쳐 메고 바닥으로 수직 하강했다. 머리부터 바닥에 곤두박질친 녀석은 그대로 기절. 물론 녀석에게 모든 체중을 실어 전혀 타격을 받지 않은 난 발딱 일어서서 바로 옆에 있는 놈의 복부를 향해 가볍게 발길질을 해줬다. 내 가벼운 움직임과는 달리 뒤로 열 발짝 정도 크게 밀려난 녀석에게 곧바로 다가가 양쪽으로 따귀를 날려주는 것과 동시에 오른쪽 다리를 들어 옆구리를 가격했다.

"으… 컥!!"

털썩.

외마디 비명을 지르며 이 녀석 역시 기절. 참 근성도 없는 놈들이었다. 이 정도로 잘도 양아치 짓을 한다, 진짜.

고개를 돌려보니 카린도 두 녀석을 골로 보내놓고 있었다.

퍽퍽퍽퍽!! 으득! 퍽퍽 콱콱콱!! 으적!!

"야, 야, 정신 차려. 아직 끝이 아니야. 기절하면 뼈를 부러뜨려서라도 깨운다. 눈 떠라, 머리털 다 뽑기 전에. 어머나, 미안. 힘이 들어갔나? 벌써 손가락을 부러뜨렸네. 괜찮지?"

"…와우."

바로 기절시켜 버린 나완 달리 잘근잘근 괴롭히며 끝까지 죄어가는 카린을 보며 난 고개를 저었다. 바로 이런 데서 카린의 악랄함이 단연 돋보인다. 저러니 내가 당하고 살았지.

"너, 너희들, 이게 뭐 하는 짓이야! 이러고도 무사할 것 같아? 길거리에서 행인을 막 치고 기, 기, 기, 기, 기절시키고!!"

멀쩡히 남은 한 놈이 하얗게 질려선 기겁하며 소리쳤다. 나참, 기가 막혀서. 요즘 길거리 행인은 아무나 붙들고 시비를 거냐? 길 가던 행인 치는 건 안 되고, 잘 가는 여자 애들 미행해서 끌고 가려던 건 되고? 완전히 자기들이 피해자인 양 떠들어대는 모습을 보아하니 아직 정신을 덜 차린 것 같다. 좀 더 맞아야 고분고분하려나.

쓰윽.

어디부터 때려서 곱게 다져 놓아야 잘 반죽했다는 소릴 들을까 고심하며 녀석에게 다가갈 때였다. 녀석이 갑자기 어딘가를 보며 미친 듯이 소리치기 시작했다.

"이봐요! 여기요! 여기요, 경찰 아저씨!! 이 두 여깡패가 지나가는 행인을 막 패고 있어요! 병원에 실려 갈 정도라고요!!"

그러자 국가 공인, 수도 치안 유지 관리복을 입고 있는 민중의 경찰 세 명이 녀석의 목소리에 반응하며 다가왔다.

"무슨 일이야?"

"헉, 이게 뭐야. 사람이 완전 피떡이 돼서 누워 있잖아!"

"당장 힐러 집으로 데려가! 이봐, 당신. 같은 일행인 것 같은데 이거 어떻게 된 거야?"

경찰 셋이 와서 호들갑을 떠는 모습을 보며 청년은 미묘한 미소를 지었다. 이 기회에 아주 우릴 물먹이려고 작정을 한 모양이었다.

"뭐야, 저 자식. 아주 치사하네. 이 상황에서 경찰을 불러서 어쩌겠다고. 저쪽이 먼저 시비를 건 거잖아. 여기 있던 사람들도 다 봤잖아. 우겨봤자 자기들만 손해지.”

카린이 기가 막혀 하며 작은 목소리로 투덜거렸다. 과연 이렇게 생각하는 부분에선 양가집 아가씨란 느낌이 확 와 닿는다. 실제로 나처럼 막나가며 본격적으로 뒷골목을 전전하며 시비 걸어본 사람은 그런 결론을 내리지 않는다.

“카린, 분위기를 봐. 저놈들이 우리한테 시비 걸고 있을 때부터 애써 모른 척하던 사람들이야. 저놈들이 처음부터 말했잖아. 자기네들이 이 동네 유명한 악질이라고. 아무도 우리한테 유리한 증언은 하지 않을 거라 보는데.”

“흐음, 그런가.”

“뭐, 상관없잖아. 저쪽이 그 잘난 부잣집이라는 걸 내세우면 우리도 집안을 끌어들여야지. 그리고 설사 우리가 다 뒤집어쓴다 해도, 이쪽이야말로 반역 이외엔 몽땅 다 무사통과 프리 패스권이 있는걸.”

“그렇긴 하지만, 조사한답시고 이거저거 묻고 대답하고 해야 하는 게 귀찮아지잖아.”

이 의견에 대해선 전적으로 동감이었다. 게다가 카린은 몰라도 난 키르라이안이라 불리던 때에 지나가던 사람 붙들고 시비 건 적도 많은, 어쨌든 무수한 전과를 가지고 있다. 나름 불리해질지도…….

“거기 아가씨들이 이 청년들을 이 꼴로 만든 건가?”

“무술을 익히고 있는 것 같은데, 이건 너무 심했잖아.”

경찰들이 청년들을 보호하듯 둘러싸며 우릴 취조했다. 그리고 물론 이쪽도 반론을 시작했다.

"저쪽들, 여기서 유명한 양아치라면서요. 처음부터 자기네들이 그렇게 말하고 미행해선 우릴 어디로 끌고 가려고 했어요."

카린의 말에 난 고개를 끄덕이며 카린의 의견에 동조했다.

"뭐, 그렇긴 하지만, 그래도 이렇게까지 폭력을 휘두르면 여러모로……."

곤란하다는 표정으로 슬쩍 뒤쪽에 있는 청년의 눈치를 보며 다시 우리에게 훈계를 하려는 경찰의 모습에 난 입을 삐죽거리며 물었다.

"저 자식들 집에서 돈이라도 받았나? 이 경우 상식적으로 저쪽의 죄를 먼저 물어야 하지 않아?"

"이, 이봐, 아가씨. 그런 소리를 막 함부로 하는 게 아니지."

당황하며 내 말을 막으려 하는 부분에서 확신했다. 과연 대낮에 번화가 한가운데에서 여자 아이들을 끌고 가려 한 것도 그렇고, 상황이 불리해지니 당당하게 경찰을 부른 걸 보면 확실히 믿는 구석이 있었다는 거다.

"좀 귀찮아지겠네."

괜히 일이 꼬이면 여러모로 귀찮아지는 것은 사실이다. 카린도 눈치 챈 듯 고개를 끄덕이고 있었다.

그때였다. 웬 사륜마차 하나가 거리를 가로지르며 달려오다 우리 앞에서 멈춰 섰다. 그리고 마부가 큰 소리로 외쳤다.

"이봐들! 길 한복판에서 뭐 하는 거야! 지나갈 수가 없잖아!!"

자연스레 모두의 시선이 마부에게로 향했고, 곧바로 마차에 걸려 있는 문장기로 옮겨졌다. 보라색 장미가 수놓아진 화려한 문장기. 에페트리아에서 보라색 장미를 사용하는 가문이라면 딱 한 군데 있다. 게다가 어떠한 다른 장식도 끼어 있지 않고 유일하게 보라색 장미 단 하나만 수놓아진 저것은 방계도 아닌 직계란 뜻. 그렇다면 저 마차에 타고 있을 사람은 뻔했다. 그리고 나와 카린은 동시에 서로를 마주 보며 눈을 빛냈다.

"무슨 일인가."

안에서 익숙한 보라색 머리의 청년이 고개를 내밀었다. 그러다 우릴 발견하고는 잠시 놀란 표정을 지으며 마차의 문을 열고 나왔다.

"뭐가 이리 어수선한가. 게다가 저 소녀들은……."

"죄송합니다. 잠시 폭력 사건이 벌어져서 조사 중입니다. 관련인이 아니면 함부로 끼어들 수 없……."

상황을 파악하기 위해 묻자 경찰 중 한 명이 다가가 그를 막았다. 그 순간 마부가 말을 끊으며 버럭 호통을 쳤다.

"무엄하다! 누구에게 함부로 손을 대는가! 여기 이분은 크란벨 공작 전하이시다! 대귀족에 대한 예의를 갖추어라!"

오만하게 서 있던 청년도, 경찰들도, 그리고 무슨 구경이라도 난 것마냥 수군거리며 이쪽을 바라보던 행인들도 모두 크게 놀라 바로 고개를 숙이며 공작에 대한 예를 갖췄다. 물론 나와 카린은 예외. 우리가 저 변태 공작에게 고개를 숙일 이유가 전혀 없지 않은가. 나와 카린은 서로 마주 보며 미소 지었다. 그리곤 공작에게 다가가 인사했다.

"오래간만입니다, 크란벨 공작."

"때마침 잘 왔어, 공작."

"여학생 선발 대회 이후로 처음이군요. 이런 데서 만날 줄을 몰랐습니다. 카린 양, 그리고 세… 세… 세, 세, 세, 세, 세, 세라님."

화르륵, 불그레.

이것참, 카린을 대하는 것까지는 정상이었는데 어째 내 얼굴을 보자마자 사람이 저리 되냐. 얼굴은 벌게져서 어찌할 줄 몰라 하는 게 지금이라도 당장 펑! 하고 터져서는 누가 보든 말든, 공작의 체면이고 뭐고 다 팽개치고 내게 달려들 것 같아 불안하다, 진짜.

하지만 오늘은 용서하겠다. 정말 필요할 때 와줬거든. 저기 저 경찰들이랑 양아치 청년들의 표정을 봐라. 나와 카린이 공작과 이렇게 대등하게 대화를 나누는 것을 보며 식은땀을 흘리고 있지 않은가. 하지만 이왕 하려면 본격적으로 해야지.

그쪽이 돈 믿고 그렇게 나왔다면 이쪽은 권력이다, 이거야.

"크란벨 공작, 저희가 지금 이상한 사건에 말려들었습니다. 모두들 짜고 저희에게 뒤집어씌우려 하고 있어요."

"처리해 줄 거지, 공작?"

카린이 말한 것에 덧붙이며 난 공작의 손을 두 손으로 감싸 쥐었다. 더불어 따뜻한 미소로 공작을 올려다보며 한마디 더 덧붙였다.

"그럼 부탁해."

그리고 나와 카린은 까르르 웃으며 그 자리를 빠져나갔다. 물론 당연하겠지만 우리를 막는 자는 아무도 없었다. 반해 버린 소녀의 미소에 마음이 들뜬 공작의 패기 넘치는 외침이 등 뒤를 울렸다.

"이 사건에 대해 처음부터 제대로 보고하도록 하라! 내가 직접 조사해 주겠다! 그리고 혹시라도 사실을 은폐하거나 왜곡하는 자가 있으면 각오를 해야 할 것이다!"

과연 공작. 외침 하나하나에 위엄이 서려 있는 게 대귀족의 관록을 그대로 보여주고 있었다. 카린은 뒤돌아서서 그런 공작을 향해 외쳤다.

"뇌물수수도 조사하세요!!"

아마 공작 앞에서 고개 숙이고 있는 몇 명은 온몸에 식은땀을 흘리고 있을 것이다. 그런 그들을 뒤로하고 우린 즐거운 발걸음으로 처음 목표로 한, 카린이 자주 간다는 음료수 집으로 향했다.

　하루 종일 먹고 마시고 수다 떨고 쇼핑하고. 정말 바쁘게 돌아다니다 보니 어느새 해가 저물고 있었다. 슬슬 돌아가야 한다고 생각될 때, 귀신같은 타이밍으로 눈앞에 카린네 집 마차가 멈춰 섰다.

　"와… 짰냐? 뭐 이렇게 바로 재깍 나타나."

　"말했잖아. 나 여기서 자주 이러고 논다고. 해질 무렵에 거리 입구에서 내가 나오길 대기하는 게 생활이지 뭐."

　카린은 뭘 새삼 묻느냐는 얼굴로 대답하고는 마차에 올라가서 손을 내밀어 내가 쉽게 올라갈 수 있게 도와주었다.

　"아, 잘 놀았다."

　마차가 출발하기 시작하자 기지개를 쭉 켜며 중얼거렸다. 그러자 카린이 피식 웃으며 물었다.

　"기분은 좀 풀렸어?"

　"뭐, 그럭저럭."

　솔직히 말하자면 거의 다 풀렸다. 중간에 웬 양아치들 때문에 조금 귀찮아질 뻔했다만, 갑작스런 크란벨 공작의 등장으로 오히려 일이 아주 유쾌하게 풀린 것까지 포함해서 정말 즐거웠다.

　"좋아, 그럼 기분 좋을 때 고백 하나 할게."

　"응?"

갑자기 분위기 잡는 말에게 놀라 고개를 돌려 카린을 빤히 바라보았다. 얘가 대체 갑자기 무슨 소릴 하려고 저리 심각하게 운을 띄우는지 왠지 겁부터 났다. 저 카린이 저렇게까지 말하는 건 무언가 진짜 중요한 용건이란 건데…….

"널 찾아간 거 말이야. 사실 너희 집 시녀들은 핑계였어."

"에?"

"아니, 물론 너희 집 시녀들이 찾아오긴 했지만 그 정도로는 아빠를 만나러 영지로 가려던 내 걸음을 막을 수야 없지."

"그럼?"

다음 말을 재촉하는 나를 보며 카린은 잠시 한숨을 쉬었다. 그리곤 곧 쓴웃음을 지으며 날 바라보았다.

"사실은 비밀로 해달랬는데 아무래도 말해야 할 것 같아. 프리츠야, 프리츠가 부탁했어."

"프리츠가 부탁하다니? 뭘?"

갑자기 열흘 전 마티아스 공가에서 마지막으로 봤던 프리츠가 머리 속에 떠오르며 다시 슬슬 기분이 나빠지려 했다. 이젠 날 직접 보기도 싫다는 건가? 그래서 카린을 통해 이렇게 일을 벌인 것 같아 더욱 불쾌했다.

"자기 때문에 네가 많이 화가 났을 거라고 하더라. 도무지 걱정이 돼서 불안한데 직접 찾아갈 용기가 없다는 거야. 자기 얼굴을 보는 순간 네가 더 화낼 거라고. 그러면서 나보고 대신 네 기분 좀 풀어달라고 부탁하더라. 그거 알아? 머리를 숙이며 부탁했어. 그 프리츠가 말이야."

"……."

"그 정도가 아니고서야 아빠에게 갈 준비를 다 끝낸 내 발걸음을 돌릴 순 없었지."

카린은 계속 말하고 난 조용히 경청했다. 그저 멍하니 카린이 말한 내용을 하나하나 뜯어가며 계속 생각할 뿐이었다. 카린은 그런 날 향해 조용히 물었다.

"둘이 무슨 일 있었어?"

"……별로."

딱히 대답할 말이 생각나지 않았다. 카린에게까지 프리츠와 얽힌 미묘한 일을 말하고 싶지는 않았다. 괜히 카린까지 휘말리게 해서 걱정하게 만드는 일은 피하고 싶었다.

"말하고 싶지 않으면 하지 마."

의외로 카린은 쉽게 포기했다. 그리곤 다시 한 번 날 바라보며 미소 지었다.

"저기, 라이안. 이거 하나만 말할게. 네가 어떻게 변해도, 네가 무슨 짓을 저질러도 난 네 친구야. 비록 사고뭉치의 소꿉친구들이지만 어쩌겠어. 이게 내 친구들인걸. 앞으로 무슨 일이 어떻게 벌어질지는 아무도 몰라. 하지만 내가 너희를 좋아하는 것만큼 너희도 날 좋아할 거라고 믿고 있어. 언젠가 내 곁에 누군가 다른 사람이 함께 서 있더라도 너희가 친구란 사실은 변함없을 거야."

난 멍하니 카린을 바라보았다. 어딘지 막연하지만 내가 듣고 싶었던 대답을 해주는 것 같았다. 이대로라면 카린이 그 답변을 해줄 것 같은 느낌이 들었다.

"이번에도 봐. 둘이 무슨 일로 틀어졌는지는 몰라도 그렇게 몰래 찾아와서 너 좀 달래달라고 사정을 하고 갔잖아. 그리고 너도… 사실은 용서하고 싶은 거지? 그런데 아직 화는 나 있고, 그래서 그렇게 우울하게 방구석에 처박혀서 고민했던 거 아니야?"

카린의 질문에 고개를 끄덕였다. 솔직히 말하면 내가 왜 그러고 있었는지 나도 몰랐는데 지금 카린이 말해줘서 알게 되었다. 그래, 그랬구나. 그런 이유였구나.

"그런 것… 같아."

우물쭈물 대답하자 카린은 다시 한숨을 쉬었다. 하지만 입가에 미소가 걸려 있는 것이, 아무래도 안도의 한숨 같은 거였나 보다.

"나참, 소꿉친구란 것들이 하나같이 다들 뭐 이래. 그래도 어쩌겠어. 미우나 고우나 이것들이 내 친구들인걸. 조금 삐뚤어진다 해도 다 감수하고 살아야지."

카린의 웃음 섞인 투덜거림에 난 순간 눈앞이 번쩍하는 것을 느꼈다. 드디어 듣게 되었다. 바로 이거였다. 내가 원하던 답변. 앞으로 내가 해야 할 일.

그래, 프리츠는 프리츠다. 녀석의 곁에 누가 있든, 녀석이 무슨 짓을 하든 간에 그는 프리츠이고, 내 친구다. 단순한 질투심이었다. 녀석의 곁에 나나 우리들이 아닌 플루토라는 남이 끼어들어서 조금 혼란스러웠던 거다.

이제야 알겠다. 그러니까 이젠 신경 쓰지 않을 거다. 내가 프리츠를 생각하는 것만큼 녀석도 날 생각해 주고 있는 게 분명하다. 그렇지 않고서야 그 자존심 강한 놈이 아무리 상대가 카린이라지만 함부로 고개를 숙이진 않을 테니까. 결론은 내려졌다. 녀석의 곁에 누가 있든 간에 이젠 거슬리지 않을 것 같다.

"뭔가 표정이 좋아졌다? 고민하던 건 풀렸어?"

"응. 속이 후련해진 것 같아. 하, 이렇게 간단한 것을 왜 열흘이나 방구석에서 고민했을까."

"그거야 네가 머리 나쁜 바보에 사고능력 제로. 닭보다도 딸리는 기억력에 주제에 성질은 더러워서 누가 참견도 못하게 하는 데다⋯⋯."

"거기서 그만."

뭔가 안 좋은 소리들만 줄줄이 흘러나오는 카린의 입을 오른쪽 검지를 들어 막고는 딱 잘라 침묵시켰다. 아무리 방금 친구의 소중함에 대해 깨달았다 하더라도 저런 소리를 여과 없이 들으면 달리는 마차에서 파란만장한 한판 승부가 벌어질 게 분명하다고.

"알았어. 네 머리에 대해선 여기서 그만 하지."

　카린은 여전히 웃음 지으며 자신의 입을 막고 있던 내 손을 들어올렸다. 그리고 순식간에 진지한 표정으로 바꾸며 다시 충고했다.

　"우리에게 있어 인간이 비록 고양이 수명이라지만, 아무리 그래도 그들과 함께 주어진 시간만큼은 정말 알차게 꽉 채워서 즐겁게 보내고 싶어. 그리고 말이야, 라이안."

　"응?"

　"네 아버지도, 프리츠도, 그리고 루사인도. 언젠가 모두들 떠나도 말이야… 너무 낙심하지 마. 내가 남아줄게. 이래 봬도 쿼터 엘프야. 너만큼은 아니지만 나도 수명은 길거든. 그러니까 함께 남아서 또 다른 인연의 친구들을 만나자. 저들과 보낸 추억의 시간만큼이나 또 다른 시간들이 기다리고 있을 거라고 생각해, 난."

　다시 한 번 웃고는 쑥스러운지 고개를 돌려 창밖을 바라보는 카린을 보며 난 마음속으로 고개를 끄덕였다. 저건 아마 인간이라 생각한 나와 인간인 프리츠, 루사인과 함께 소꿉친구의 범위 안에서 같이 자라면서 오랜 시간 홀로 고민했던 거겠지. 그리고 내린 결론이겠지.

　어느 날 갑자기 하프 드래곤이란 사실을 알게 된 날 위해 수년간 고민하며 내린 답을 내게 알려주고 있는 것이다. 나를 위해서, 자신이 괴로워하며 구했을 답을. 나에게까지 그런 괴로움을 느끼게 하고 싶지 않아서…….

아마 이런 대화를 할 기회를 노리고 있었을 것이다. 그리고 이번에 적절히 상황이 맞아떨어져서 말해준 거겠지. 카린도 정말 손해 보는 성격이다. 내심 속은 생각이 깊고 우릴 이렇게나 좋아하면서, 이중인격이니 내숭쟁이란 소리나 듣고 말이다. 난 정말 바보라서 이런 때가 아니면 카린의 따뜻함을 잘 느끼지 못하니 정말 손해다.

이런 바보 같은 날 위로해 주는 카린이나, 바보 같은 내가 화나 있는 것에 전전긍긍하며 카린에게 고개까지 숙여가며 풀어줄 것을 부탁하는 프리츠. 그리고 내 기분이 저조한 것을 알고 아버지를 설득해 자신만 영지로 가며 내게 혼자 생각할 시간을 준 루사인이나. 어떻게 된 게 내 친구들은 하나같이 다들 손해 보는 성격들이냐고.

그래, 프리츠. 선심 썼다. 용서해 주마. 이제 네가 무슨 짓을 하더라도 화내지 않는다. 옆에서 네가 무엇을 하든지 지켜봐 주지. 그게 비록 반역, 그리고 파멸의 길로 향한다 하더라도 네가 내린 결론을 존중해 주겠다.

하지만 소꿉친구로서 친구가 잘못된 길로 가는 것을 그냥 보고만 있진 못하니 조금 방해는 해주겠어. 난 너랑 오래오래 함께 지내고 싶거든. 위험한 일을 저지른다면 조금씩 노선 변경은 시켜줘 가며 지켜봐야지.

친구란 그런 것 아냐?

Chapter 7
축제를 준비하자, 프리츠 감시주의보

때는 8월말. 수도의 모든 학교가 일제히 개학을 선언하고 두 달간의 방학을 끝낼 무렵이었다. 개학 첫날부터 루사인, 세린과의 침대 위 한판 승부가 벌어지고 뒤늦게 참전한 영감탱이에 의해 억지로 교복을 입고 학교로 나가야 했던 사연에 대해선 이미 예상하고 있었던 바라 생각할 이들이 많아 따로 설명하지 않겠다. 어쨌든, 두 달 만에 학교에 가자니 정말 너무너무너무너무 괴로웠다.

한참을 투덜거리며 학교에 도착해 하루 종일 그냥 엎드려 잤다. 물론 날 깨우는 간 큰 사람은 없었다. 오늘은 개학날, 오전 수업만 있는 날이다. 그래, 잠깐만 버티자. 그러고 나면 집에 갈 시간이 되는 것이다. 집에 가면 침대에 들어가 편히 누워 더 자자.

"이제 슬슬 일어나시죠."

실컷 늘어지게 자고 있을 때 드디어 종례 시간이 되었는지 루사인이 날 툭툭 치며 깨웠다.

"후, 다 끝난 거야? 이제 집에 가도 되지? 학교 책상은 너무 불편해서……."

"아니요."

"응?"

기지개를 켜며 묻는 내 말을 뚝 끊고 루사인은 단박에 고개를 저었다. 이건 또 무슨 시비를 걸려고 저리 단칼에 말을 자를까 고민할 때 루사인은 교탁을 가리켰다.

"평소 자든 말든 논외로 치워두던 세라님까지 깨우라 하는 걸 보니 뭔가 중요한 일이 있나 봅니다."

"중요한 일?"

논외니 뭐니 루사인의 불경한 말 따윈 신경 쓰지 않은 지 오래다. 이젠 생활이 됐달까? 안 들으면 허전할 정도? 어쨌든 교탁을 보고 있자니 어딘가 저 멀리 아스트랄계 2차원 평면 우주의 기억 속에 처박아 버린 담임의 얼굴이란 게 보였다. 아… 저렇게 생긴 남자였지. 뭔가 새롭네. 끄덕끄덕.

내가 뚫어져라 바라보다 고개를 끄덕이자 담임은 한숨을

쉬며 내게 물었다.

"세라 양, 세라 양은 국왕친위대 실버 나이트가 아니던가
요?"

"맞는데요?"

조금 인상을 쓰며 대답했다. 뻔히 다 아는 걸 새삼 묻기 위
해 깨웠나 싶어 조금 불쾌해졌다. 그 정도는 루사인에게 확인
해도 되는 것 아닌가.

"그렇다면 혹시 알고 있었을지도 모르겠군요."

음? 이건 무슨 소리? 무엇을 알고 있다고? 대체 말머리를
뚝 자르고 저렇게 한 토막만 물어보면 뭐에 대한 질문인지 내
가 알 수가 있나.

"9월의 건국 기념일 행사에 국왕 폐하께서 방문하실 학교
가 이곳, 왕립 루베르크로 정해졌습니다. 10년 만의 방문이니
모든 학생들은 각별히 주의하며 신경 써서 행사 준비를 하길
바란다는 학교장님의 전언이 있었습니다."

고개를 갸웃거리며 모르겠다는 표정을 짓자 담임이 마저
설명해 주었다. 물론 나한테만이 아니라 반 학생들 모두에게.
여기저기서 웅성거리는 소리가 들렸다. 과연, 올해의 행사는
이곳인가. 그러고 보니 벌써 9월이구나. 진짜로 딱 반년을 여
자로 지내고 있었네…….

"그런 이유로 세라 양은 이번 행사에 루베르크의 학생으로
행사에 참여합니까, 아니면 실버 나이트로 폐하의 곁에 계실

겁니까?”

　세월의 빠르기에 대해 새삼 깨닫고 있을 때 담임이 다시 한 번 물었다. 음, 그리고 보니 이건 생각하지 않았던 것인데. 성에서 이렇다 할 연락도 없었고. 그러니까 아직 미래는 예측 불허라는 건가.

　“아직까지 결정된 건 없습니다. 그때 가봐야 알 것 같네요.”

　“그렇군요. 그럼 세라 양은 치워두고 행사 진행을 위해 각자 맡을 분야를 정해보도록 하겠습니다.”

　내 대답에 한 치의 고려도 없이 안면 몰수하고 이젠 더 이상 볼일 없다는 듯 눈길조차 돌려 버리고 반 아이들에게 앞으로의 일에 대해 설명을 시작하는 담임이었다. 아니, 그러니까 왜 저 담임까지도 날 그냥 쓰레기 치우듯 논외로 처리하냐고!! 그래, 이게 다 루사인 때문이다. 시종이라고 하나 있는 게 주인 알기를 재활용 불가로 분리된 일반 쓰레기 정도로 취급하니 다들 저러는 거라고!!

　물론 억울함에 이글이글 타오르는 나의 눈빛을 애써 무시하며 미동조차 하지 않는 루사인에 대한 묘사는 생략하겠다.

　자, 그럼 여기서 잠시 9월의 행사에 대해 이야기하겠다. 이곳 에페트리아는 9월 둘째 주를 건국 기념일이라 정하고, 그 한 주 동안 축제를 벌인다. 곳곳에서 행사가 열리고 다양한 놀거리도 많아 외국은 물론 저 멀리 바다 건너의 발칸 대륙에 서까지 이 주간을 노리고 관광을 오고 있을 정도로 큰 축제이다.

특히 이 축제의 특별한 점은 왕성 전체의 참여란 것에 있다. 아무래도 건국과 관련이 있으니 당연히 왕족이 행사의 중심이요, 그러다 보니 늘 비밀에 쌓인 왕가가 일 년에 한 번 바깥나들이를 하게 되는 때이기도 하다. 폐하야 자주 볼 수 있으니 별로 흥미가 당기질 않지만, 거리 행진이라거나 행사 관람 때 왕비와 귀비들이 모습을 드러내는 것에는 관심이 있다. 무릇 왕비란 이 나라에서 제일 높은 여성이란 것. 때문에 그 얼굴을 구경하기 위해 모여드는 사람의 수도 상당해서 축제는 더욱 들끓게 된다.

이런저런 건국 기념일 행사 중 하나에 국왕의 학교 방문이란 게 있다. 천 년 전에 재건하여 지금에 이른 이 에페트리아가 이때까지 이어온 시간만큼이나 먼 미래까지 이어져 가기 위해 필요한 것은 다음 세대를 이끌어갈 인재. 그래서 국왕은 다음 세대의 주역들이 성장하고 있는 학교에 방문해 교육에 대한 정도를 보고, 학교도 둘러보며 미래에 대한 확신을 갖는다. 라는 게 일단 행사의 취지이다.

수도에 있는 학교들은 돌아가며 제비뽑기를 하든 사다리를 타든, 한 학교를 무작위로 골라 그해에 국왕이 방문할 학교를 정한다. 물론 방문 학교으로 결정난 곳은 국왕 폐하를 모신다는 영광도 있지만, 그 폐하를 모시기 위해 학교를 발칵 뒤집어놓을 정도로 바쁘고 할 일이 많다는 점에서 여러모로 희비가 교차한다.

뭐, 어쨌든 올해엔 우리 학교로 결정난 것 같다. 그러니까 저기 담임이 적고 있는 것을 보라. '우리 반 담당은 중등부 화단 청소'라는 대문짝만 한 글씨. 그렇다. 위에서 누가 학교 방문을 한다면 하는 게 뭐 따로 있겠는가. 그저 학생들 동원해서 학교 건물을 때 빼고 광내며, 삐까뻔쩍하게 만들어야지! 그러니까 위에서 일 벌이면 애들만 고생이라니까.

설마하니 나에게까지 화단 청소를 시킬 간 큰 사람은 없고, 그래서 모두들 처음부터 누구와 누구가 말한 대로 난 슬쩍 치워두고 자기들끼리 역할을 정하고 있었다. 덕분에 심심해진 난 길게 기지개를 켜고 교실을 나갔다. 있어봤자 지루하다고.

그렇게 교실을 나서긴 했는데 밖의 상황도 교실 안과 별 다를 바 없었다. 어느 곳이고 다들 국왕의 방문에 들떠서 열심히 학교 청소 내지는 행사 준비 관련으로 열을 올리고 있었다.

그냥 천천히 마차로 가서 루사인이 나올 때까지 기다리기나 할까 생각하며 복도를 걷던 난, 순간 멈칫하고 무심코 지나치려던 교실을 바라보았다. 여긴 서로 할 일을 이미 다 정했는지 학생들이 여기저기 흩어져서 각자 빗자루와 걸레를 들고 열심히 청소하고 있었다.

그러니까 이 교실은 분명 프리츠네 반. 문득 그날, 남부에서 돌아오던 날 이후로 프리츠를 만나지 않았다는 게 생각났다. 카린을 만나 여러모로 마음은 풀어졌지만 그래도 바로 웃으며 화가 다 풀렸다고 찾아가기도 쑥스럽고 해서 차일피일 미루다 보니 어느새 개학하는 날까지 보지 못했다는 걸 깨달았다. 어쩌면 프리츠는 내가 아직 자신에게 화가 나 있다고 알고 있을지도 모른다는 생각이 들었다.

"뭐, 슬슬 얼굴 좀 비춰주고 안심시켜 볼까나."

이왕 결정한 거 뜸들여 봤자 뭐 할까 싶어 교실로 들어가 두리번거리며 프리츠를 찾았다. 하지만 어쩐지 녀석의 그 버터 바른 느끼한 금발이 영 눈에 띄질 않았다. 결국 옆에서 열심히 청소에 열을 올리고 있는 녀석 하나를 툭 치며 물었다.

"프리츠, 어디 갔어?"

"어? 헉?! 라이… 가 아니라 세라. 아, 저… 프리츠라면 행사 준비로 음성 증폭 마법 도구들을 꺼내러 갔을 거야."

뭐냐, 지옥사자라도 본 듯한 그 표정은. 게다가 눈도 마주치지 않고 대답하는 건 또 뭐냐고. 떨긴 왜 그리 떨고 말이야. 내가 잡아먹냐? 왜 이리 겁먹어? 하긴, 그러고 보니 내가 지금은 비록 이 모양 이 꼴이지만 남자였던 때 좀 심하게 막나갔었지. 누가 함부로 말도 못 걸고. 괜히 나랑 얽혔다가 무슨 짓을 당할지 모르니 경원시했달까.

뭐, 어쨌든 마법 도구라. 행사에 쓰는 마법 도구들은 덩치들이 좀 커서 강당의 지하 창고에 모아놓고 관리하고 있었지, 아마? 조금 귀찮긴 하지만 이왕 결정한 거 그곳으로 가는 게 낫겠지.

전교의 학생들이 모두 운동장과 교내 청소에 여념이 없는지 강당엔 전혀 인기척이 느껴지질 않았다. 비교될 정도의 한산함에 혹시 이곳은 학교가 아닌 것인가 싶은 의심도 잠시나마 들었다.

강당에 들어가자 역시 아무도 없는 텅 빈 공간이 날 맞이했다. 뭐, 어차피 내 목적은 강당이 아니니 상관없지만. 난 어디까지나 강당 지하에서 열심히 노동을 하고 있을 프리츠를 찾아온 것이다. 그런데 강당의 지하 창고가 어디였더라. 아, 저기다. 무대 옆의 문을 통해 내려갔었지.

폴짝폴짝 가볍게 뛰며 무대 옆으로 간 난 문을 열고 아래 계단을 향해 조심스레 내려갔다. 평소 잘 쓰지 않는 곳이라 그런지 조명 불빛이 약했다. 살짝 어둑어둑한 길을 내려가자 곧 넓은 공간이 생겼고, 사방으로 세 개의 문이 보였다. 그러니까 대충 셋 다 창고이긴 한데 어디가 증폭 마법 용구 창고였더라?

고민하며 조심스레 세 문 중 한 곳에 다가갔을 때였다. 안에서부터 익숙한 프리츠의 목소리가 띄엄띄엄 들려왔다.

"…행사가… 국왕의 행차니까……."

과연 여기였군. 싱긋 웃으며 문을 열려고 할 때 또 다른, 내가 알고 있는 목소리가 들렸다.

"…크라노… 행사를……."

멈칫.

절대 잊을 수 없는 플루토, 그 자식의 음성. 그리고 난 그 상태로 완전히 멈춰 버렸다. 프리츠의 곁에 녀석이 있는 것을 알고 또 삐져서 굳어버린 게 아니다. 분명히 들었다. 문제의 국가, 크라노라는 이름을.

숨을 죽이고 안쪽의 대화에 귀를 기울였다. 그나마 다행이라면 평소 기척을 죽이고 다니는 버릇이 있어 여기까지 내려오는 동안 프리츠나 플루토가 전혀 눈치 채지 못했다는 것이다. 아마 저들도 설마 이곳에 누군가 엿들으러 올 것이라고는 생각지 못하고 세심한 주의를 기울이지 않고 있었던 듯하다. 나나 저들, 어느 한쪽이라도 조금만 엇나갔다면 이미 들켰을 상황이다.

"……망토를… 크라노에서……."

"몰래 움직여야……."

"…주의가… 나눠서 다니자."

여전히 문에 가려 대화는 잘 들리지 않았지만 몇몇 단어는 확실하게 캐치할 수 있었다. 크라노, 망토하면 무엇이겠는가.

생각나는 건 하나밖에 없지 않은가. 이번 행사에 무언가를 노리고 있는 게 분명하다.

바로 그때였다. 프리츠와 플루토의 대화를 정리하고 있을 때, 갑자기 등 뒤에서 누군가 날 툭 치며 말을 걸었다.
"여기서 뭐 하시나요?"
"히… 히이… 루사인?!"
인기척도 없이 다가와 무뚝뚝한 음성으로 묻는 통에 흠칫 놀라 나도 모르게 움찔했다. 물론 안쪽에 상당히 주의를 기울이고 있던 차라 안으로 삭이는 들릴 듯 말 듯한 작은 비명이었지만, 이 정도라면 프리츠는 단번에 눈치 챘다.
"거기 누구냐!!"
아니나 다를까, 큰 소리로 호통을 치며 밖으로 나오는 프리츠의 인기척이 적나라하게 느껴졌다. 난 무슨 상황인지 몰라 내 반응에 어리둥절해하는 루사인을 붙들고 일단 주위를 살피다 서둘러 바로 옆의 다른 창고 문을 열어 루사인을 던져버리고 나도 그 안으로 들어갔다. 물론 프리츠가 문밖으로 뛰쳐나오는 사이, 순식간에 벌어진 일이었다.
"누구……!! 어라?"
닫힌 문 사이로 프리츠가 주변을 살피는 소리가 들렸다. 인기척을 완전히 죽이고, 아직 지금의 상황을 제대로 모르는 루사인이 실수할까 봐 움직이지 듯하게 다리를 걸고 녀석의 입까지 꼭 틀어막은 채 숨도 쉬지 않고 바깥의 기척을 살폈다. 물론 머리 좋은 루사인은 내 행동으로 대략 상황을 눈치 챘는지 이미 완벽하게 인기척을 지우고 있었다.

"무슨 일이야?"

플루토가 밖으로 나오며 묻는 소리가 들렸다.

"뭔가… 목소리를 들은 것 같은데 쥐 죽은 듯이 고요하네."

"잘못 들은 것 아냐? 난 못 느꼈는데. 혹시 누군가 있었더라도 네가 뛰쳐나가는 사이에 아예 모습을 감출 정도로 달아나진 못했을걸."

"모르지. 정말로 아무도 없었거나… 아니면 찰나의 시간에 모습을 감추고 인기척까지 지울 정도의 고수거나."

"없어. 이 학교에 우리가 기척을 느끼지 못할 사람이 몇이나 될 것 같아? 기껏해야 네 소꿉친구들뿐이라고. 그런데 그 애들이 여기까지 올 리가 없잖아. 너무 세세하게 신경 쓰면 힘들어진다. 나가자. 여기 오래 있으면 오히려 의심받을걸?"

플루토의 말에도 프리츠는 고개를 저으며 한참이나 주변의 기척을 탐색하며 주의를 집중했다. 하지만 플루토의 재촉을 못 이겼는지 곧 계단을 오르는 발걸음 소리를 들을 수 있었다.

"후우우우."

프리츠와 플루토가 창고를 나가고도 한참이 지나서야 난 겨우 한숨을 쉬며 바닥에 주저앉았다. 아… 정말 십 년 감수한 느낌이다. 가만. 내 수명에서 십 년 빼봤자 얼마 안 되려나? 좀 더 본격적으로 통 크게 천 년 감수 정도는 잡아야 하나.

"또 삼천포로 빠져서 이상한 생각 하지 말고 설명이나 하시죠?"

등 뒤로 활활 불타오르는 루사인의 오오라가 느껴졌다. 슬쩍 고개를 돌리니 이마에 핏줄까지 세워놓고도 정작 입은 생긋 미소 짓고 있는 게… 저거 분명 열 받았다. 화났구나. 단단히 성질난 거다.

"아, 저기… 그러니까 그게 말하자면 좀 복잡한데."

등골에 흐르는 식은땀을 선명하게 느끼며 이 상황을 어찌 잘 설명해야 할지 고민할 때, 루사인은 그것을 변명거리를 찾는 거로 오해했는지 더더욱 화르륵 불타오르며 낮은 목소리로 협박했다.

"아, 그래, 과연 얼마나 적절하고 명쾌한 대답을 하실지 기대되는군요. 얼마나 대단한 짓을 벌이셨기에 프리츠에게 들키지 않기 위해 멀쩡한 사람의 다리를 걸고 허리를 꺾은 다음, 입은 물론 코까지 틀어막아 숨도 못 쉬게 할 정도였는지 참으로 궁금하군요."

우와! 살기가 등등. 오래간만에 루사인이 정말 흥분했다. 프리츠에게 님이니 뭐니 그런 거 하나 안 붙이고 그냥 이름만 막 부르다니. 제대로 화났다는 거다. 아니, 그러니까 코까지

막은 기억은 없는데 좀 억울하잖아. 으음, 잠깐. 그러고 보니 언뜻 숨도 못 쉬게 해야 한다는 일념으로 막은 것 같기도 하고. 그러니까 그것이… 에또…….

"제 순간적인 판단으론 아무도 없는 으슥한 곳에서 절 죽이기로 작정한 것이라 결론지어지는데요. 그러다 문득 프리츠가 이곳에 있어서 계획에 차질이 생겼다거나…….."

"아, 정말 그만 좀 비꽈! 그럴 리 없다는 거 뻔히 알면서 말이야! 일단 집으로 가자. 여기서 이래 봤자 어떻게 말해야 할지 정리도 안 돼. 집에 가는 길에 생각해 보고, 내 방에서 편히 말하지."

결국 버럭 성질을 내며 소리치자 루사인은 언제 화를 냈나는 듯 얼굴의 표정을 지우고 다시 평소의 모드로 돌아가 날마차로 안내했다. 아, 그래… 일단은 집에 갈 때까지 참았다가 집에서 한 번 더 폭발하겠다는 자세로구나. 가는 길엔 잘 삭여놓고 말이지. 네가 날 잘 아는 만큼 나 역시 네 성격 정도는 꿰고 있다고. 다만… 알고 있기에 더욱 무서운 게 아무래도 내가 손해인 것 같은 느낌이 드는 것은 어쩔 수 없지만.

"크라노, 망토, 행사와 국왕의 행차라…….."

루사인은 턱을 괴고 눈을 내리깔며 중얼거렸다. 무언가 깊게 생각하는 모습. 하긴, 생각할 게 많긴 할 거다. 내 몫까지 고민해야 하니.

　집에 도착하자마자 난 루사인을 내 방으로 끌고 갔고, 마차 안에서 정리한 창고에서 들은 프리츠와 플루토의 대화를 전했다. 물론 나 역시 제대로 듣지 못하고 띄엄띄엄 몇몇 단어만 알아들었던지라 루사인이 중얼거린 게 다였지만 말이다.

　"이번 축제에 무슨 일이 있을 것 같군요."

　한참 만에 루사인이 내린 결론에 난 고개를 끄덕였다.

　"그럴 거라 예상은 하지만, 대체 왜? 전의 납치 사건이나 남부의 드래곤 사건 때야 목적이 있었다고 해. 이번 축제에서 국왕의 행차를 노리는 건 도무지 목적을 모르겠어."

　난 인상을 쓰고 완전히 막혀 버려 내 머리론 도저히 생각할 수 없는 문제를 끄집어냈다. 정말 모르겠다. 아니, 막말로 폐하가 어찌 된다 치자. 놈들이 암살이라도 시도해서 어떻게 성공했다 치자. 하지만 그게 무슨 소용일까? 도처에 숨어 있는, 나도 모르는 왕족들이 언제라도 왕이 될 수 있는 게 우리 에페트리아의 특성이다. 게다가 현재는 이미 다음 후계자가 내정된 상태로, 아직 모습만 드러내지 않았을 뿐이다.

　초반에야 좀 혼란스럽겠지만 전혀 타격이 되질 않는다. 오히려 국왕을 잃으면 국민들의 들끓어 오르는 분노로 득이 되면 득이 됐지 잃을 건 없다. 원래 인간은 분노하면 강해지니까 말이다. 어쨌든 이런 우리나라의 사정을 뻔히 알고 있을 녀석들이 목적도 없이 축제에서 난동을 부릴 이유가 없단 말이다.

“괜히 넘겨짚지 마시고, 이번 축제 때 조금 주의를 기울여야겠습니다.”

“넘겨짚지 말라니? 그쪽의 목적을 아는 거야?”

“짐작이 가는 게 있어서요.”

호오, 내가 전해준 단편적인 내용만으로도 루사인은 이미 상황을 제대로 파악했나 보다. 저 녀석이 저리 말하는 건 분명 무언가 확신이 있어서겠지. 그 무언가가 매우 궁금한 나로선 눈을 빛내며 녀석을 빤히 바라보는 수밖에.

녀석을 뚫어지게 바라보자 내 시선을 의식한 루사인은 피식 웃었다.

“궁금한가요?”

“당연하지.”

“좋습니다. 그럼 괜히 앞에서 서성대지 말고 앞의 의자에 얌전히 앉으세요.”

루사인의 말이 끝나기도 전에 난 의자에 앉았고, 루사인의 설명을 기다렸다.

“이번에 영지 시찰을 갔다가 주인어른께 들은 겁니다. 크라노로 정보를 수집하러 들어갔던 콘스탄틴님들이 돌아왔다고 합니다.”

“어라? 언제?”

“얼마 안 됐습니다. 그 소식을 듣고 바로 수도로 돌아온 거니까요.”

길게 잡아 1년은 걸릴 거라 예상하며 크라노에 잠입했던 콘스탄틴들이 돌아왔다라… 그건 즉, 바로 돌아와도 좋을 정도로 제대로 된 정보를 물었다는 것을 뜻한다. 그러니까 녀석들이 요즘 들어 이렇게 극성을 부리며 우리나라를 서성이는 이유를 말이다.

"어떤 건지 내용을 들었어?"

"더 이상 다른 이유는 없을 거라 확신할 정도의 정보였죠."

"그러니까 어떤 거?"

뜸을 들이는 루사인을 재촉했다. 녀석은 다 좋은데 꼭 뭐 설명할 때 사람 속 터지게 질질 끄는 게 흠이다.

"크라노에 태자가 정해졌다고 하더군요."

크라노에 태자라? 어라? 왜 더 말을 안 해? 그거로 끝? 그러니까 크라노에 태자가 정해졌는데 그게 뭐? 머리 속에 떠도는 오만 가지 잡다한 질문들에 인상을 쓰고 루사인을 바라보자 녀석은 순간 멈칫하더니 조심스레 물었다.

"…설마 모르는 건가요?"

"뭘?"

"됐습니다. 생각해 보니 그걸 알면 도련님이 아니겠군요. 자국 역사도 모르는 판에 타국의 전통에 대해 알 리가 없는 것을."

저거, 저거 또 날 바보 취급한다!! 하지만 부정할 수 없는 현실이 슬프다. 그러니까 크라노 태자 즉위에 뭔가가 있긴 하구나. 아는 것이 힘, 모르는 것은 불운. 이쪽에서 기어들어 가는 수밖에 더 있나.

"알면 됐다. 설명이나 해."

정말로 당당하게 요구하자 루사인은 한숨을 쉬며 내 복잡한 머리를 정리해 주기 시작했다.

"간단하게 말하겠습니다. 크라노의 왕위 계승에는 독특한 의식이 있습니다."

"의식?"

"태자로 정해진 자는 크든 작든 간에 타국에 무언가 영향력을 끼치는 사건을 일으킴으로써 자신의 능력을 자국민에게 인정받아야 국왕의 자리를 승계한다는 전통입니다."

오호라, 그리고 보니 언젠가 얼핏 들은 기억이 있는 내용이다. 그것참, 말 그대로 독특하군. 이제 좀 짐작이 간다. 그러니까 이번에 태자가 정해지면서 다른 곳도 아닌 바로 이곳, 에페트리아를 그 전통의 목표로 삼았다, 이거로군.

그런데 그거라면 꽤나 성공한 것 아닌가? 수도에 납치 사건, 남부에 드래곤 사건. 비록 죄다 실패하긴 했어도 약간이나마 어느 정도 혼란은 주지 않았나? 그럼에도 이번 축제에까지 방해 공작을 펼치러 들어오는 건 정도를 넘어선 것 같은데.

"두 번의 사건으론 만족을 못하겠다는 거야?"

"그건 아닌 것 같습니다. 뭐랄까, 이번 태자는 지금까지와는 좀 다른 것 같아요."

"응?"

호기심 어린 눈빛을 띠고 루사인을 바라보았다. 그러자 루사인은 싱긋 웃으며 대답했다.

"태자 즉위를 하며 크라노 전 신민에게 선언했답니다. 자신은 한 나라로는 만족을 못하니 대륙 전체에 혼란을 주는 것을 목표로 하겠다고."

"후아."

절로 한숨이 새어 나왔다. 물론 기가 막혀서. 아니, 대체 지가 뭐라고. 설마 목표가 세계 정복이기라도 하냐? 갑자기 어떤 남자의 등 뒤에 커다랗게 '세계 정복'이란 글자가 새겨진 족자가 장식되어 있는 모습이 상상됐다. 아, 나 정말, 웃기지도 않아서. 요즘은 애들도 저런 꿈은 안 꾼다고.

아니면 설마 진짜로 자신에게 그런 능력이 있다고 믿고 있거나 혹은 정말로 그런 능력을 가진 존재라는 것인가? 전자라면 그다지 문제없을 듯싶지만 후자라면 위험하다. 그러고 보니 그 문제의 검은 망토 두목, 레키아. 나름대로 무언가 있어 보이는 느낌이었다. 그리고 상당히 강했다.

"태자가 어떻게 생겼는지 알아? 나이나 생김새."

"우리 에페트리아를 본받아서 그쪽도 극비라는군요."

아니, 하필 본받을 게 없어서 우리나랄 따라 하나. 본받았

으면 스승으로 모시고 깍듯이 대해야지 호시탐탐 노리는 건
또 뭐냐고.

갑자기 무언가 내 머리 속을 스치고 지나가는 게 있었다.
뭐랄까, 전부터 자리 잡고 있던 작은 의심 하나. 난 고개를 들
어 진지한 얼굴로 루사인에게 조심스레 물었다.

"그쪽 태자, 나이 정도는 알 수 있지 않아? 몇 살이래?"

"얼마 전에 성인식을 치렀답니다."

성인식이라. 그렇다면 이제 막 청년의 반열에 오른, 얼마
전까지는 소년의 범주에 들었다는 소리다.

"그럼 말이야. 거스틴 남작가의 둘째, 몇 살로 보여?"

"플루토 말입니까? 일단은 우리와 같은 학년이니 16살로
되어 있겠지만……."

루사인은 플루토의 외모를 다시 떠올리는지 눈을 살짝 내
리깔고 한참을 고민했다. 얼마간 눈동자를 굴리며 생각의 늪
에 빠져 있던 녀석은 결국 결론을 내렸는지 작은 한숨을 쉬었
다.

"우리 나이가 좀 애매하죠. 아직 성장을 시작하지 않은 사
람도 있고, 도련님이나 저처럼 왕성한 성장기인 사람도 있습
니다. 프리츠님과 같이 성장이 거의 막바지에 달하기도 하고,
또 문제의 플루토처럼 성장을 끝내고 슬슬 몸에 근육이 붙기
도 합니다."

"그래서 결론은?"

"우리와 같은 열여섯일 수도 있지만 갓 성인식을 치른 청년이라 해도 어느 정도는 통할 거라고 봅니다."

난 고개를 끄덕였다. 그렇다. 나도 그렇게 생각한다. 거기에 루사인이 저리 확신한다면 정확한 거겠지.

처음부터 맘에 들지 않았다. 한 번은 조금 괜찮은 녀석일지도 모른다고 생각했지만 역시 녀석과는 맞지 않았다. 플루토 녀석이 처음 루베르크에 모습을 드러낸 시기와 납치 사건이 일어났던 시기는 대략 잡아 2주일 정도 차이가 난다. 거의 일치한다는 소리. 즉, 녀석이 나타나면서부터 괴사건들이 시작되었다. 또한 녀석은 사건이 벌어졌을 때마다 문제의 검은 망토, 레키아와 같은 부위에 비슷한 상처를 입고 있었다.

"플루토를 의심하는 겁니까?"

"응. 의심 가는 게 많아. 넌 어떻게 생각해? 크라노의 태자 자리에 그 녀석을 넣으면 어울릴 것 같아?"

"글쎄요. 남작의 차남으로 보기엔 여러모로 자신감이나 행동거지의 우아함이나… 확실히 대귀족의 반열에 올려도 문제없을 정도로 위풍당당합니다."

루사인의 말 그대로다. 그 자식, 말로는 시골 남작가 출신이라면서 수도의 생활이나 대귀족들의 분위기를 너무 잘 알고 있다. 나와 프리츠 사이에서도 전혀 위축되지 않는다. 오히려 프리츠와 서 있는 게 너무나 잘 어울려서 나보다도 더 오래된 친구 같아 보일 정도였다.

"크라노의 태자라 봐도 전혀 부족함이 없다, 이거지?"

"만약 그가 정말로 크라노 출신이라면, 설령 태자까진 아니더라도 상당한 고위층일 겁니다. 그러니까 어디까지나 만약이라는 전제하에서입니다."

"…그래."

고개를 끄덕이며 다시 한 번 플루토 녀석의 재수없는 면상을 떠올리며 힘없이 중얼거렸다.

머리가 복잡해졌다. 가볍게 움직여선 안 될 문제였다. 크라노의 태자는 둘째 치고, 여러모로 그 존재가 의심스러운 플루토의 곁에 하필이면 프리츠가 있다.

과연 알고 함께 있는 것인가? 물론 이 질문에 대해선 예스다. 프리츠가 모르고 있을 리 없다. 자타 공인 바보… 라고 하면 조금 움찔하고 싶다만, 어쨌든 그런 내가 의심하고 있을 정도다. 프리츠는 분명 플루토 녀석이 누구인가를 알고 있을 것이고, 모종의 무언가가 움직이고 나서야 함께 있는 것이 분명하다.

그렇다. 모종의 무엇. 암묵적인 무언가. 그렇기에 플루토를 저택에 들이고 같이 계획을 세우는 거다. 전에 듣기론 마티아스 공작과 아는 사이였다고 했다. 이 점에 대해 짚고 넘어가야 할 것 같다. 과연 진짜로 마티아스 공작의 주선인지, 아니면 프리츠의 독단으로 집 안에 들인 거지만 단지 그렇게 변명하는 것인지.

프리츠만의 일이라면 크게 심각해지진 않는다. 그저 어린 소년의 조그마한 호기심 정도로 넘어갈 수 있다. 무엇보다 녀석은 뒤에서 받치고 있는 거대한 마티아스 공작가라는 훌륭한 빽도 지니고 있으니까. 적당히 이유를 붙이며 녀석의 죄목을 줄여 나가기에 충분한 권력을 가진 집안이다.

하지만 마티아스 공작까지 이 일에 관련이 있다면… 애들 장난으로 끝날 문제가 아닌, 결코 간단히 정리되는 일이 아니다. 작게 나가면 집안의 분란 정도. 그게 퍼져 나가면 국가적으로 대혼란이 야기될 정도로 심각해진다.

마티아스 공가의 힘은 에페트리아에 존재하는 네 개의 공작가 중 단연 으뜸이다. 수많은 혈족을 거느리고, 그 많은 방계 일족이 밑에서부터 공작을 떠받치고 있다. 직계 왕가에 비견될 만한 거대한 가문. 그런 가문의 이탈은 국가의 존속을 위협할 정도로 큰 파문을 야기한다.

"주인어른께 알릴까요?"

한참 고민하고 있는 나를 향해 루사인이 물었다. 그리고 난 고개를 저으며 대답했다.

"아니. 조금 더 지켜보자. 아직 모르니까."

"이 정도로 일이 커졌다면 주인어른은 이미 알고 있었을 거라 보는데요?"

"그래도 직접적으로 겪진 않았으니 나 정도로 알고 있진 않을 거야. 너, 영감탱이한테 뭑 말한 거 없지?"

"…아직까지는."

조금은 불만인 듯 망설이며 대답하는 루사인을 향해 다시 한 번 당부했다.

"앞으로도 말하지 마. 잘못하면 프리츠가 휘말려 들어."

물론 이미 많이 휘말린 것 같지만 그래도 소꿉친구로서 최대한의 바람이었다. '그래도 아직은' 이라며 망설이고 싶었다.

"어찌하시겠습니까? 저대로 지켜만 보고 계실 생각인가요?"

"응. 그러기로 작정했어."

그렇다. 전에 카린과 대화를 나누며 다짐했다. 프리츠 녀석이 정말 가서는 안 될 곳을 향한다 하더라도 끝까지 지켜보기로. 그리고 녀석의 그 선택 안에서 최선의 길을 찾아보기로 결심했었다.

"조용히 지켜보다가 정말 위험해지면 프리츠만 몰래 빼내면 돼. 무슨 수를 써서라도. 그러니까 일이 커지면 안 돼. 나중에 어떻게든 변명할 여지를 남겨야 하니까."

다시 한 번 다짐하며 굳은 표정으로 말하자 루사인은 한숨을 쉬었다.

"좋습니다. 그럼 이번 축제 기간에 프리츠님을 제대로 견제하시기 바랍니다. 국왕 폐하가 얽혀 있는 만큼, 잘못하면 이번 한 번만으로도 일이 커질 수 있으니까요."

"안 그래도 그럴 생각이야. 넌 플루토를 감시해. 의심스러운 행동을 시작하면 무력을 써서라도 일단 막고 봐."

그래, 일의 위험성에 대해선 나도 잘 알고 있다. 조금이라도 실수하면, 그래서 행여라도 제대로 사건이 터져 버린다면 그땐 늦다. 가능한 한 무슨 수를 써서라도 사전에 해결해야 한다. 그리고 이건 누구도 눈치 채지 못하게 은밀히 움직여야 한다. 참으로 어려운 주문이었다. 정말이지 친구 하나 잘못 뒀다가 이게 무슨 고생이냐. 그러고 보니 지금 상황에 딱 어울리는 말이 하나 있다. 아이고, 내 팔자야.

Chapter 8
축제의 중심에서, 학교 방문

  루사인과 대화를 끝낸 다음날부터 난 눈에 띄게 프리츠의 곁을 서성였다. 전교생이, 심지어 교직원들까지 모두 학교 단장이니 행사 준비로 바쁜 와중에도 난 이미 첫날부터 논외 취급받은 몸인지라 할 일이 없는 완전 백수 모드로 들어가 프리츠네 반을 기웃거릴 뿐이었다.

  "야, 야, 라이안! 너 진짜!!"

  결국 참다못한 프리츠가 머리를 감싸 쥐며 날 향해 소리쳤다.

  "말해. 나 귀 안 먹었다. 목소리는 낮춰라."

  "너 정말 날 말려 죽일 작정이냐?! 너희 반으로 가라고! 할 일 없어? 왜 자꾸 여기로 오냐고!"

"없다. 난 그냥 가서 놀라더라. 심심하니까 너라도 구경하러 온 거지."

"으아아아아아! 진짜!!"

진심으로 괴로운지 괴상한 비명을 지르며 절규하는 프리츠였다. 뭐랄까, 보란 듯이 발광하더니 비련의 여주인공마냥 털썩 주저앉은 꼴이 머리 위로 스포트라이트 좀 비추고 백그라운드 뮤직 하나 애절한 것으로 골라서 넣어주면 제대로 그럴듯한 한 장면이 나올 듯한 분위기였다. 그런데 말이다, 프리츠. 언제나 침착하고 어른스러우며, 똑바른 몸가짐의 바른 소년이 평소 네 이미지가 아니었냐? 이건 좀 많이 오버 같은데?

이런 프리츠의 모습이 얼마나 생소해 보이면 반 학생들이 모두 눈을 동그랗게 뜨고 신기한 눈으로 바라보고 있을까. 프리츠의 저런 모습은 나도 보기 힘드니 일단은 눈요기나 해볼까나.

하지만 녀석은 어느샌가 제정신으로 돌아와 자신의 상황을 깨닫고는 엉거주춤 일어났다. 연신 헛기침을 해가며 주변에 대해 당장 눈 돌리라는 무언의 압박을 하고 있는 프리츠를 보며 난 생글생글 웃으며 말을 걸었다.

"이제 좀 진정이 되냐?"

"시끄러. 너 말이야, 등 뒤에서 누군가의 시선이 느껴질 때마다 얼마나 긴장되고 몸이 움찔거리는지 뻔히 알면서도 지금 그 짓거리냐? 게다가 너, 가끔 살기도 섞어서 날 노려봤지?”

“재미있더라. 진땀 흘리며 참아대는 거 구경하니까. 그런데 화났냐? 항상 바른 말 고운 말만 쓰던 네가 ‘짓거리’라니. 카린 말투 닮아가네.”

“라이안, 너 진짜!!”

다른 무엇보다도 카린과 닮았다는 소리에 유독 하얗게 질려서 소리치는 프리츠였다. 난 그런 프리츠의 발광을 보며 얼굴 가득 더더욱 화사한 미소를 띠며 녀석을 달랬다.

“그런데 말이야, 나 좀 더 구경해도 될 거 같아.”

“무슨 권한으로!!”

“나, 너한테 화났잖냐. 넌 그런 날 달래줘야지. 그러니까 계속 등 뒤에서 구경해도 되지?”

물론 달랜다는 명목의 협박이었다. 그리고 프리츠는 순간 굳어져서는 내 눈치를 살폈다.

“아직 화 안 풀린 거야?”

“글쎄, 네 뒤통수를 노려보면서 식은땀 흘리는 거 구경하다 보니 좀 풀리는 것 같네? 아, 가끔 살기를 섞어줄 때마다 움찔거리는 모습도 볼 만하고.”

역시나 그날의 일을 계속 마음에 담아두고 있었는지 이런 나의 대답에 차마 화도 내지 못하고 그저 한숨만 쉬는 프리

츠였다. 이거 재미있는걸. 결국 완전히 포기했는지 프리츠
는 다시 뒤돌아서서 열심히 창틀에 걸레질을 하기 시작했
다. 마티아스 공작의 후계자가 청승맞게 앉아 걸레나 문지
르는 것을 그 누가 상상이나 했을까. 과연, 학교가 짱 먹는
다니까.

"아, 맞다, 라이안!"

"에?"

열심히 프리츠의 등짝을 구경하던 난 갑자기 뒤돌아서서
날 부르는 프리츠의 기세에 놀라 눈을 동그랗게 뜨고 녀석을
올려다보았다. 여자가 되어서 불편한 점이 이거랄까. 키가 작
아져서 프리츠와 루사인을 볼 때 한참 올려다봐야 한다는 게
좀 기분이 묘하다.

"우리 반 애들에게 들었는데, 개학날에 날 찾아왔었다며?
그래서 내가 마법 도구들을 가지러 강당의 창고로 갔다고 말
했다던데… 그날 난 널 못 봤거든."

"아아, 그날? 널 찾아다니긴 했는데, 강당이면 교문 반대쪽
이잖아. 귀찮아서 안 갔어."

문득 생각난 듯 묻는 프리츠를 향해 능청스러운 거짓말을
했다. 언제고 녀석이 그날 내가 찾아다녔다는 것을 들을 거라
예상했다. 그리고 눈치를 봐서 은근슬쩍 아무것도 아닌 척 물
어보는 것도 역시 예측 범위 내에 있었다.

그날 문밖에서 플루토가 말했었다. 프리츠나 플루토가 눈

치 채지 못하게 기척을 죽일 수 있는 자라면 학교 내에선 프리츠의 소꿉친구들, 즉 나와 카린, 루사인 정도뿐이라고. 그날은 그냥 가볍게 넘어갔다지만 내가 프리츠의 행방을 묻고 다녔다는 사실을 알게 되면 다시 의심하게 될 것은 뻔하지 않은가. 그래서 미리 준비한 대답을 나 역시 아무것도 아닌 척 말한 것이다.

"……그래? 그렇군."

다시 한 번 내 눈치를 살피며 내 표정을 확인하는 프리츠를 향해 난 웃으며 물었다.

"왜? 그날 만났으면 용서하고 끝났을 거 괜히 못 만났다고 계속 따라다니며 노려보면서 아직까지 복수하는 게 억울해?"

"아니, 그냥. 그렇다고. 그냥 궁금해져서."

똑바로 바라보자 내게서 눈길을 돌리며 변명하는 프리츠였다. 과연, 루사인의 말이 맞구나. 친한 사람에게 거짓말을 할 때면 자신도 모르게 무언가를 만지작거린다는 거, 사실이었군. 지금도 저리 열심히 걸레의 한쪽 귀퉁이를 꼼지락거리는 데 여전히 프리츠는 자신의 버릇을 눈치 채지 못하고 있나 보다.

"뭐, 그런 이유로 앞으로 며칠간은 더 괴롭혀 줄 테니 각오해."

"아아, 그러세요? 부디 그 며칠간이 축제 전까지만이길 바랍니다."

“응? 축제 전까지? 왜?”

정확하게 기간을 정하는 것에 궁금증이 생겼다. 축제 전까지만이라면, 그럼 축제가 시작되면 자긴 멋대로 움직일 테니 따라다니지 말라는 소리인가?

“못 들었어? 축제 기간 동안 폐하의 행차에 우리들이 대기해야 하잖아. 학교는 자치구라 따로 무장 기사들이 수십 명씩이나 들어올 수 없고, 그래서 마침 이 학교 학생인 우리 셋이 폐하를 수행하기로 결정났던데.”

“에? 프리츠, 넌 학생 대표로 폐하를 안내하는 역을 맡았잖아. 성적도, 가문도, 신분도 완벽한 조건을 가진 학교에서 내세울 수 있는 최고의 인재라고 떠들썩하던데.”

“글쎄. 실버 나이트로 안내를 하든 학교 대표로 안내를 하든, 어느 쪽이든 나라는 건 변함없으니 적당히 넘어가겠지.”

일이 조금 복잡하게 됐다. 축제 기간 동안 루사인이 플루토를 지키기로 하고, 나는 프리츠를 지켜보기로 했다. 학교 학생이면 학교 학생으로, 실버 나이트면 실버 나이트로 어쨌든 둘 다 소속이 같으니 감시하기가 편할 거라 생각했는데, 프리츠는 학생 대표가 되고 난 폐하의 곁을 지켜야 한다면…….

아니, 잠깐. 프리츠가 학생 대표가 된다 해도 어차피 폐하를 안내하는 것이기 때문에 폐하의 곁에 있는 나와 같이 다녀야 하는 거잖아. 뭐야, 달라지는 게 없네. 오히려 축제 때까지의 감시 계획이 간단히 끝나는 거로군. 아주 좋아, 문제없음.

이제 축제만 무사히 보내면 되는 거구나.

"뭐, 할 수 없지. 그럼 축제 전까지 뒤통수 노려보는 건 허락한다는 거지? 허락도 받았겠다, 마음껏 감상해 주지."

"아니, 저기, 그렇다고 꼭 그럴 건……."

고개를 끄덕이며 난 프리츠를 향해 선언했다. 그리고 프리츠는 매우 난감한 얼굴로 식은땀을 흘리며 중얼거렸다. 하지만 무시. 어쨌든 지은 죄가 있는 네가 잘못이라고.

그리하여 드디어 9월 둘째 주, 에페트리아에 축제의 막이 올랐다. 아직은 태양 빛이 뜨겁지만 그래도 선선한 바람이 불어오는 상쾌한 날씨의 연속이었다. 첫날도 둘째 날도 모든 행사들이 무사히 끝나고 드디어 셋째 날, 바로 국왕 일가의 나들이가 있는 날이었다.

왕비와 귀비들이 먼저 궁에서 나와 화려하게 장식된 꽃마차를 타고 공연이 시작된 거리를 지나갔다. 그들을 구경하고자 몰려나온 사람들로 거리는 인산인해를 이뤘고, 마차 안에서 왕비와 귀비들이 손을 내밀어 인사를 했다.

화려한 꽃마차가 지나간 뒤로 폐하가 성에서 나왔다. 왕가의 문장인 황금색 드래곤이 수놓아진 문장기가 펄럭이는 마차의 뒤로 정복을 차려입은 실버 나이트가 말을 타고 마차를 따랐다. 그리고 그 뒤로 무장을 한 근위대가 발걸음을 딱딱 맞추며 힘차게 행진했다.

난 당연하겠지만 실버 나이트의 대열에 있었다. 현재 폐하의 시중을 드는 실버 나이트는 여섯. 나와 프리츠, 카린과 저쪽 콘스탄틴 일행이었다. 나머지 실버 나이트들은 각자 임무를 받고 어딘가에 파견되어 참석이 아예 불가능하거나, 우리 아버지처럼 학교 행사가 끝나고 나서 합류하기로 했다. 어디까지나 오늘의 메인은 학교에 방문하는 것으로, 교내엔 콘스탄틴들도 들어가지 못한다. 그래서 콘스탄틴들은 학교의 교문을 지키는 것으로 결정됐다.

폐하의 마차에 바짝 붙어 말을 타고 걷던 난 굳은 표정으로 옆에서 말을 타고 있는 프리츠를 바라보았다. 그리고 문득 무언가가 생각나 물었다.

"야, 너 오늘 학교를 안내하는 거 아냐? 미리 가서 대기하고 있어야지. 선생들하고 말도 좀 맞추고 하면서."

"아, 그거. 괜찮아. 내가 일찍 안 가도 상관없어."

날 향해 태연히 대답하는 프리츠를 보며 난 더욱 궁금함이 일었다. 미리부터 준비해도 시원찮을 판에 늦장. 그럼에도 저리 느긋한 프리츠를 이해할 수 없었다. 평소의 프리츠를 알기에 더욱.

"이상하게 보지 마. 계획이 좀 변경됐어. 아무래도 나 혼자 두 가지 일을 다 할 순 없을 거 같다고 다른 사람으로 대체하겠대. 아침에 연락이 왔어."

"말도 안 돼. 당일에 그런 연락이라고? 너도 며칠 동안 선생들 잔소리를 들어가며 준비해 놓은 것을 하루아침에 다른 사람으로 바꾼다는 거야? 누가 네 대역을 하겠다고."

"글쎄. 워낙에 뛰어난 인재가 많기로 유명하잖아, 우리 학교가."

도무지 이해할 수 없었다. 다른 것도 아닌 국왕의 방문 행사에 이렇게 막나가도 되는 것인가? 꼬마들 학예회도 아니고 국가적인 행사다. 그걸 이렇게 즉흥적으로 바꾸는 게 말이 되나?

기가 막히든 어이가 없든, 어쨌든 마차는 어느샌가 학교의 정문에 도착했고, 교문엔 언제부터 기다렸는지 학교장과 선생들 몇이 나와 서 있었다. 모두들 얼굴에 미소를 가득 띠우고 국왕의 마차를 맞이했다.

마차에서 폐하가 나오자 주변의 모든 인간들이 고개를 숙이며 예를 취했다. 그러자 국왕은 웃으며 인사했다.

"모두들 고개를 드시오. 오늘의 주역은 내가 아니라 이 학교의 주인인 여러분들이오. 오늘, 잘 부탁드립니다."

위에 있는 자는 그 존재감부터 다르달까. 말 한마디 한마디가 위엄있고, 또한 권위가 느껴졌다. 우리 집 영감탱이에게서 아주 가끔 느낄 수 있는 것을 저 폐하는 늘 보여주고 있다. 이것이 바로 국왕이란 타이틀의 힘이로군.

교장은 감동에 겨워 몸을 부르르 떨며 폐하께 재차 인사를 했다. 그리곤 머리를 조아리며 폐하를 교문 안으로 안내했다.

교문 안쪽 역시 미리부터 나와 기다리고 있던 선생들과 학생들이 고개를 숙이며 국왕을 맞이했다.

모두의 인사가 끝나자 교장은 옆에 서 있는 학생 하나를 끌어다가 소개했다.

"폐하, 오시느라 수고 많으셨습니다. 여기 이 학생이 오늘 폐하를 안내할 아이입니다. 우수한 인재만이 모인다는 이곳 왕립 루베르크 안에서도 수석을 거의 놓치지 않는, 현재 우리 학교 최고의 우등생인 루사인 할트엔리드입니다."

"딸꾹!"

소개되어진 소년을 난 눈을 부릅뜨고 다시 보고 또 봤다. 그러나 아무리 다시 봐도 그 소년이 루사인인 것에는 변함없었다. 어찌나 놀랐는지 딸꾹질까지 다 나왔다.

아니, 대체 쟤가 왜 여기 있는 거야!! 오늘 종일 플루토의 뒤를 밟으며 감시하기로 했잖아! 플루토는 어쩌고 네가 학생 대표로 여기 서 있는 건데!! 국왕 안내라니. 그럼 반나절 내내 묶여 있는 거잖아. 그동안 플루토가 무슨 짓을 하면 어쩌라고!!

"이곳은 무예에 특기를 가진 학생들이 수련을 하는 곳으로, 여러 가지 형태의 무기 모형과……."

"딸꾹!"

"혹시 모를 위험에 대비하기 의한 방어구들이 갖춰져 있는……."

"딸꾹!"

루사인의 안내로 폐하는 교내를 돌아보기 시작했다. 그리고 누가 써놓은 것을 외웠는지, 아니면 임의로 설명을 하는 건지 모르겠으나 저 머리 좋은 루사인의 입에서 청산유수처럼 좔좔 흘러나오는 대화 사이사이를 나는 딸꾹질로 제대로 장식하고 있었다.

"수준이 비슷한 사람과 함께 대전 모드를 할 수도 있는 이곳은……."

"딸꾹! 딸꾹!!"

그리고 드디어 나의 딸꾹질 테러를 견디지 못한 폐하가 고개를 돌려 날 향해 명령했다.

"어디 가서 물이라도 마시고 오지 그러느냐."

"아, 딸꾹! 괜찮습니다. 딸꾹! 그냥 계속 진행해요. 딸꾹!"

"……내가 안 괜찮다. 어느 정도 돌아본 것도 같으니 좀 쉬도록 하지. 너도 그사이에 그 딸꾹질 좀 진정시키고 오거라."

늘 포커페이스의 폐하가 저리 인상까지 쓰며 말리고 있는 건 확실히 심각하다는 거다. 그리고 보니 여기저기서 시위하는 눈빛으로 날 바라보는 시선들이 느껴졌다. 많이 거슬렸나. 하지만 쉴 새 없는 딸꾹질로 난 더 지쳤다고.

국왕의 말에 슬슬 쉬는 분위기로 바뀌는지 여기저기에서

긴장했던 사람들이 조금씩 풀어지는 모습이 보였다. 아무래도 폐하의 앞이다 보니 모두들 지나치게 신경 쓰다가 지쳐 버린 것 같았다. 이 시점에서 쉬자고 한 폐하의 상황 판단 능력에 감탄할 수밖에 없었다. 내 딸꾹질 때문만이 아닌, 오히려 그것을 핑계로 쉴 시간을 마련해 준 거였다.

슬슬 나도 딸꾹질을 가라앉히기 위해 물이라도 마셔야 할까 고민할 때, 누군가 불쑥 내 앞에 물이 가득 든 컵을 내밀었다.

"마셔요. 나원, 계속 나오는 딸꾹질에 제가 오히려 민망했습니다."

"뭐, 그런 거로 민망하기까지 하냐. 그나저나 언제 튀어가서 물을 떠 온 거야?"

시원한 물을 벌컥 들이마시자 딸꾹질이 좀 진정되는 것 같았다. 빈 컵을 루사인에게 넘기며 난 새삼 녀석의 행동력에 감탄하며 물었다.

"여기가 어딘지 잊었나요? 무예 수련장이잖아요. 신선한 물이야 곳곳에 준비되어 있으니 그냥 바로 옆에서 물 컵만 들면 되죠."

그러고 보니 그랬던 것 같기도 하다. 솔직히 학교 내 수련장이야 체육 시간 말고는 잘 가질 않으니 알 턱이 있나.

루사인이 잠깐 설명하기도 했지만 이곳은 수준이 비슷한 자들끼리 대련을 하는 장소다. 이 학교에서 나와 대적할 만한 실력을 가진 자라고 해봤자 내 소꿉친구들밖에 더 있나. 카린이나 프리츠야 대련할 일이 있으면 성에서 본격적으로 하니까 우리에게 있어 이곳은 무용지물이었다. 그리고 학교 차원에서도 우리들이 대련하는 것을 보면 여러 학생들이 실의에 빠져 학업을 포기한다고 말리고 있는지라, 어쨌든 학교에선 본격적으로 훈련을 하지 않는다.

"뭐, 물이 어디 있는지 따윈 알아도 앞으로 쓸 일도 없으니 치워두고. 너 뭐야? 왜 여기서 니가 폐하를 안내하고 설명하고 있는 건데?"

정색을 하고 묻자 루사인은 고개를 저으며 대답했다.

"저한테 물어봤자 모르죠. 아침 일찍 등교해서 플루토를 감시하기 위해 찾고 있는데 갑자기 선생들이 우르르 나와서는 다짜고짜 학생 대표를 하라면서 끌고 갔다고요."

"그럼 플루토는?"

"전혀요. 국왕 폐하의 안내에 발이 묶여서 지금으로선 행방도 모르겠어요."

아아… 그러니까 그 자식이 무슨 짓을 벌이더라도 이쪽에선 이제 사건이 터질 때까진 모른다, 이거로군. 제길, 망했다. 망했군, 망했군, 망했어. 아~ 제길. 완전 뒤통수 맞은 기분이다.

설마 이거 사전에 계획된 건 아니겠지? 우리가 따라붙을 걸 예상하고 프리츠를 학생 대표로 해놓고 안심시킨 다음, 당일 날 확 루사인으로 바꿔 버렸다거나… 어쩐지 너무나도 있을 법한 일이라 상상하는 게 더 무서울 정도다. 내가 예상할 정도라면 나보다 훨씬 머리 좋은 그 녀석들이라면 이 정도는 가벼울 거라고.

자, 우선 계획을 조금 수정해야겠다. 플루토의 행방은 모르고, 루사인은 폐하가 학교를 나갈 때까지 안내를 해야 하며, 나와 프리츠는 오늘 하루 종일 폐하를 모셔야 한다. 그래, 프리츠가 같은 실버 나이트로 나와 함께 발이 묶여 있다는 게 그나마 다행이로군.

"좋아, 루사인. 넌 더 이상 플루토에게 신경 쓰지 말고 폐하를 안내하는 데 집중해. 이왕 놓친 거 미련을 가져 봤자 소용없으니까."

"폐하를 교문 앞으로 모실 때까지만이겠죠?"

"물론. 프리츠는 처음 말한 대로 내가 계속 감시할게. 넌 우리가 학교를 나간 뒤에 플루토 놈을 찾아봐. 내가 프리츠에게 붙어 있는 한 녀석이 무슨 짓을 저지르다 붙잡히더라도 프리츠까지 휘말릴 일은 없을 거라고 생각하지만."

"알겠습니다."

루사인은 고개를 끄덕였다. 그리고 저쪽 폐하의 근처에서 이번엔 강당으로 가보자는 교장의 목소리와 함께 흩어져 있는 수행원들을 찾는 소리가 들렸다. 나와 루사인은 서로가 맡은 일을 상기하며 굳은 표정으로 폐하의 곁으로 다가갔다.

강당을 거쳐 운동장을 지나 수업을 듣는 교실을 구경하기까지 루사인은 한 치의 어긋남도 없이 깍듯한 예절과 몸가짐으로 폐하를 안내했다. 주변에서 보는 사람들이 감탄할 정도로 완벽했다. 이동할 때마다 설명하는 한마디 한마디가 오늘 아침 급조로 결정되어 버린 대타라고는 누구도 상상할 수 없을 정도로 완벽했다.

이럴 때마다 새삼 루사인 녀석에 대해 다시 한 번 생각하게 된다. 내가 봐도 일개 시종으로 있기엔 너무도 아까운 녀석이었다. 똑똑한 머리에 정확한 상황 판단력, 어른스러운 사고방식과 뛰어난 검 실력. 가끔 삐지긴 하지만 어느 모로 보나 보통 사람이라곤 할 수 없었다.

그러고 보니 루사인… 폐하도 여러 가지 방법으로 소문을 듣고 실버 나이트 입단 권유를 세 번이나 할 정도로 침을 흘리는 인재였지. 그 세 번 다 일언지하에 거절했다지만 그래도 여전히 폐하는 루사인을 향한 러브 콜을 열어두고 있다고 했는데, 오늘 드디어 문제의 그 루사인 얼굴이라도 구경해 보는 날이시군.

폐하가 만약 저 녀석이 문제의 그 루사인이란 것을 알게 된다면, 분명 다시금 반해서 또 한 번 입단 권유를 할 텐데. 다른 때는 남을 통해 들었다지만 오늘 폐하가 직접 말을 꺼냈는데 그것마저 거절하면 심하게 불경죄라고. 그런데 아무리 생각해도 루사인이라면 그 상대가 폐하라 하더라도 바로 거절

할 것 같은 예감이 들었다.

도대체가 아무리 내 시종이라지만 뭘 생각하는 것인지 정말 모르겠다. 뭔가 속을 알 수 없는 녀석이다. 그저 아버지가 믿고 있고, 나 역시 무슨 일이 있더라도 녀석은 날 배신하지 않을 거라는 막연한 확신이 있을 뿐이었다. 생각해 보니 괜히 내가 꿀리는 것 같아 억울했다.

"으이구, 증말. ……어라? 잠깐?"

폐하를 수행하는 동안 실컷 노려봐 주기로 작정하고 루사인을 뚫어져라 바라보던 난 문득 의외의 사실을 깨닫곤 나도 모르게 중얼거렸다. 갑작스러운 내 반응에 프리츠가 작은 목소리로 물었다.

"라이안, 무슨 일이야?"

"아, 아냐, 아무것도. 그냥 잠깐……."

대충 얼버무리고 나서 난 다시 한 번 루사인을 바라보았다. 그리고 이번엔 눈을 돌려 폐하를 보았다.

그동안 별 생각 없이 지나치던 게 한자리에 모이고 보니 새삼 모르던 것을 알게 한다. 닮았다. 볼수록 닮았다. 절대 남이라고는 생각할 수 없을 정도로 루사인과 국왕은 닮아 있었다. 전혀 생각하지 못했다. 아니, 생각할 가치도 없던 일이었다. 그래서 그냥 스쳐 지나가던 것이었다.

"말도 안 돼……."

난 다시 한 번 중얼거렸다.

루사인이 우리 집에 온 것은 5살이 채 되기 전이라 들었다. 언젠가 언뜻 듣기로 태어났을 무렵에 아버지가 사고로 죽고, 5살이 되기 몇 달 전에 어머니도 병으로 죽어 천애고아가 되었다 했다.

루사인의 어머니가 우리 영감탱이의 유모와 아는 사이던가 해서 어떻게 소개장을 받아 우리 집에 왔고, 그때 마침 집을 비웠다가 돌아온 영감탱이가 어린아이치고 상당히 영특한 루사인을 보고는 내게 붙여주었다고 한다. 그 후로 녀석의 영리함 때문인지 영감탱이가 양자로 들이려 하다가 무슨 일이 있었는지 흐지부지되어 지금에 이르렀다.

여기까지가 내가 알고 있는 루사인에 대한 전부였다. 솔직히 말해 녀석의 과거에 대해 아는 게 거의 없다. 그리고 알 필요도 못 느꼈다. 과거는 과거일 뿐. 내 곁에서 10년을 넘게 붙어 있었고, 앞으로도 계속 함께 있을 건데 내가 모르는, 내 곁에 없었을 때의 일을 알아서 뭐 하겠냐 싶었다. 궁금하지도 않았다.

그런데 지금, 폐하의 곁에 당당히 서 있는 저 루사인은 궁금하다. 둘이 같이 서 있으니 꼭 과거와 미래를 보는 듯한 기분이었다. 폐하는 루사인의 미래. 루사인은 폐하의 과거. 그 정도로 닮아 있었다.

게다가 아까부터 거슬리던 게 하나 더 있었다. 폐하는 루사인을 본 적이 없다. 아니, 본 적이 없을 터였다. 그런데 루사인을 바라보는 폐하의 저 따뜻한 시선은 무엇인가? 루사인의 얼굴에서 무언가를 떠올리기라도 하는 것마냥 아득한 눈으로 흐뭇하게 바라보는 저 표정은 무엇이지? 꼭… 오래간만에 만난 혈육이라도 보는 것마냥.

갑자기 남부에서 티아라와 헤어질 때 그녀가 했던 말이 다시금 생각났다. '너희 왕족들'이란 지칭에 분명 루사인도 들어가 있었다. 그래서 혹시라도 숨겨진 왕자였던 건 아니냐고 대놓고 물었다. 루사인은 분명하게 아니라고 대답했다. 절대 국왕의 아들은 아니라고 했다.

루사인이 날 속일 리가 없다. 그건 확신한다. 적어도 그 점에 대해서만은 루사인에 대해 정확히 알고 있다. 그리고 무엇보다 국왕의 자식들을 아무리 숨겨놓고 키운다 해도 천애고아로 남의 집에 시종으로 보내진 않는다. 보통이라면 적어도 귀족, 아니면 어느 정도 재력이 있는 집의 양자나 친자의 신분을 가지고 성장한다. 그러니까 아니다. 루사인은 아니다. 아니라고 확신한다.

그런데… 그럼 대체 폐하와 너무나도 닮아 있는 저 루사인은 그냥 우연인 걸까? 폐하의 저 따뜻한 눈길은 우수한 인재에 대한 대견함일 뿐인가?

모르겠다. 이젠 정말 모르겠다.

교내 구석구석을 돌아다니고, 학생들의 공연과 학업 성과에 대한 사항을 하나하나 둘러보다 보니 어느새 점심시간이 거의 가까워왔다. 이제 학교에서의 일정은 학생들과 함께 교내 식당에서 점심을 먹고 나가는 것으로 끝난다. 자연스럽게 모두의 발걸음이 식당으로 향했고, 국왕의 방문을 준비해 특별히 마련한 전용 식탁에 안내되어 자리에 앉았다.

국왕을 중심으로 학교 관계자들이 지위 고하에 따라 자리를 배정받았고, 그 사이사이에 폐하와 함께 따라온 실버 나이트와 근위대 장교들 역시 작위와 지위에 맞춰 정해진 자리로 향했다. 고개를 살짝 돌려 루사인을 찾아보니 녀석은 거의 말석에서 모두가 앉기를 기다리고 있었다.

"아, 저쪽 말석에 가서 앉겠다. 일단은 학생이기도 하니까 그쪽 신분으로."

폐하의 근처로 날 안내하는 식당의 고용인을 향해 통보하고는 무작정 루사인의 곁으로 다가갔다. 국왕의 학교 방문 행사의 취지는 일단은 자유로운 교풍 안에서 자라나는 학생들의 생활이 중심이었기에 내 행동을 막는 사람은 없었다. 오히려 실버 나이트의 지위를 치워두고 평범한 학생으로 이 행사에 참여한다며 흐뭇한 시선으로 보는 사람들이 여기저기 보일 정도였다.

루사인의 옆 자리를 차지하고 앉자 곧 요리가 놓여지기 시작했다. 그리고 국왕의 축배를 기점으로 점심 식사가 시작되었다. 폐하 앞에서 어찌할 바를 몰라 하며 송구스러워하는 선생들의 모습을 힐끔 보고는 난 루사인에게로 주의를 돌렸다. 그리곤 바로 옆의 루사인에게만 겨우 들릴 정도로 작은 목소리로 말했다.

"오늘 보니까 폐하와 많이 닮았더라. 새삼 네 외모가 왕족의 생김새와 비슷하다는 것을 깨달을 정도로."

"그렇습니까? 어차피 외국인이 아닌 이상 어딘가 비슷한 점은 있겠죠. 단일민족이라는 전제하에 말입니다."

루사인은 전혀 놀라지 않은 무덤덤한 어투로 대답했다. 뭐랄까, 처음부터 준비하고 때맞춰 나오는 것마냥 술술 나오는 변명 같았다.

"한 민족의 범위가 아니라 매우 흡사하던데."

"그렇다면 중간에 왕족의 피가 잠시 섞였을지도 모르죠. 예를 들면 한 10대쯤 전 국왕의 숨겨진 넷째 아들이 젊었을 때, 어쩌다 실수로 태어난 아이가 자라 이룬 일가의 후손이라거나……."

"너무 구체적인데? 그거 진짜야?"

"어디까지나 예시인데요. 10대 전 조상에 대해 알게 뭡니까. 정작 제 아버지도 잘 모르겠는데."

그렇긴 하다. 하지만 참으로 그럴듯했다. 루사인의 말대로 별거 아닌, 어딘가 있을 법한 그런 닮은 사람일지도 모르겠다는 생각이 들기 시작했다. 그러자 동요했던 마음이 가라앉고 안심이 되었다.

"좋아. 그럼 그 부분은 그냥 그런 걸로 넘어가도록 하고 말이야……."

"할 말이 더 있나요? 이대로 더 대화를 나누면 먹는 속도에 지장이 있을 것 같은데요."

본격적으로 말을 꺼내려 할 때 그냥 아주 뚝 자르며 김이 팍 새게 만들어 버리는 루사인이었다. 정말이지, 얘가 왜 이렇게 퉁명스러울꼬. 조금 전까지 평소답지 않게 생글생글거리며 폐하를 잘 안내했으면서. 하긴, 그래서 쌓인 스트레스의 여파인가. 안 웃던 놈이 웃으면 힘들긴 하지.

"말 좀 끊지 마라. 이쪽이 본론이다. 어차피 저쪽도 저쪽끼리 잡담하느라 정신없으니 식사 시간은 여유있다고."

"그럼 말하시던가요."

"……."

이 자식, 심하게 삐뚤어져 있다. 고작 몇 시간 성질 죽이고 생글거렸다고 이렇게 나오기냐. 내 장담하건대 오늘 누가 이 녀석을 학생 대표로 정했는지는 모르지만, 아마 두고두고 무언가 알 수 없는 불운이 따라 다닐 거다. 확신한다.

"뭐, 어쨌든, 학교를 돌아보면서 플루토는 못 봤지?"

"신경 써서 주위를 살펴보며 다녔지만 못 본 것 같습니다."

"그럼… 만약 녀석이 예의 그자라면 무언가 한 건 벌일 준비를 하고 있다고 봐도 되겠지?"

"아마도요."

그렇다. 플루토가 레키아라면, 그리고 전에 창고에서 엿들은 대로 행차 중에 무언가를 저지르려면 폐하의 호위가 가장 허술한 이곳 교내에서 일을 벌일 것이다. 그게 가장 수월할 테니까.

"루사인, 주의 집중해. 교문을 나가면 다른 실버 나이트들이 대기하고 있어. 그러니까 녀석은 분명 학교 안으로 올 거야. 앞으로 남은 일정은 점심 시간이 끝나면 이대로 교문으로 나가는 것뿐. 분명 그사이에 나타나겠지?"

확신은 하지만 증거가 없다. 그렇기에 혹시라도 누가 들을까 염려하며 최대한 작은 목소리를 유지하며 루사인에게 전했다. 하지만 루사인은 고개를 저었다.

"그건 아닐 겁니다."

"에? 왜?"

"학교란 생각보다도 더 폐쇄적인 곳이니까요. 교내에서 일이 터지면 내부부터 의심받을 테니, 플루토가 문제의 그 인물이라면 스스로 포위망에 걸리는 짓은 하지 않겠지요."

듣고 보니 그럴듯했다. 학교 부지가 워낙에 넓고 출입에 제한이 있으니 사전 조사도 쉽지 않을 거다. 그런 것을 시기와 장소를 제대로 노리고 습격해 온다면, 교내 관계 인물에게도 의심의 기운이 뻗치겠지. 과연 루사인이다. 녀석 역시 속으로

는 여러 가지 가능성에 대해 계산해 두고 있었던 것이 분명했
다.

"그럼 어디라고 생각해?"

"글쎄요. 교내를 방문할 때도 호위의 수는 적어 위험할 수
있다지만, 행차 중 한 번 더 산만해질 때가 있습니다."

"그러니까 그게 언제?"

"교문을 나가 대기하고 있던 실버 나이트들과 근위대원들
이 합류할 때입니다."

난 인상을 쓰며 고개를 갸웃거렸다. 그때가 가장 호위가 철
저할 시간인데 어째서 하필 고르고 골라 그 순간을 노린다는
것인가?

"아직 모르시겠습니까? 교문을 나가 다시 대열을 정비하고
호위 임무를 인수인계할 때입니다. 대열이 잘 짜여져 일사불
란하게 칼같이 맞는 때가 아닌, 그 대열을 짜기 위해 많은 사
람들이 움직일 때입니다."

"아……!!"

그제야 루사인이 말하는 것을 알 수 있었다. 그렇다. 한 줄
로 늘어선 사이에 삐죽 삐져나온 것은 발견하기 쉽다. 하지만
여기저기 어지러운 가운데에서 찾아내기란 어렵겠지. 그때
를 노리고 온다면 참으로 적기인 셈이다.

"그럼 어쩌지? 따로 주의를 기울인다 해도 그때만큼은 나
도 어쩔 수 없게 되는데."

"다른 건 신경 쓰지 말고 프리츠님에게만 집중하세요. 같은 한패라면 혼란스러운 가운데 아마 무슨 짓을 저지를 겁니다. 설마하니 미치지 않은 이상 대놓고 폐하께 검을 들이댈 순 없겠죠. 그러니만큼, 망토들이 움직이기 수월하게 무언가 다른 조취를 취할 겁니다."

고민하는 내게 루사인이 해법을 알려주었다.

"그러니까 프리츠가 저지를 어떤 일을 막으면 공격을 한 타이밍 늦출 수 있다, 이거지?"

"그리고 혹시라도 죄의 책임을 물을 때, 저지른 짓이 없다면 죄도 없는 것이 되겠지요."

마음에 드는 계획이었다. 놈들이 저지를 사건도 막고, 프리츠도 휘말리지 않게 하고. 둘 다 애츠의 내 목적이기도 했다. 일이 수월하게 풀릴 것 같은 예감이 들었다.

얼마 지나지 않아 식탁의 요리가 치워지고 후식이 나오기 시작했다. 점심시간의 끝이 얼마 남지 않았다. 이대로 순조롭게 행사가 마무리될지, 아니면 사건이 시작될지는 저쪽에 달려 있다. 부디 바란다면 전자이지만 후자도 상관없다. 레키아, 네놈들의 계획은 거의 눈치 챘다. 오늘이야말로 네놈의 그 망토를 벗겨주겠다.

국왕의 학교 방문 행사는 처음 왔을 때처럼 교문 앞까지 교장과 선생들이 마중을 하며 끝이 났다. 폐하는 흐뭇한 미

소로 그들의 인사를 받으며 교문 앞에 서 있는 마차에 올라
탔다.

"기분이 좋으신가 봅니다?"

계속해서 은근한 미소를 띠고 있는 폐하를 향해 프리츠가
웃으며 물었다. 그리고 폐하는 고개를 끄덕였다.

"내가 이야기하지 않았던가? 성인이 되기 전, 아직 후계자
로 정해지지 않았을 때 이곳에 다녔었다."

폐하의 고백에 나와 프리츠, 그리고 카린은 호기심 어린 얼
굴로 폐하를 올려다보았다. 처음 듣는 소리였다. 아니, 왕가
의 왕자들이 어떻게 성장하는지에 대해서 직접 들어본 적이
아예 없었다. 학교를 돌아보는 내내 임무 중에 사적인 감정은
있을 수 없다며 굳은 표정을 짓던 카린마저 이 이야기에는 흥
미가 생기는지 눈을 빛내며 물었다.

"그건 폐하께서 아직 이름을 내놓지 못하던 때를 말하는
건가요?"

"그렇지. 그렇게 묻는 걸 보니 못 들었나 보구나."

"처음 들었습니다."

프리츠가 대답하자 폐하는 어린 실버 나이트들을 향해 인
자한 미소를 지으며 자신의 과거를 떠올렸다.

"어느 상인 집안의 둘째 아들로 이 학교에 입학했었다. 7살
때 형과 함께 왕립 루베르크 초급 학교부터 시작했지. 형은
학자를, 나는 기사를 목표로 했다. 그리고 고등부를 졸업하기

직전에 성으로부터 부름을 받았다.”

폐하의 과거란 꽤나 추억거리가 많은 듯했다. 그렇지 않고선 저리 그리운 듯한 표정을 지을 리가 없으니까. 문득 형이라는 자가 궁금해졌다. 그 상인의 아이인지, 아니면 폐하의 친형제인지 묻고 싶었지만 포기했다. 모든 게 극비인 왕가의 일을 이 정도로 들은 것만 해도 대단한 것이다.

“성으로 들어간 이후로 처음 학교에 와봤는데, 변함없는 모습들이 가끔 보여서 즐거웠구나. 몇몇 얼굴을 아는 선생들도 있었고 말이다.”

말한 그대로 즐거워 보이는 모습이었다. 글쎄… 나라면 아무리 오래간만이라 해도 저 나이를 먹어서 학교에 가는 건 사양일 텐데. 굳이 수업은 듣지 않는다 해도 학교란 것 자체가 그다지 끌리질 않는다고.

하긴, 학교에 대해 떠올려 보라면 아침마다 가기 싫다고 전쟁을 치르다 일단 끌려와서 종일 자다가 집에 간 정도인가. 거기다 간간이 있는 성적표를 동반한 시험 따위에 발이 걸려 영감탱이한테 뒤지게 혼났던 기억뿐이니 좋을 리가 있나.

“폐하, 서둘러 주십시오. 호위하는 인원이 적습니다. 이 길 끝에 실버 나이트들과 근위대원들이 기다리고 있습니다. 이야기를 나누실 거라면 그곳으로 이동하고 나서 하시길 부탁드립니다.”

우리의 뒤에서 목석같이 서 있던 근위대장이 무거운 입을 열었다. 아, 그래. 솔직히 나도 좀 조마조마하다. 축제 기간이라지만 아직 수업이 끝나지 않은 학교 앞은 한산하단 말이다. 언제 그 검은 망토 놈이 올지는 나도 모른다고.

"아아, 내가 근위대장을 걱정하게 만들었군. 그럼 출발하지."

폐하는 연신 미소 지으며 마차에 올라타 문을 닫았다. 곧 마차가 출발하기 직전, 갑자기 폐하가 창밖으로 고개를 내밀며 프리츠를 찾았다.

"프리츠, 부탁이 하나 있다."

"예, 폐하."

폐하가 따로 부탁이란 단어까지 쓰며 불렀다. 오늘따라 신기한 거 많이 보는 기분이었다.

"3동 도서관 5층의 제일 끝, 희귀 고서 관리실일 거다. 내가 학교를 떠나기 전에 감춰두고 잊은 것이 있다. 의자가 다른 곳과는 달리 앉는 곳이 두꺼운 나무로 되어 있다. 그중의 하나를 밑에서 파내고 안쪽에 상자를 하나 넣어두었다. 그것을 찾아왔으면 한다."

"……어떤 의자인지 딱히 특징은 없고요?"

"하나하나 다 뒤져야 할 거다."

프리츠는 조금 난감한 표정을 지었다. 나라도 마찬가지였을 거다. 그 많은 의자를 한 번씩 다 뒤집어봐야 한다는 것 아닌가. 게다가 폐하의 연세가 우리 영감탱이랑 비슷하다고 알고 있다. 졸업한 지 20년은 지났을 뒤데 과연 그것이 남아 있을지가 또 문제였다.

"의자가 바뀌지 않은 이상 분명히 있을 거다. 1년에 방문자가 10명을 못 채우는, 말 그대로 희귀 고서 창고이니까."

"능력이 되는 한 찾아보고 오겠습니다."

프리츠는 꾸벅 인사를 하곤 뒤돌아서서 방금 전에 지나쳐 나왔던 교문을 향해 서둘러 달리기 시작했다.

쯧쯧, 고생 좀 하렴. 선택된 게 내가 아니라서 다행이구나. 하긴, 내가 근성없는 성격이란 것을 뻔히 아는 폐하이니 나름대로 착실하다고 알려진 프리츠를 시킨 거겠지. 한동안은 도서관에 처박혀 있어야겠구나.

"……아니, 잠깐!!"

그 순간 갑자기 머리를 치고 지나가는 엄청난 사실에 나도 모르게 소리쳤다. 가만있어 봐. 프리츠의 옆에 꼭 붙어서 녀석을 감시하기로 했는데 녀석이 혼자 도서관에 가버리면 어떡해. 말로는 도서관에 간다 하고 다른 데로 새서는 플루토와 접선하거나 하는 거면 어떻게 하느냔 말이다.

"무슨 일이냐, 세라? 무슨 문제라도 있느냐?"

갑작스런 나의 비명에 모두의 시선이 내게로 고정됐고, 폐하가 대표로 물었다.

"아, 저 폐하, 프리츠 혼자 조사하기엔 좀 힘들 것 같은데 저도 같이 다녀오겠습니다."

식은땀을 흘리며 최대한 이 상황에 어울릴 만한, 내가 프리츠에게 갈 수 있는 구실을 댔다. 그때 카린이 갑자기 끼어들었다.

"무슨 소리야, 라이안. 아니, 세라. 가뜩이나 지금 사람이 많지도 않은 데다, 아무리 조금만 가면 다른 분들과 합류할 수 있다지만 그때까지만이라도 자리는 지켜야지."

단호한 반대에 딱히 변명할 다른 말이 떠오르지 않았다. 그리고 그런 카린의 의견에 폐하도 맞장구를 치기 시작했다.

"내 사소한 일로 고생하는 건 프리츠 하나로 만족한다. 괜히 두 사람이나 보낼 필요는 없을 것 같구나."

"폐하께서도 저리 말하시잖아. 세라, 어서 말에 올라타. 괜히 시간 보내지 말고."

어느새 자신의 말에 올라타서 나를 향해 다그치는 카린을 보며 난 안절부절못했다. 프리츠를 따라갈 수도 없고, 그렇다고 넙죽 말에 올라타기도 애매했다. 하지만 여기저기서 눈치를 주는 눈길들과 잡아먹을 듯이 노려보는 카린의 시선에 어쩔 수 없이 말에 올라탔다. 그리고 곧 폐하의 마차가 달리기 시작했다.

정말 곤란하다. 진짜, 진심으로 조마조마해지기 시작했다. 루사인이 감시하기로 한 플루토도, 내가 지켜보기로 한 프리츠도 모두 놓쳐 버렸다. 프리츠의 움직임을 보고 타이밍을 예측하려 했던 계획이 물거품이 되어버렸다. 이대로라면 언제 무슨 일이 벌어질지 모른다.

　그리고 무엇보다 프리츠를 말릴 수 없게 되었다. 차마 솔직하게 사정을 말하고 양해를 구할 수 없는 현실이 안타까울 따름이었다.

Chapter 9
예상했던 기습, 망토들의 향연

폐하를 태운 마차는 어느덧 폐하를 호위할 기사들이 기다리고 있는 큰길 앞에 도착했다. 솔직히 그리 멀지 않은 거리였다. 학교 앞에서부터 걸어서 10분 거리에 있는 곳이니만큼 마차로 달리는 시간은 얼마 되지 않았다.

마차가 멈춰 서자 대기하고 있던 실버 나이트들과 근위대원들이 폐하를 향해 고개를 숙이며 인사했다. 그리고 곧 예상했던 대로 폐하와 함께 학교 안으로 들어갔던 사람들과 밖에서 기다리던 사람들 간의 이동이 시작되었다.

실버 나이트는 실버 나이트대로, 근위대는 근위대별로 모이면서 혼잡해지는 것을 몸으로 느낄 수 있었다. 주변이 산만

해졌다. 누구 한 사람만을 감시하는 것이라면 모를까, 이렇게 사방으로 흩어지는 사람들 모두에게 주의를 기울일 순 없었다.

"뭘 그리 멍하니 서 있어? 거치적거리게. 이쪽으로 와. 다들 모여 있잖아."

카린에게 잡혀 억지로 끌어당겨진 난 얼결에 실버 나이트들의 사이에 서게 되었다. 조금이라도 중심에 서서 상황을 살피려 했는데 그 계획마저 무너져 내렸다.

한숨을 쉬며 지금 서 있는 곳에서라도 주위를 살피기 위해 고개를 돌리다 얼핏 아버지의 모습이 보였다. 이 여름에 보기에도 더울 것 같은 긴팔의 실버 나이트 정복을 착용하고도 땀 한 방울 흘리지 않고 꼿꼿이 서 있는 모습이 경이로웠다. 요즘 바쁜 것 같은데 그래도 폐하의 호위 임무에는 빠지지 않고 참석하는 것이, 겉으로 보기엔 아닌 듯싶지만 영감탱이도 꽤나 폐하를 중심으로 세계가 돌고 있는 것 같다.

뭐랄까, 어쩐지 아버지를 보니 안심이 되기 시작했다. 입으로야 영감탱이니 뭐니 만날 반항만 해대는 것 같지만 사실 난 아버지에게 꽤 의존한다. 어디 내놔도 부끄럽지 않을 자랑스러운 아버지다. 어린애처럼 이 세상에 아버지가 못하는 일은 거의 없을 거라 믿어 의심치 않는다. 그리고 아버지에겐 그렇게 믿게 할 만한 능력이 있었다.

무슨 일이든 척척 해내고 손쉽게 해결하는 아버지가 이 자리에 함께 있다는 사실에 한시름 놓았다. 일이 벌어진다 하더라도 아버지라면 쉽게 막고 바로 정리해 줄 것 같았다.

"아버지, 요새 바쁘다더니 용케 나왔네?"

슬쩍 아버지에게 다가가 아는 척을 했다. 그러자 아버지는 눈동자만 살짝 아래로 깔고 나를 내려다보며 말했다.

"폐하의 앞이다. 몸가짐을 바로 하고 정신을 바짝 차려라. 사적인 장소가 아니다."

"예, 예."

껄렁하게 대답하면서도 입가에 미소를 띠고 카린의 옆 자리로 가서 섰다. 이제 슬슬 정리되는 분위기였다. 모두들 자기 자리를 찾아 들어갔고, 곧 국왕의 행진을 다시 시작할 준비가 모두 끝나갔다.

뭐야, 아무 일도 없네. 괜히 걱정했잖아. 뭐, 없으면 없는 대로 좋은 건가. 루사인의 예측이 조금 빗나간 것은 의외지만 그래도 좋은 게 좋은 거니까 상관없다. 이대로 프리츠만 돌아오면 정말로 마음이 놓일 거다. 말대로만 되면 그동안 프리츠를 의심했던 그 모든 것을 죄다 철수시켜도 상관없을 것 같았다. 녀석은 아무 관련 없다는 확신이 들 테니까.

그렇게 안심을 하는 순간, 갑자기 여기저기서 열댓 명 정도의 인기척이 느껴졌다. 그리고 그들은 이곳을 향해 달려오고 있었다. 안심하고 있긴 했으나 나름 온 신경을 다해 주변의 낌새를 살피던 나였다. 그렇기에 누구보다도 먼저 놈들의 인기척을 느끼고 크게 소리쳤다.

"위험해!! 자객이다!!"

내 외침에 놈들을 눈치 챈 실버 나이트 및 근위대원들이 서둘러 국왕의 마차를 에워싸며 어디서 튀어나올지 모르는 놈들을 향해 검을 뽑아 들었다.

그 순간이었다. 마차가 서 있는 주변의 건물들 위에서 하얀색 가루가 쏟아지기 시작했다. 무엇인지 정체는 알 수 없지만 적어도 좋은 뜻으로 뿌린 것은 아니라 확신했다. 최대한 순발력을 발휘하며 여기저기 뭉텅이로 떨어지는 가루의 줄기를 피했다. 물론 나와 같은 생각을 했는지 거의 모든 실버 나이트와 근위대원 몇 명이 최대한 가루를 덜 뒤집어쓰기 위해 요리조리 부산하게 움직였다.

"으… 윽, 모, 몸이!!"

"움직이지 않아… 어째서?"

곳곳에서 사람이 쓰러지는 소리가 들리며 신음 소리가 이어졌다. 가루를 뒤집어쓴 근위대원들이 힘없이 바닥에 널브러져서는 눈을 부릅뜨고 움직이기 위해 안간힘을 쓰고 있었다. 하지만 전혀 움직이지 못했다.

"몸을 마비시키는 가루인가."

내 뒤에서 아버지가 중얼거렸다. 물론 대답을 바라고 말한 것은 아니겠지만 난 나도 모르게 고개를 끄덕였다. 내 생각도 같았다. 정신이 멀쩡한데 몸을 움직이지 못하는 거라면 마비 말고는 설명하기가 어려웠다.

그리고 마비라 하면 한 가지 생각나는 것이 있었다. 올봄, 수도의 귀족 소녀들이 납치되었을 때 내가 직접 겪어봤다. 무색무취로, 노출되기만 해도 몸을 마비시켜 버리는 크라노의 알 수 없는 어떤 도구. 이렇게 축제의 행사 중에, 국왕의 행차를 노리고 마비가 되는 하얀 가루를 뿌려대는 자라면 너무 뻔해서 따로 생각할 필요도 없잖아!

"피부! 피부를 통해 흡수되는 마비약이다! 피부가 노출된 곳에 뭐든 뒤집어써서 닿지 않게 해!!"

큰 소리로 외치자 여름용 반팔 의장을 입고 있던 근위대원들이 너나 할 것 없이 겉옷을 찢어 반팔 소매 밖으로 드러난 팔뚝을 감기 시작했다. 하지만 그나마 서 있는 자들도 움직임이 굼뜬 것을 보니 아무래도 이미 마비 기운이 돌고 있는 것 같았다. 이대로라면 놈들이 갑자기 공격해 올 때 상대할 만한 자는 근위대엔 거의 전무하다고 봐도 무방했다.

그나마 실버 나이트가 전원 무사하다는 것이 불행 중 다행이었다. 대체 누구의 취향인지는 모르겠으나 실버 나이트의 정복은 여름용이 따로 없이 모두 긴팔이다. 근위대보다도 더 격식을 따지는 의복이었다. 여름이 되면 상당히 덥긴 하지만 이번만큼은 그 긴팔이 처음으로 존재감을 과시하는 것 같았다.

누군가 내 뒤로 다가왔다. 뒤돌아보지 않아도 그것이 아버지의 기척이란 것을 느낄 수 있었다. 아버지는 내 어깨에 손을 올리고 내 머리를 한 번 쓰다듬고는 주위의 실버 나이트들을 향해 명령했다.

"세라, 카린. 콘스탄틴들과 함께 그쪽 길목을 지켜라. 누구도 통과시키지 마라. 다른 둘은 근위대와 함께 폐하의 마차 주변을 지킨다."

그리고 아버진 수십 가지 줄기로 쏟아져 내리는 하얀 가루를 여유있게 피하며 폐하의 마차로 향했다. 아마 본인이 최종 문지기가 될 생각인 것 같았다.

현재 이곳에 있는 실버 나이트는 모두 여덟. 나와 함께 길목을 지키는 게 다섯이고, 다른 둘은 근위대와 함께 마차로 가는 길을 막으라 했지만 아무리 봐도 제대로 움직일 수 있는 근위대원은 다섯도 채 되질 않았다. 그러니까 즉, 이곳 길목이 최종 라인이라 생각하고 누구도 통과시키지 않으리란 각오를 해야 했다.

한참을 쏟아지던 하얀 가루들이 바닥을 보였는지 드디어 소강상태에 이르렀다. 그러자 그 순간을 노리고 검은 망토의 무리들이 나타나 우리를 향해 달려들기 시작했다. 건물 위에서, 우리가 지키고 있는 큰길의 입구에서, 처음 인기척이 느껴진 것은 열댓 명 수준이었지만 지금 눈에 보이는 검은 망토만 해도 그 두 배인 서른은 족히 채우고 남았다.

"기가 막혀. 다들 어디 숨어 있다가 나타난 거야. 축제 한

복판에서 저 차림으로 돌아다니면 눈에 안 띈대?’

이쪽은 곳곳에 마비로 쓰러진 사람이 대부분이었다. 수적
으로 너무나 열세인 상황. 고작 열 명이 조금 넘는 수로 서른
이 넘는 망토 집단을 막는 건 무리에 가까웠다. 아무리 날고
긴다는 실버 나이트가 여덟이 모였다지만, 전에 칼을 맞대본
경험으로 보자면 저 망토들도 꽤 수준이 높았다. 게다가 조금
전에도 이 내가 인기척을 느낀 게 저들의 절반 정도였다. 인
기척을 완전히 감추고 있던 나머지 절반은 그만큼 더 강하다
는 소리다.

“라이안, 집중해!!”

“아……!”

카린의 날카로운 외침에 퍼뜩 정신을 차렸다. 그리고 어느
새 달려들어 눈앞에 칼을 들이대는 검은 망토 둘을 허리를 돌
려 아슬아슬하게 피했다. 그 순간 내가 피한 방향으로 날카롭
게 찔러 들어오는 또 다른 망토 녀석이 있었다.

슥, 챙!!

“제길.”

갑자기 둘러싸여 버린 상황에 욕지거리를 내뱉으며 서둘
러 검을 들어 녀석의 검을 막았다. 하지만 동시에 처음 공격
했던 둘이 짝을 이뤄 양 방향에서 칼을 내려치며 피할 공간도
없이 압박해 왔다. 찰나의 시간에 맞대고 있던 검을 있는 힘
을 다해 쳐내고 그대로 몸을 숙여 바닥을 구르며 양옆의 검을

피했다. 데굴데굴 구르는 내 뒤로 허공을 그은 녀석들이 자세를 다시 잡고 달려오는 소리가 들렸다.

역시, 내가 눈치 챌 수 없게 기척을 감췄던 만큼이나 실력이 있는 놈들이었다. 망토 하나하나가 한 나라의 기사 급 이상이었다. 장담하건대 크라노의 기사일 게 분명했다. 정말이지 이 많은 인원을 가지고 참 잘도 남의 나라 수도까지 왔다. 이 정도 떼거지로 용케 눈에 띄질 않았구나.

그리고 다시 한 번 아버지의 능력에 감탄했다. 나는 전혀 기척도 느끼지 못했던 것을 영감탱이는 이미 모두 다 눈치 챘는지 처음부터 이쪽 길목을 막으라 했다. 과연, 거의 대부분의 검은 망토들이 이 길목을 사이에 두고 잠복했는지 이쪽으로만 사람이 몰리고 있었다. 예상했던 대로 이곳이 최대의 접전지가 됐지만 이렇게까지 수의 차이가 나서야 이쪽으로 몰릴 걸 알고 있었다 하더라도 상대하기가 어려웠다. 제대로 자리를 잡을 틈도 없이 사방에서 검이 찔러 들어오는 판이라면 더욱.

한참을 굴러가던 난 곧 벽에 부딪쳤다. 그 순간 구르던 가속도에 벽을 발판으로 삼아 도움닫기를 하며 박차고 일어서 가까이에 있는 녀석을 향해 검을 찔러 넣었다.

휘익! 푹!

나를 향해 검을 내려치기 위해 팔을 드는 사이를 날카롭게 파고들자 녀석은 반항 한 번 하지 못하고 그대로 내 검의 회

생물이 되었다.

"일단 하나."

무감각하게 중얼거리고 발로 녀석의 몸뚱이를 밀며 그 반동으로 배에 박힌 검을 빼냈다. 심장을 찔린 것은 아니니 아직 숨은 붙어 있겠지만, 빼낼 때 일부러 검을 옆으로 틀며 뽑아냈으니 내장의 상처가 심할 것이다. 적어도 다시 검을 들고 나를 향해 달려들진 않을 거라 확신하며 어느새 날 포위하고 있는 다른 검은 망토들을 향해 시선을 돌렸다.

녀석들이 아무리 실력이 좋다 해도 개개인의 능력으로 따지면 내가 위다. 착실히 수를 줄여가며 둘러싸이지만 않으면 어느 정도 수월한 상황이 될 것이다. 하지만 하나를 줄였음에도 아직 일곱이 남았다. 얼핏 콘스탄틴들이나 마차와 이곳 큰길 입구의 중간을 지키는 다른 실버 나이트들을 봐도 나만큼 많은 망토들을 상대하는 자가 없었다.

대체 내가 제일 만만해 보여서 여기로 몰린 건지 아니면 강해 보이니 여럿이 막으려 하는 건지, 어느 쪽으로 생각해야 좋을지 고민하다 문득 크라노의 국내 사정을 떠올렸다.

그곳은 분명 여자와 남자의 역할이 절대적으로 나뉜 곳이다. 국토의 대부분이 산악 지대로, 사냥이 생활의 기본 수단이기에 남자 아이들은 어릴 때부터 강하게 크고 여자 아이들은 집안일만을 한다고 들었다. 즉, 이곳 에페트리아처럼 본격적으로 검을 쓰는 여자가 없다는 뜻이겠지. 그렇다면 결론은 나왔다.

"내가 제일 만만해 보여서 일단 처리하고 보자고 몰린 거냐!!"

자존심에 지대한 상처를 받고 버럭 소리를 질렀다. 그러자 망토들은 기다렸다는 듯이 그 순간을 틈 타 내게 달려들었다.

"큭!"

챙!!

빠른 속도로 달려오는 검은 망토의 검을 있는 힘껏 쳐냈다. 여자로 변한 몸은 싸움에 있어 조금 불리하다. 팔다리가 짧아졌고, 완력도 줄었다. 괜한 힘겨루기를 하거나 순간적인 판단을 잘못하게 되면 그때가 바로 내 몸에 검이 박히는 때이다. 그래도 나름 작아진 덕에 더욱 날렵하게 움직일 수 있게 된 것을 장기로 해서 검을 쳐내는 것과 동시에 몸의 방향을 바꿔 망설임없이 팔을 뻗었다.

서걱.

"악!!"

깊게 살이 베이는 느낌과 함께 망토 한 놈이 바닥에 검을 떨어뜨리며 크게 베여 선혈이 뚝뚝 떨어지는 팔목을 잡고 신음했다.

순식간에 검을 회수한 후 한 바퀴 돌며 자세를 낮게 잡았다. 그리고 내 목을 노리며 검을 내밀던 또 다른 망토를 피하며 회전력을 이용해 또 다른 망토의 허벅지를 깊게 베었다.

짧은 순간에 시야에 잡히는 단편적인 정보만으로 녀석들의 움직임을 계산해야만 나오는 전투 방법이었다. 조금이라도 실수하면 그대로 내가 당해 버리는, 말 그대로 배수진을 펼친 상태였다.

하지만 언제까지나 이 방법에 의존할 순 없었다. 이건 엄청난 집중력을 요구하고, 또한 그만큼 쉽게 지치게 한다. 지치기 전에 해결봐야 한다는 전제를 가지고 빠른 시간 내에 처리하려 했지만 유독 내게로 몰리는 망토들의 수는 줄어들질 않고 있었다.

그때였다. 어디선가 카린의 날카로운 외침이 울렸다.

"타오르는 불꽃의 너울!!"

확!! 화륵!!

바로 코앞에서 거대한 불길이 일었고, 난 퍼뜩 놀라며 혼신의 힘을 다해 전속력으로 뒷걸음질쳤다.

"으아아아아아악!!"

"크아악!!"

불의 장막 저편으로 검은 망토들의 처절한 비명이 울렸다. 과연 차기 궁정 마법사를 노리는 카린이었다. 큰길 하나를 막는 거대한 불꽃의 장벽이 순식간에 생성됐고, 그 불에 닿은 자는 아차 하는 순간에 잿더미가 되었다. 보통 불하고는 차원이 다른 카린만의 마법의 불꽃이었다. 놀란 난 가슴을 부여잡고 카린을 향해 외쳤다.

"……잠깐, 카린!! 뭐야, 저 엄청나게 성능 좋은 불은!!"

"한 방에 간단, 깔끔. 맘에 들어?"

생긋 웃으며 대답하는 카린을 보며 난 더욱 큰 목소리로 소리쳤다.

"간단이고 깔끔이고 간에 완전히 내 코앞에다 쐈잖아! 내가 본능적으로 피하지 않았으면 나야말로 간단, 깔끔하게 처리됐을 거라고!! 그것도 아군의 마법에! 너 혹시 내 암살까지 노린 거냐?"

"무슨 소리야, 기껏 도와주니까. 바로 그 본능을 믿고 쐈다고. 평소에 내 마법에 자주 당했잖아. 경험을 살려 본능적으로 피해줄 거라 믿어 의심치 않았어."

"저기… 하필 그 순간 본능이 발동되지 않았으면?"

정색을 하고 변명하는 카린을 향해 뱁새눈을 뜨고 추궁했다. 그러나 카린은 여전히 당당하게 날 바라보며 대답했다.

"그래서 혹시 모를까 봐 약간의 여유도 줬는걸?"

"여유? 완전히 코앞이던데 무슨 여유?"

"대충 3㎜쯤?"

"……어이."

뭐랄까, 더 이상 할 말이 생각나지 않았다. 그저 뱁새눈 모드가 조금 더 오래갈 뿐이었다. 참으로 엄청나게 고마운 배려로구나. 네 기준의 여유란 고작 3㎜짜리냐?

막상 망토들이 아니라 카린 때문에 간담이 서늘할 정도로

죽음의 위기를 넘기긴 했지만, 어쨌든 불길 건너편의 망토들
은 카린의 마법이 끝나기 전엔 이쪽으로 올 방법이 없어 보였
다. 스치기만 해도 활활 불타 버리는 것이 카린의 성격을 보
여주는 것 같아 새삼 두려워졌다.

"카린, 저 불길의 지속 시간은?"

"10분은 버틸 수 있을 거 같아."

쓴웃음을 지으며 대답하는 카린을 향해 난 고개를 끄덕였
다. 카린의 이마에 살짝 맺힌 땀이 내 눈길을 사로잡았다. 저
카린이 고작 10분 정도 유지할 정도라면 엄청난 마법량을 소
모할 것이다. 다른 누구도 아닌 엘프. 마법에 있어 특화된 체
질인 카린이 힘들어할 정도라면 엄청난 위력을 가진 마법이
란 소리다. 뭐, 이미 그 위력을 직접 본 상태이니 새삼 설명하
지 않아도 되지만.

"저쪽도 꽤나 둘러싸였네."

근처에서 칼부림에 여념이 없는 콘스탄틴들을 가리키며 말
했다. 카린의 불꽃에 다섯 명 정도가 발이 묶였고, 그전에 나
와의 전투로 네 명이 떨어져 나갔다. 하지만 아직 스물에 가
까운 검은 망토들이 여기저기서 폐하가 타고 있는 마차를 목
표로 달려들며 실버 나이트와 근위대들을 상대하고 있었다.

"구경만 하지 말고 빨리 도우러 가는 게 좋을걸. 네가 일곱
명에게 둘러싸여서 정신없었을 때 알그레오님과 근위대장의
비명을 들었거든."

“……뭐?”

흠칫 놀라 다시 한 번 콘스탄틴들이 있는 곳을 봤다. 카린이 말한 대로 알그레오가 피를 흘리며 검은 망토들을 상대하고 있었다. 팔뚝부터 시작해서 뚝뚝 흐르는 선혈이 검을 재차 움직일 때마다 바닥에 흩어졌다.

“근위대장은 쓰러진 지 오래야. 처음부터 마비 가루에 당한 것 같아. 티를 안 냈던 것뿐. 어서 알그레오님이라도 도와드려. 난… 마법을 유지하는 범위 내에서 어떻게든 해보지. 두 명까진 검으로 상대할 수 있을 거야.”

“조심해, 카린.”

“너야말로.”

계속 마법을 유지하려면 정신적으로 그 마법의 구현에 집중해야 한다. 때문에 마법사가 마법을 사용할 때는 옆에서 가드를 해주는 자가 필요하고, 그건 카린도 마찬가지였다. 적당히 카린의 곁을 지키려 했지만 알그레오의 부상에 근위대장까지 쓰러진 상황은 너무나 불리했다. 나라도 달려들어 망토들을 분산시켜야만 했다.

“아참, 라이안.”

바닥에 꽂고 기대고 있던 검을 뽑아 수평으로 들어올리며 한창 싸움으로 바쁜 곳으로 향하려 할 때 카린이 날 불러 세웠다.

“왜?”

“아까부터 궁금했는데, 마법은 왜 안 쓰니? 끝까지 검으로

만 해결을 보려 하더라?"

"…아차!"

"아차? 너, 설마……."

카린의 질문에 난 정말 말 그대로 아차 싶었다. 그리고 그런 내 탄성의 의미를 머리 좋은 카린은 단번에 알아차린 것 같았다.

그렇다. 워낙에 전문이 검인지라 마법에 대해선 새카맣게 잊고 있었다. 뭐, 하루 이틀 일도 아니지 않은가. 그냥 아까 꽤나 어렵게 싸운 게 조금 억울할 뿐. 여기서 조금이란 단어는 일상적으로 쓰이는 뜻이 아니라, 적당히 해석하자면 '짜증날 정도로 많이' 라고 봐도 무방하다. 뭐, 어쨌든 그러니까 마법이 있었지. 이왕 생각난 거 써먹어줘야겠지? 쓰라고 있는 능력이니까 말이다.

우선은 알그레오를 위협하는 검은 망토들에게 마법의 불덩어리를 그대로 직격시켰다.

쾅! 화르륵!!

요란한 폭발음이 일며 내 마법에 맞은 망토의 몸에 불이 옮겨 붙었다.

"으, 으앗!!"

녀석은 당황하며 서둘러 망토를 벗어 던졌다. 사람에게 직접 써본 것은 오늘이 처음이지만 저 상태를 보니 아무래도 내 마법에 카린 정도의 살상력은 없어 보였다. 하지만 주문없이 사용이 가능하다는 점과 노리는 곳에 날릴 수 있다는 것에 있어 유리했다. 그리고 무엇보다 이 정도 위력만 돼도 실전에선 충분히 쓸 만했다.

스윽. 쾅!! 화르륵!

자신의 동료가 불덩이에 휩싸이건 말건 여전히 알그레오를 향해 돌격하는 또 다른 검은 망토를 향해 다시 한 번 마법을 날리며, 그와 동시에 힘차게 도약하며 알그레오의 옆으로 가 붙었다. 물론 가는 길에 폭발로 정신없는 검은 망토 하나를 슬쩍 깊게 베어주는 여유까지 보여줬다.

"알그레오, 다친 데는?"

알그레오의 앞에 서서 다시 공격해 들어오려는 검은 망토들을 향해 검을 세워 위협하면서 슬쩍 곁눈질하며 몸 상태를 물었다. 이에 알그레오는 쓴웃음을 지었다.

"너같이 어린것에게 도움을 받을 정도는 아니다."

"뭘, 비실비실하던데. 적당히 뒤에서 견제만 해줘. 나머진 내가 할게."

그래도 어른이라고 뭔가 있는 척하려 하지만 검을 쥐고 있는 손이 덜덜 떨리는 것이 여실히 보였다. 절대 괜찮은 상태가 아니었다. 무엇보다 출혈이 너무 심했다.

"후, 그럼 수를 좀 줄여볼까."

알그레오의 치료를 위해서라도 빨리 끝내야 했다. 이제라도 내가 마법을 쓸 수 있다는 것을 깨닫게 된 게 참으로 다행이었다. 검만으로도 어떻게 버틸 수 있는 상황에 마법까지 더해진다면 땅 짚고 헤엄치기 아닌가.

어느새 눈앞에 서 있는 검은 망토 무리가 둘로 줄었다. 그리고 전체적으로도 여기저기 쓰러져 신음하는 검은 망토들이 점차 늘어갔다. 서 있는 망토 무리는 이제 열 명 조금 남짓한 정도였다.

"애석하군. 너희가 약한 것은 아니지만, 우릴 너무 얕봤어. 겨우 그 정도로는 위협도 되지 않는다고."

한쪽 입가를 끌어 올려 미소 지으며 다시 한 번 검을 세우고 녀석들을 향해 달려들었다. 내 행동을 주시하던 놈들이 내 검에 맞서 자신들의 검을 세웠다.

휘익! 쾅! 화르륵.

한 놈에게 마법 불구덩이를 선물하고, 다른 한 놈을 향해선 검을 큰 폭으로 내려치기 위해 팔을 올렸다.

그때, 카린이 만든 불의 장벽 뒤로 익숙한 목소리가 들렸다.

"…조금 늦은 것인가."

흠칫, 두근두근두근두근.

결코 잊을 수 없는, 쇠가 갈라지는 듯한 변조된 음성. 그리고 등 뒤로 식은땀이 흐를 것 같은 존재감과 위압감. 드디어 등장했다. 놈들의 두목 씨, 레키아가.

Chapter 10
혼잡 속의 결전, 예상하지 못한 결말

갑자기 망토들의 움직임이 활발해졌다. 과연 자신들의 두목이 왔으니 믿는 구석이 생겼다, 이거로군. 그리고 이 상황이 우리에게 좋지 않은 것은 확실하다.

"제길."

퍽!! 푹!

나로선 환영하지 못할 타이밍에 나타난 레키아의 존재에 혀를 차며 눈앞의 검은 망토를 발로 차 넘어뜨리곤 손등에 검을 박아 넣었다가 거칠게 뽑았다.

"으아아악!"

고통에 가득 찬 비명이 울렸다. 당분간 검은 잡을 수 없다는 것을 확인하고 레키아 쪽으로 고개를 돌렸다. 여전히 불의 장막의 건너편에 있는지 레키아의 모습은 잘 보이지 않았다. 하지만 계속해서 신경을 찌르르 울리는 이 긴장감을 통해 녀석이 그곳에 서 있다는 것을 진절머리 나게 느낄 수 있었다.

"내가 올 때까지 가능한 시간만 끌라고 해뒀는데… 타이밍이 안 맞았군."

지금 상황이 마음에 들지 않는지 계속 중얼거리는 녀석을 향해 카린이 의기양양한 목소리로 외쳤다.

"그나마 지금 온 것마저도 소용없을 거 같은데 어쩌지? 네 놈 앞의 그 불길이 사라지기 전에 네 부하들이 먼저 전멸할 걸? 자신이 있으면 그 불길을 넘어오던가."

카린의 도발에 레키아는 웃었다. 아니, 솔직히 말하자면 불길에 가려 녀석이 보이질 않았지만 분명히 웃고 있을 거라 생각했다. 그리고 녀석은 카린의 도발에 넘어오는 척 불길을 향해 한 걸음 다가서고 있었다.

"카, 카린!! 위험해! 피해!"

"…뭐?"

난 당황하며 목청껏 소리치며 카린을 향해 달렸다. 카린은 내 외침에 잠시 멈칫했지만 그녀도 역시 실버 나이트. 찰나의 시간에 몸을 돌려 내 쪽을 향해 달렸다.

푹!!

그 순간 카린이 서 있던 자리에 불길을 뚫고 나온 레키아의 검이 땅에 꽂혔다.

"마, 말도 안 돼!! 내 마법을 뚫었다고?! 뭐, 저딴 놈이 다 있어!!"

카린이 내 곁으로 달려오며 경악에 찬 목소리로 소리쳤다. 내 외침에 본능적으로 달리던 것이, 불길을 뚫은 레키아를 보는 순간 전속력으로 바뀌었다.

"아쉽군. 저쪽도 역시 실버 나이트라는 건가. 생각보다 빨랐어."

레키아는 허공을 베어버린 자신의 검을 들어올리며 진심으로 아쉬운지 카린의 뒷모습을 향해 중얼거렸다. 확실히 아깝긴 할 거다. 내가 소리치지만 않았어도 카린의 움직임이 한 박자 느렸을 거고, 타이밍상 분명히 베였을 테니까.

난 내 옆에 다가온 카린을 향해 낮게 속삭였다.

"카린, 저놈이 쓰고 있는 망토, 저게 드래곤의 가죽이라 들었어. 드래곤 급 마법이 아니면 절대로 안 통할 거야."

"내 마법이 통하지 않을 거란 소리군. 저자가 전에 말한 그 망토 두목?"

"응. 카린, 이쪽을 맡길게. 알그레오를 좀 봐줘. 저자는 내가 상대한다."

레키아에게서 눈을 떼지 않고 카린을 향해 말했다. 그리고 대답도 기다리지 않고 곧 레키아를 향해 달려들었다. 가벼운 몸과 빠른 속도를 이용해 순식간에 도약하며 녀석을 향해 검을 세웠다.

챙!

검과 검이 맞부딪치는 소리가 귓가를 울렸다. 예상했던 대로 레키아는 순식간에 다가온 나의 움직임을 읽고 자신의 검을 들어 내 검을 막았다. 어차피 계산했던 일이다. 이 정도도 막지 못한다면 내가 이렇게 긴장할 필요도 없지 않은가. 녀석의 실력은 이미 오래전에 인정하고 있었다.

키이이이이잉!

검과 검이 마주치며 쇠 긁는 소리를 냈다. 서로가 서로의 검을 상대를 향해 밀어대자 그 힘을 못 이기고 중심이 검의 가드를 향해 점차로 내려가고 있었다. 슬슬 검이 내 쪽으로 기우는 것을 느꼈다. 역시, 힘겨루기로 나가는 건 내게 불리하다.

"하압!"

크게 기합 소리를 내며 순간 검의 방향을 꺾어 녀석의 검을 옆으로 흘리며 뒤로 빠졌다. 그리고 녀석과의 거리를 유지하며 견제 상태로 돌입했다.

"이거, 공녀가 아니신가. 또 마주치는군."

"그래, 또 마주쳤다. 너무 자주 보는 것 같아. 지겹지도 않냐? 웬만하면 남의 나라엔 이제 그만 좀 오지?"

녀석의 조롱 섞인 인사를 받아주며 나 역시 비아냥거렸다.

"글쎄. 난 무슨 일을 벌일 때마다 공녀와 마주치니 이젠 반갑기까지 하던데."

"웃기고 있네. 볼 때마다 칼로 후벼 파이면서 반갑긴 개뿔. 아니면 성향이 매저냐? 움직이는 걸 보니 찔린 허벅지가 다 나았나 보네. 그래서 허전해서 또 어딘가 쑤셔달라고 찾아온 거야?"

"큭큭큭. 이것참, 귀족 아가씨가 말이 너무 거칠군. 저쪽 엘프 아가씨도 보통은 아닌 것 같던데. 실버 나이트의 엘프라면 잉게 공작가겠지? 우리나라라면 생각도 할 수 없는 일이야. 조신하지 않은 여자란 매력이 반감되지."

이젠 대놓고 자신이 이 나라 사람이 아니란 것을 밝히는 레키아였다. 지금 이 상태에서 자신이 이곳 에페트리아 인이 아니라고 인정하면, 그건 스스로가 크라노 인이라고 말하는 것과 같다. 얼마 마주치진 않았지만 그간 만나며 느낀 녀석에 대한 나름의 판단으로 볼 때, 결코 스스로 화를 부르는 타입은 아니었다. 즉, 자신의 나라가 알려져도 상관없다는 뜻이겠지. 어쩌면 우리가 이미 크라노의 태자 소식을 듣고 자신의 정체를 대충이나마 짐작했다는 것을 알고 있을지도 모른다.

"매력이 반감되든 말든 네가 데리고 살 거 아니니 신경 끄셔. 그쪽 나라 계집처럼 집 안에만 틀어박혀서 시키는 것만 해대는 것도 정말 재미없으니까. 막말로 그게 사람이야? 그냥 인형 하나 두고 살지.”

“크큭. 공녀의 관점에선 매력없어 보일지 몰라도, 남자의 시선에서 보는 여자의 매력은 좀 다르지.”

웃기지 마라, 이놈아. 내가 남자였다, 내가. 차라리 그 나라 마인드가 여기랑 다르다고 해라. 어차피 네놈이 플루토라면 내가 곧 키르라이안이며 세라란 것을 알고 있지 않은가. 그게 아니라 진짜로 모르고 하는 소리라면… 이놈이 플루토가 아니란 건데, 그럴 리는 없지. 지금까지의 정황상 말이다. 그렇다면 설마 놀린다고 하는 소리인가, 저거.

“농담도 농담 같아야 받아주지. 웃자고 하는 소리면 그저 기가 막힐 뿐이다.”

“농담?”

레키아가 물었지만 휴식은 끝났다. 난 녀석과의 거리를 좁히고 녀석의 목 오른쪽을 노리며 검을 찔러 들어갔다.

챙!

또 한 번 검끼리 부딪치는 소리가 울렸다. 역시 빈틈없는 녀석이었다. 그새 자신의 검을 들어올려 아슬아슬하게 내 검을 막아냈다. 물론 어차피 예상했던 일. 난 재빠르게 녀석의 오른쪽으로 파고 들어가 검의 방향을 바꿔 다시 한 번 녀석을 향해 내려쳤다.

챙! 챙!

계속해서 검과 검이 맞부딪치는 소리가 이어졌다. 어느 쪽으로 공격을 해도 녀석은 손쉽게 막고 있었다. 그리고 곧 난 뭔가 이상하다는 것을 느꼈다. 내 기억에 녀석의 실력은 나와 막상막하였다. 그런데 전혀 어려움 없이 내 움직임을 읽고 막는다는 건 도저히 이해할 수 없었다. 어느 정도는 서로 위험한 순간이 오가야 하는데 그런 것이 전혀 없는 지루한 공방전이었다.

그 순간, 내 머리 속을 스치는 무언가가 있었다. 레키아, 이 녀석은 지금까지 한 번도 내게 제대로 된 공격을 가하지 않았다. 계속되는 내 공격을 그저 막고만 있었다. 이제야 알겠다. 오직 방어에만 치중하고 있으니 내 공격이 손쉽게 막히는 것이 당연했다. 비슷한 실력으로 한쪽은 방어만, 한쪽은 공격만 해대니 진전이 있을 턱이 있나!

"너… 너!! 노리는 게 뭐야!!"

녀석에게서 거리를 벌리고 큰 소리로 물었다. 그러자 레키아는 씨익, 웃었다. 망토에 가려져 얼굴이 보이진 않았지만 분명 분위기가 그랬다.

"이런, 이런. 이제야 눈치 채셨나. 조금 느리군."

"너, 진짜로……."

순순히 인정하는 레키아를 보며 분노가 치밀어 올랐다. 이번에야말로 녀석이 작정하고 막으려 해도 통하지 않을 공격을 하겠다고 마음먹고 다시 한 번 달려들려 했다. 하지만 이런 나는 안중에도 없는지 레키아가 갑자기 자신의 검을 들어

올려 내 뒤를 가리키며 소리쳤다.

"시작해라!!"

난 흠칫 놀라 녀석의 검끝이 가리키는 곳을 돌아보았다. 그 일직선상엔 폐하의 마차가 닿아 있었다. 폐하의 마차를 향해… 무언가를 시작한다고? 무얼? 순간 당황하며 녀석들이 벌일 무언가를 고민할 때였다. 레키아의 뒤에서 마법의 시동어를 외치는 소리를 들을 수 있었다.

"파이어 에로우."

"…뭐?"

쉬이이익!!

그리고 동시에 내 곁을 아슬아슬하게 스쳐 지나가는 거대한 불의 기운이 느껴졌다.

아차, 싶었다. 저쪽에 마법사가 있을 거라고는 전혀 생각하지 못했다. 크라노를 떠올렸을 때 왜 마법을 생각하지 못했는지, 정말 바보 같았다. 크라노하면 주술과 마법의 국가가 아닌가. 처음부터 이것을 염두해 뒀어야 했다.

순식간에 아수라장이 되어버렸다. 아버지는 서둘러 마차의 문을 열고 폐하를 나오게 하려 했고, 우리의 뒤를 맡고 있던 또 다른 실버 나이트 에리아는 마법을 향해 달려들고 있었다. 그리고 카린은 주문을 외웠다.

"…틀렸어. 늦었어! 마법 유도가 안 돼!!"

카린은 절규했고, 에리아는 마법의 정면에 서서 칼을 들이

댔다.

"크아아아아아아아!!"

기합을 외치며 마법을 막았지만 그 위력을 줄이기엔 미약했다.

"아아악!!"

화염의 줄기는 검에 갈렸지만 그대로 통과하며 에리아의 온몸에 직격했다. 곧바로 폭발한 마법은 에리아를 감싸고 불타올랐다.

일단 가까스로 막았지만 저쪽에 마법사가 있는 이상 또 언제 마법이 날아올지 몰랐다. 가만히 서 있는 마차는 덩치도 커서 아주 편한 목표물이 될 수 있기에 아버지는 여전히 폐하를 재촉했다.

"폐하, 어서!"

그 순간 또다시 마법을 외치는 소리가 울렸다.

"파이어 에로우."

"파이어 볼!"

쉬이이익!!

샤아아아아악!!

난 또다시 당황했다. 마법이 한 번 날아온 게 바로 직전인데 이렇게 금방 또 다른 마법이 준비될 리가 없었다. 물론 카린 급 이상이라면 가능하겠지만 그런 마법사가 흔한 것도 아니고, 또한 그 정도의 실력을 가진 마법사를 이렇게 남의 나라로 출장을 보낼 정도로 가볍게 취급하는 곳도 없다. 게다가 다른 종류의 두 마법. 이건 마법사가 최소 세 명 이상이라는 것밖에는 결론이 나오질 않는다.

"간섭하는 손길!!"

이미 마법을 준비하고 있었는지 카린이 시동을 걸자 마차를 향해 날아가던 두 개의 마법 중 하나가 크게 방향을 바꾸며 바닥에 곤두박질쳤다. 하지만 남은 하나는 전혀 아랑곳하지 않고 마차에 직격했고, 정신이 혼미해질 정도로 거대한 폭발음이 진동했다.

고오오오오오오―

폭발의 연기로 아무것도 보이지 않았다. 자욱한 연기 속에 간간이 마차의 파편이 보였다.

"아버지!! 폐하!!"

당황하며 가장 걱정스러운 사람들의 이름을 불렀다. 마차 안에 타고 있던 폐하와 마지막까지 마차의 곁을 지키던 아버지. 폭발에 휘말렸다면… 아무리 아버지라 해도 무사하기 힘들었다.

서둘러 연기를 뚫고 마차가 있던 곳으로 가려 할 때였다. 갑자기 등 뒤로 엄청난 살기가 느껴지며 검이 허공을 베는 소리가 들렸다.

"핫!"

휙! 서걱!

나도 모르게 본능적으로 허리를 빼자 근소한 차이로 레키아의 검이 내가 있던 자리를 베며 지나갔다. 허리에서 욱신거리는 느낌이 왔다. 피하는 중간에 살짝 베인 것 같았다. 하지만 난 다친 상처에 아랑곳하지 않고 두세 발짝 더 뒷걸음질치며 레키아와의 거리를 벌리고 다시 검을 세워 들었다.

"역시 대단하군. 완전히 빈틈을 노렸는데 그걸 피하다니."

레키아가 감탄하며 자신의 검끝을 손으로 잡았다. 내 살을 벤 부분이 분명한 곳을 만지작거리며 그는 재차 아쉬운 듯 입맛을 다셨다.

"분명히 베었다고 생각했는데 말이야. 물론 아주 약간이지만 베는 느낌은 났지만… 아까워, 역시 아까워."

"곱게 죽어주지 않은 게 그리 아쉽냐."

점차로 피가 배어 나오는 허리의 통증을 느끼며 녀석을 노려보았다. 깊은 상처는 아니지만 움직이는 데 약간은 거치적거릴 정도의 아픔이 있었다. 덕분에 짜증이 일었다.

"큭큭, 그리 화내지 않아도 된다. 좋은 뜻으로 한 말이니까."

"좋은 뜻? 내가 아무리 머리 나쁘기로 유명해도 곱게 안 죽는다고 투덜대는 게 좋은 뜻이 아니란 것 정도는 알고 있거든?"

"호오, 머리가 나쁜가?"

"……."

망했다. 하도 주변에서 머리 나쁘다, 머리 나쁘다 해대다 보니 이런 상황에 스스로 고백까지 하게 되지 않은가. 아, 내가 미쳤지. 어쩌자고 혼자서 지뢰를 밟아. 시킨 사람도 없는데!

"큭… 크하하하하!"

떫은 감을 씹은 얼굴로 낭패라며 인상을 쓰고 있었더니, 이런 내 심리 상태를 그대로 눈치 챘는지 레키아가 아주 유쾌하게 웃었다. 그리고 난 더더욱 기분이 나빠져서 미친 듯이 웃어대는 녀석을 뒤로하고 당초 목적인 마차가 폭발한 현장으로 가 아버지와 폐하를 찾으려 했다. 하지만 다시 한 번 레키아가 날 불러 세웠다.

"그렇게 기분 나빠하지 마라. 마음에 든다는 거니까. 아까 내가 한 말을 정정하고 싶을 정도로 매력이 느껴진다고나 할까."

그 말에 난 그대로 눈앞에 불똥이 튈 정도로 밀려오는 정신적 충격을 느꼈다.

"뭐, 뭐라는 거야? 이 변태 같은 놈아! 마음에 들다니, 매력이 느껴진다니!!"

저 말이 분명 남자 대 남자로 그 사람 그 자체가 마음에 든다거나, 있지도 않은 우정을 느낀다거나 하는 게 아니란 건

나도 안다. 그러니까 저놈이 지금 날, 이 키르라이안을, 이성
으로서 마음이 있다… 뭐, 이렇게 말하는 것이 아닌가!!

으헉! 꼬리뼈에서부터 찌르르 하고 소름이 밀려 올라온다.
야, 야, 너 플루토 아니냐? 플루토 맞지 않냐? 아니, 플루토가
분명하잖아. 내가 원래 남자였다는 걸 알고 있는데 그런 소리
가 잘도 나오느냐!!

"그것참, 웃기군. 내가 널 마음에 들어 하는 것이 어째서
변태지? 다시 말하지만 우리나라엔 전혀 없는 타입이다 보니
신선하기도 하다. 옆에 두고 보면 재미있을 것도 같군. 이대
로 죽이긴 아까워. 데려가서 첩으로라도 삼고 싶을 정도로
군."

"그, 그 입 다물라!! 상대를 보고 말해, 상대를! 으아!! 소름
끼쳐!!"

어느새 팔뚝까지 올라온 소름 덕에 온몸을 떨며 소리쳤다.
저놈이 미친 거다. 정신이 나간 게 분명하다. 그렇지 않고서
야 지금 이렇게 서로 검을 맞대고 몇 번을 죽음의 위기를 넘
겨본 사람에게 저런 소리를 할 수가 있을까! 아니면 저놈 정
말 매저 아냐?

아니, 잠깐. 거, 남부에서 만났을 때야 그렇다 치고, 젤 처
음에 바아레른 성에서 찌른 건 루사인이잖아! 그리고 그때가
더 치명상이었을 거라고!! 근데 왜 나한테만 저래!!

"볼수록 재미있는 반응이군. 여자란 보통 누군가 자신에게

관심이 있다 하면 기분이 좋지 않은가?”

“그것도 상대 나름이지! 너 같으면 방금 전에 옆구리를 칼로 쑤신 놈이 ‘네가 좋다!’ 하고 달려들면 ‘얼씨구나, 좋소! 그 사랑을 받아들이겠소!’ 하고 반기겠냐고!!”

게다가 난 보통 여자가 아니잖아. 16년을 남자로 살다가 반년 전에 몸만 여자로 바뀐, 마음만은 오리지널 소년이라고!! 알잖아! 알고 있잖아! 네가 플루토라면 당연히 알고 있는 거잖아!

이거 혹시 플루토가 아닌 거 아냐? 아니지. 내가 자길 의심하니까 그 의심의 시선을 돌리게 하려고 아닌 척하는 건가? 그러니까 플루토가 아니라면 내가 원래 남자였다는 것을 모를 테니까 그래서 관심있는 척하면 플루토가 아닌 게 되니까, 에, 그래서…… 더 복잡해졌다.

“으아아아아아! 모르겠다! 됐어! 다 패스! 넌 변태야. 그걸로 일단 결론 보자, 그래!”

“크크큭, 정말 볼수록 재미있군. 사실 에페트리아의 왕족이라면 싹 다 씨를 말려 버리려 했는데 너는 좀 고려해 봐야겠다. 그건 그렇고…….”

유쾌하게 웃던 레키아의 분위기가 갑자기 음산해졌다. 망토 속의 시선은 내가 아닌 내 뒤의 다른 곳을 바라보고 있었다. 나도 모르게 녀석의 시선이 닿는 곳으로 고개를 돌렸다. 그리고 정말이지 마음속 깊이 안도의 숨을 내쉬었다. 폭발한 마차 주변에 일어선 연기를 뚫고 아버지와 폐하가 모습을 드러냈다. 어디 한 군데 상처 하나 없어 보였다.

"역시 대단하군. 예상은 했지만, 아무리 빨리 피했다 하더라도 그 폭발을 바로 옆에서 당했을 텐데 저렇게 멀쩡한 모습이라니. 과연 미래의 장인과 처숙 어른이로군."

와… 이놈, 독하다. 아주 제대로 미쳤구나. 뭐가 장인과 처숙이냐, 대체 누가!! 아, 정말이지, 어릴 때부터 '남자라도 좋다. 얼굴만 본다' 라며 달려드는 크란벨 공작도 그렇고, 이놈도 그렇고. 왜 나 좋다고 들러붙는 놈은 다 이따위냔 말이다! 아니, 그런 문제 이전에 난 남자라고. 멀쩡한 놈이 달려들어도 기분 나쁠 판에 이딴 놈들이라니. 정말 싫다!!

꼬이고 꼬여 버린 내 불쌍한 인생에 대해 절규하고 있을 때, 먼지바람을 뚫고 모습을 드러낸 아버지가 주변을 둘러보며 다시 여기저기를 향해 명령을 내리기 시작했다.

"카린, 큰길의 뒤로 인기척이 셋 있다. 그쪽이 마법사들일 거다. 방어 결계를 철저히 짜라. 알그레오가 카린을 도와라. 아직 검을 들 힘은 있지? 최선을 다해라."

"네, 알겠습니다."

내가 레키아를 상대하고 있는 동안 검은 망토의 수는 거의 줄어 남아 있는 실버 나이트의 수와 비슷해졌다. 물론 지금까지 살아남아 있다는 것은 그만큼 우리와 실력이 막상막하란 거겠지만, 어쨌든 여러 명을 상대하지 않는 것만으로도 충분히 여유가 있어 보였다.

카린은 부상당한 알그레오와 함께 움직이며 아버지가 가리킨 곳을 향했다. 늘 허리춤에 매달고 좀처럼 꺼내 들지 않는 작은 완드까지 손에 쥔 것을 보니 본격적으로 마법을 쓰려는 것 같았다.

"나머지는 지금까지 대로 다른 검은 망토들을 상대하면 되고… 세라."

아버지가 부르는 소리에 말없이 고개만 살짝 돌려 바라보았다.

"그 녀석의 발을 확실히 묶어놓아라. 곧 왕비와 귀비들이 성으로 돌아간다. 구경거리가 사라지면 다시 이쪽으로도 사람들이 몰리겠지. 그때까지만 버텨라."

끄덕.

그렇다. 여기가 이 난리가 됐는 데도 사람들이 몰리지 않는 이유가 바로 저것이었다. 다른 곳에 볼거리가 있으니 수업이 끝나지 않은 학교 앞 거리에 신경 쓸 사람이 없는 게 당연했다. 하지만 아버지의 말대로 그 볼거리가 사라지면 거리에 몰렸던 사람들도 하나둘 흩어지며 이곳까지 올 것이고, 곧 성이며 수도 방위관에 폐하 기습 사건이 전해져 군대가 몰려올 것이다.

아버지가 일부러 들으란 듯이 내게 큰 소리로 말한 것은 레키아에게도 들으라고 한 것이다. 어차피 그런 것 정도는 계산하고 있는 듯했지만 새삼 더 확인시켜 주는 것이랄까. 즉, 꼬지 않고 바로 말한다면 '사람들이 몰려오기 전에 너희도 알아서 피하는 것이 피차간에 좋지 않겠냐' 라는 뜻이었다.

어쨌든, 아버지가 따로 당부까지 해가며 내린 임무였다. 어차피 시키지 않아도 알아서 내 선에서 막으려 했다. 슬슬 그만 놀고 본격적으로 나가볼까.

"아, 세라."

이번에야말로 레키아와 입이 아닌 검으로 제대로 붙으려 할 때 아버지가 날 다시 불러 세웠다.

"연기 속에서 둘이 대화하는 것을 들었다. 혹시 몰라 미리 말하는데, 그놈은 보라색 머리 공작 놈보다 더 마음에 안 든다. 괜히 넘어가서 어느 날 내 앞에 사윗감이라며 데려오면 용돈 없다."

순간 난 전투 중의 긴장감 따위는 홀라당 날려 버리고 바락바락 소리치기 시작했다.

"야, 이 영감탱이야!! 나이가 몇 갠데 벌써 노망났냐?! 뭐가 어쩌고 어째?! 넘어갈 리가 없잖아, 넘어갈 리가!! 듣는 것만으로도 끔찍하다고! 대체 무슨 소릴 해대는 거야!!"

"저, 저 말하는 꼬락서니하고는. '부모 공경' 이란 단어를 들어는 봤는지……."

"당신이 날 도발하잖아, 당신이!!"

내 발악에 인상을 쓰며 혀를 차는 모습에 난 더더욱 큰 목소리로 외쳤다. 아니, 정말, 잘 나가다가 이게 대체 무슨 날벼락이냐고.

"저 말엔 나도 심하게 동감하네."

폐하가 고개를 저으며 중얼거리는 것이 여기까지 들렸다. 또 진지하게 생각하시겠다. 가정 교육 랜덤설에 대해.

"큭… 큭큭큭큭… 크하하하!"

생전 아는 거라곤 음산함과 싸늘함밖에 없을 것 같은 저 레키아 놈이 아주 그냥 자지러지며 웃고 있었다.

"넌 웃지 마!! 네가 시초라고!!"

확 성질이 치솟아올라 녀석에게 삿대질까지 해대며 소리쳤지만 통할 리 만무했다. 녀석은 웃음을 멈출 기미를 보이질 않고 계속해서 큭큭거렸다. 그래, 웃어라. 아주 그냥 잘도 웃는구나. 좀만 더 웃으면 바닥을 구르겠네. 데굴데굴.

문득 이런 상황을 언젠가 겪어본 것 같은 느낌이 들었다. 그러니까 그게 언제냐면… 그래, 플루토 자식을 처음 만난 날 아침, 그 자식도 날 보며 저리 미친 듯이 웃어댔는데. 어쩜 이리 분위기가 비슷할까. 다시 한 번 레키아=플루토라는 가정이 맞아떨어지는 것 같았다. 역시, 이놈이 그놈인가.

어쨌든 내 자존심을 위해서도 저 레키아 놈이 계속 웃어대게 내버려 둘 수 없었다. 일단 녀석의 웃음을 멈추려면 녀석이 웃지 못할 상황을 만들어야 한다. 그리고 그 방법은 간단했다. 난 있는 대로 녀석을 노려보며 온몸 가득 살기를 담아 녀석을 향해 달려들었다.

챙!!

"이런, 이런. 정말 움직임 하나는 날카롭군. 방심하면 금세 위험해지고 말이야."

"움직임만 날카롭냐?"

어느새 웃음을 멈추고 웃는 내내 땅에 박고 기대며 서 있던 검을 뽑아 내 검을 막고는 여전히 유쾌하게 말하는 녀석을 향해 차가운 목소리로 쏘아붙였다. 네가 아무리 그렇게 즐거워해도 쉿소리 나는 변조된 음성은 듣기에 괴롭단 말이다.

"물론 다른 쪽도 훌륭하고. 역시 볼수록 마음에 드는군. 이대로라면 진심이 될 것도 같아."

"웃기고 있네. 진심이니 뭐니, 말은 그렇게 해도 네게서 진지함이 전혀 보이질 않거든. 뭔가 놀고 싶은 기분인 것도 같은데 이쪽은 전혀 아니라고. 게다가 당신, 바쁘지 않아? 시간제한이 있잖아? 좀 닥치고 꺼져 주시지?"

이를 부드득 갈며 녀석을 노려보았다. 하지만 녀석은 왠지 나보다는 내 뒤쪽의 상황에 더 관심을 두고 있는 것 같았다. 그쪽이라면 물론 나도 신경이 쓰이긴 한다. 아버지와 폐하가 여전히 몸이 마비되어 여기저기 쓰러진 근위대원들을 조심스레 넘어다니며 움직이고 있었다. 아마 사람들이 많은 광장으로 이동하려는 것 같았다. 뭐, 지금으로선 그게 최선일 것 같다만.

"역시 움직이는가. 설마 내가 그걸 생각하지 못했을 거라 생각하는 건가?"

"…뭐?"

비웃음을 담아 중얼거리는 레키아를 보며 난 퍼뜩 놀랐다. 그리고 레키아에게서 떨어지며 뒤를 돌아보고 소리쳤다.

"아버지! 조심해!!"

외치는 것과 동시에 광장으로 통하는 좁은 길의 건물 2층에서 검은 망토 두 놈이 뛰어내렸다.

저 둘은 아버지도 눈치 채지 못했는지 영감탱이답지 않게 조금 당황한 모습을 보였다. 폐하를 뒤로 밀고는 달려드는 두 망토의 검을 급히 쳐냈다. 하지만 자신의 동요를 남에게 보이긴 싫은지 여유가 넘치는 목소리로 망토들을 상대하며 입을 열었다.

"폐하, 실례지만 혼자 가셔야겠습니다. 혹시라도 길목에서 또 다른 복병들을 만나면 망설이지 말고 돌아오십시오. 그 정도의 실력은 있으리라 믿습니다."

"……그러도록 하지."

아버지가 상대하는 검은 망토 두 녀석을 물끄러미 바라보던 폐하는 잠시 고민하더니 곧 대답하고는 다시 원래 목적으로 하던 골목으로 향했다. 지금까지 전혀 들키지 않고 숨어 있었던 만큼 그 한 명, 한 명이 움직임이 상당한 고수들이었다. 그런 둘을 아버지가 혼자 상대하게 되었으니 조금은 걱정하는 눈길이었다. 하지만 자신이 이곳을 떠나 조금이라도 안전한 곳으로 가는 것이 그나마 이쪽의 부담을 덜 수 있다는 쪽으로 결정을 내린 것 같았다.

다행이었다. 아무리 아버지가 실력이 좋다지만 등 뒤에 있는 폐하를 신경 쓰게 되면 제 실력을 발휘하지 못했을 거다. 그렇다면 더욱 위험해지겠지. 역시 폐하답게 가장 최선의 방법을 바로 생각해 내줘서 내심 감사했다.

난 내 나름대로 안심하며 아버지와 폐하에게서 시선을 돌려 다시 레키아를 바라보았다.

"어쩐 일이야? 내가 저쪽에 신경 쓰느라 빈틈이 많았을 텐데 그냥 구경만 하고."

말 그대로였다. 워낙에 저쪽에 신경이 가다 보니 몇 번이고 고개를 돌려보았고, 이 레키아가 그 틈을 모를 리가 없었다. 아니, 아예 작정하고 저쪽으로 온 신경을 돌렸다. 그런데 레키아는 그런 내게 전혀 검을 들이대지 않고 있었다.

"말하지 않았나, 네가 마음에 들었다고. 손에 넣고 싶은 물건에 흠집을 내는 건 실례지."

"하아, 그러십니까? 그래서 이렇게 옆구리를 칼로 긁어놓으셨습니까?"

"그건 마음먹기 전."

"……."

뱁새눈을 뜨고 녀석을 향해 비꼬았지만 전혀 통하지 않았다. 뭐냐, 이놈은? 네놈도 캐릭터가 좀 달라지는 거 같지 않냐? 아니, 뭐 본성을 숨기고 있었다고 하자. 대체 난 뭐가 되는 거냐.

아무리 생각해도 내가 여자 애가 되고 나서 참으로 남복이 따르는 것 같다. 죄다 이상한 놈들이라 문제지. 애초에 여자 애가 되기 전부터 날 따라다니던 크란벨 공작을 필두로, 웬 돼지 남작에 이젠 아직까지 얼굴도 모르는 망토 놈이라고? 뭐, 일단 누군지 짐작은 간다만.

그러니까 싹 다 종합하면 어딘가 믄제가 있는 놈들 아닌가. 어쩌자고 이딴 놈들만 붙는 거야! 아주 그냥 한 구덩이에 다 몰아놓고 묻어버려도 시원찮을 놈들만 모였잖아! 아니, 대체 내가 뭘 얼마나 잘못하고 살았다고 이러고 살아야 해!!

라고 생각하고 보니 음… 사고를 좀 많이 치고 다니긴 했지. 예전에 바아레른 놈들하고 어울려 다닐 때 범죄도 저질러 보고. 조금… 찔리네. 그러니까 조금, 아주 조금. 뭐, 이왕 이렇게 된 거 변태 하나 더 들러붙은 거에 대해서 더 이상 고민할 필욘 없겠지. 내가 싫으면 되는 거니까. 지금 중요한 문제는 그게 아니다. 그러니까 통과, 통과.

정말이지, 이 레키아 놈은 대체 뒤에 얼마나 많은 복병을 숨겨놓은 것인가. 처음엔 마법사더니 그 다음엔 지금까지 녀석들과는 비교될 정도로 실력이 월등히 뛰어난 망토 두 놈이라고? 아군들이 다 죽어나가는 판에 정말 독하게 숨죽이고 숨어 있었다. 그 분풀이라도 하려는 듯 아버지를 향해 칼을 휘둘러 대는 게, 아무리 아버지라 해도 둘을 상대하는 것은 무리일 것 같았다. 기껏해야 시간을 끄는 정도?

"능력도 좋아. 잘도 여기저기 숨겨놨네. 설마 복병이 더 있는 건 아니겠지?"

"글쎄."

비꼬며 묻자 녀석은 말끝을 흐렸다. 있다는 거야, 없다는 거야. 있으면 많이 낭팬데. 레키아의 답변에 대해 고민하고 있을 때 녀석은 다시 한 번 입을 열었다.

"언제나 최후의 복병을 염두해 두고 있긴 하지. 물론 그건, 바로 나다."

"에?"

화악!!

멈칫 하는 순간, 갑자기 내 얼굴로 무언가 가루가 뿌려졌다.

"푸핫! 뭐, 뭐야!!"

얼굴에 붙은 가루를 거칠게 털어내며 소리쳤다. 하지만 그것의 정체에 대해서 오래 고민할 필요는 없었다. 당장에 얼굴을 터는 손이 무거워지는 것을 느꼈다. 마비 가루. 바로 그것 이상도 이하도 아니었다.

“가능하면 최후의 수문장에게 쓰려 했지만 지금 쓰는 것도 나쁘진 않을 것 같아서.”

“뭐?”

레키아는 내게 들릴 정도로 작은 목소리로 귓가에 속삭이고는 바로 달리기 시작했다.

챙!! 챙! 슥, 휘익― 챙!!

좁은 골목의 입구에서 아버지는 두 검은 망토를 상대로 조금은 밀리고 있었다. 크게 위험한 순간은 없었지만 번갈아 들어오는 녀석들의 검을 막다 보니 어느새 벽 쪽으로 몰리게 되었다.

폐하는 좁은 골목을 따라 달리고 있었다. 하지만 아직 뒷모습이 보이는 것이, 그리 멀리 가진 못했다. 아무리 이쪽에 신경 쓰지 않기 위해서라지만 등을 보이고 달리는 게 조금 불안했다. 그리고 레키아는 아버지가 밀리며 틈이 벌어진 골목을 향해, 폐하의 등을 향해 달려갔다.

“폐하!!”

비록 마비 기운이 돌기 시작한 몸이지만 그래도 레키아를 막기 위해 녀석을 향해 전속력으로 달리며 큰 목소리로 외쳤다. 그 순간 폐하가 뒤돌아섰다. 아무리 계산해도 폐하에게 당도하기 전까지 녀석을 따라잡진 못할 것 같았다.

그때였다. 레키아가 골목의 입구로 들어서기 직전, 검은 망토 두 놈을 상대하던 아버지가 몸을 돌려 레키아의 앞을 막아섰다. 자신이 상대하던 망토들의 움직임은 전혀 염두해 두지 않은 채 자신의 몸을 날려 오직 입구를 막아서는 것에 모든 것을 걸은 모습을 보며 난 비명조차 지르지 못했다.

"……!!"

"방해다!"

휘익! 챙!!

레키아가 아버지를 향해 소리치며 검을 휘둘렀다. 아버지도 검을 들어 레키아의 검을 막았다. 그 순간 아버지가 상대하던 두 망토 놈들의 검이 아버지의 몸을 꿰뚫었다.

"큭!!"

괴로운 듯한 아버지의 신음 소리가 들렸다. 그리고 아버지가 잠시 비틀거리는 틈을 타 레키아는 입구를 막고 있는 아버지를 거칠게 차버리고 골목 안으로 들어섰다.

"아, 아버지!!"

그제야 말문이 트인 난 쓰러진 아버지를 향해 확인 사살을 하기 위해 검을 세운 망토 녀석들에게 달려들었다.

"멈춰!! 무슨 짓들이야!! 그 검 치워. 당장!!"

눈앞에서 있을 수 없는 일이 벌어졌다. 절대무적이라 생각하던 아버지가, 결코 쓰러지지 않을 거라 생각하던 아버지가 피를 흘리며 바닥에 드러누웠다. 동요하는 마음을 감추지 못하고 미친 듯이 소리 지르며 망토들을 향해 검을 휘둘렀다.

폐하는 이미 이쪽으로 천천히 다가오고 있었다. 그리고 자신을 향해 달려오는 레키아를 향해 당신도 검을 꺼내 들고, 두 사람의 검이 힘차게 부딪쳤다. 몇 번의 검이 오간 뒤 레키아는 폐하에게서 떨어졌다.

"생각보다 제법이군."

"몰랐나? 나 역시 한 명의 기사이네만."

예상하지 못한 폐하의 실력에 낭패라며 중얼거리자 폐하가 부드러운 음성으로 대답했다. 하지만 눈이 굳어 있었다. 저분도 역시 왕족. 아버지와 화내는 모습이 비슷했다.

그때, 멀리서 사람들이 웅성거리는 소리가 들렸다. 그리고 여기저기서 많은 인파가 몰려오는 것이 느껴졌다. 드디어 행차가 끝났나 보다. 이미 성에 도착했어야 할 국왕의 부재에 의문을 품은 성의 기사들이 하나둘 이쪽으로 모여들기 시작했다.

"타임아웃이다, 크라노의 젊은 기사여. 이제 그만 물러가거라."

폐하가 낮은 목소리로 으르렁거렸다. 폐하의 실력이라면 아무리 상대가 레키아라 해도 어느 정도 시간을 끌 수는 있을 것이다. 그러다 보면 저쪽에서 몰려오는 기사들에게 둘러싸여 결국 숫자가 달리는 레키아의 도주로가 막혀 버릴 것이다.

녀석을 잡을 절호의 기회이지만, 그렇다고 녀석을 상대하며 시간을 끌다 보면 아버지가 위험해진다. 조금이라도 빨리 상처를 치료해야 한다. 아니, 그전에 지혈부터가 급하다. 그것을 이미 짐작하고 있는 폐하이기에 화를 누르며 레키아를 보내려 하는 것이다. 그렇지 않고서야 온화한 미소로 감추고 있던 호전적인 성격을 억누를 수는 없었을 것이다.

"아깝군. 한 번은 본격적으로 붙어보고 싶었는데. 방해꾼이 너무 많았어."

레키아가 폐하를 향했던 검을 거두고 뒷걸음질치며 골목을 빠져나왔다. 그렇게 레키아가 물러서는 것 같자 날 상대하던 두 망토 놈도 포위를 느슨히 하며 내게서 떨어지려 했다. 절로 안도의 숨이 새어 나왔다. 물러나줘서 오히려 고맙기까지 했다. 서둘러 아버지를 치료하려면 1초가 아쉬운 판이었다.

그 순간 망토로 얼굴이 보이지 않는 레키아가 어쩐지 웃고 있는 것처럼 느껴졌다. 그리고 녀석은 골목 입구에서 검을 치켜들며 소리쳤다.

"국왕의 베는 것은 실패했지만, 이대로 빈손으로 가긴 아깝군. 에페트리아의 왕족, 페르나슈 공작의 피라도 묻히고 돌아가야겠다!"

휘익!!

"안 돼!!"

날 상대하던 두 검은 망토의 존재도 잊은 채 눈을 동그랗게 뜨고 아버지와 레키아를 바라보며 소리쳤다. 당장 달려가고 싶었지만 마비 가루에 당한 터라 움직임이 둔했다. 눈앞에서 레키아가 아버지를 향해 검을 내려치는 모습이 슬로우 모션이라도 보듯 장면, 장면 뇌리에 박혔다. 그 순간 무언가 뜨거운 것이 내 안에서 밖으로 역류하는 것을 느꼈다. 그리고 나도 모르게 그것을 레키아를 향해 발산했다.

화아아아악!

거대한 화염의 덩어리가 레키아를 향했다. 아버지에게 검을 들이대던 레키아가 문득 놀라 날 바라보았다. 곧 내 불덩이가 레키아의 망토를 휘감았다.

"공녀, 전에 말하지 않았던가. 내 망토는 드래곤의 피부로 만든 것. 미안하지만 드래곤이나 그와 비슷한 급의 마법이 아니면 통하질……."

나를 비웃던 레키아가 일순간 당황하며 자신의 망토를 바라보았다. 내 불길에 감싸인 망토는 끝자락부터 타 들어가고 있었다.

"마법이 먹혀들다니… 조금 놀랍긴 하지만, 이 정도 불길은 위협도 되지 않는다. 하던 일은 마무리 지어야겠지."

타고 있는 자신의 망토를 보며 중얼거리던 레키아는 다시 검을 들었다. 그 모습에 난 녀석을 향해 협박했다.

"그 검을 그대로 내려치기만 해봐. 그전에 잿더미로 만들어 버릴 테니까."

목소리가 떨렸다. 하지만 양손에 각각 마법으로 만들어진 불의 덩어리를 구현해서 녀석을 향해 위협적으로 뻗었다. 그리고 좀 더 경각심을 불러일으키기 위해 덩어리 하나를 다시 녀석에게 쐈다.

화르륵.

이번에도 녀석의 망토에 불길이 있었다. 망토가 타 들어가는 속도가 조금 전과는 비교도 되지 않게 빨라졌다. 그제야 레키아는 자신이 처한 위험성을 느끼고 아버지에게서 떨어졌다. 그리고 내 뒤에서 어떻게 해야 좋을지 몰라 고민하는 두 망토를 불렀다.

"로안, 진. 퇴각한다. 움직일 수 있는 자들을 추슬러라. 서둘러라. 움직이지 못하는 자는… 처리해라."

얼음같이 차가운 명령. 낙오자는 가차없이 버리는 냉혹한 군주. 차가운 지배자의 내면이 보이는 명령이었다. 내 뒤의 두 녀석과 아직 서 있을 수 있는 다른 망토들이 서둘러 자신들의 일행을 살피기 시작했다. 정신을 차리지 못하는 자는 그들이 손수 확인 사살했지만 정신이 붙어 있는 채로 이동이 불가능한 자들은 기가 막히게도 스스로들 자결했다.

하지만 난 그런 데 신경 쓸 틈도, 관심도 없었다. 레키아가 물러난 곳으로 마비되어 가는 몸을 이끌고 있는 힘껏 달려 쓰러진 아버지를 살폈다.

"아버지! 아버지!! 눈 떠!"

피가 홍건히 고인 바닥 위에 정신을 잃은 듯 눈을 감고 있는 아버지를 마구 흔들며 깨웠다. 어느새 다가온 폐하도 당황한 목소리로 주변의 실버 나이트를 향해 소리치기 시작했다.

"누가… 누가 가서 의사와 힐러를 불러라! 콘스탄틴! 지혈을 서둘러라!"

"제, 제가 힐러 집으로 가겠어요! 다리는 빠르니까. 다른 분이 의사를 불러주세요!"

카린이 큰길을 향해 전속력으로 달리며 외쳤다. 콘스탄틴이 아버지에게로 다가왔고, 다른 누군가가 큰길로 달려나가는 것을 느꼈지만 더 이상 그쪽으로 신경이 가지 않았다.

여전히 눈을 감고 있는 아버지의 손을 꼭 잡고 금방이라도 눈물을 흘릴 것 같은 눈으로 바라보았다.

"…크 …웃."

아버지의 입에서 신음이 새어 나왔다. 그리고 굳게 닫혀 있던 눈꺼풀이 서서히 들리며 아버지가 정신을 차렸다. 통증이 상당한지 아버지답지 않게 아픈 표정이 그대로 얼굴에 드러나 있었다.

"아, 아버지! 괜찮아? 나 누군지 알겠어?"

"……시끄럽다. 네 사전엔 안정이란 것도 없느냐. 이럴 땐 좀 조용히 해줘야지. 정신없이 귓가에 웽웽 울려서야. 뭐냐, 그 표정은. 걱정되냐?"

"당연하지!"

"평소에 좀 잘하지."

"……."

아, 정말이지, 이놈의 영감탱이. 이런 상황에서까지 그런 소리가 나오냐? 도무지 이 영감탱이의 사고는 따라갈 수가 없다, 진짜.

어이가 없어 뱁새눈을 뜨고 내려다보자 아버지는 떨리는 손을 뻗어 나를 잡고 상체를 일으켜 벽에 기대앉았다. 그리고 다시 내 손을 꼭 잡고는 고통스러운 표정을 감추기 위해 눈을 지그시 감으며 인상을 썼다.

"아버지, 괜찮아? 견딜 수 있겠어? 무리하지 마. 의사가 올 거야, 곧."

"나름대로 견딜 만… 쿨럭!"

"아, 아버지!! 말하지 마, 말하지 마!!"

울컥 하고 기침을 하며 뻘건 피를 토했다. 아무래도 내장을 다친 모양이었다. 어찌할 바를 몰라 그저 소리만 질렀다. 배를 적시다 못해 입으로까지 흘러나오는 피에 당황할 뿐이었다. 이런 아버지의 모습, 처음이었다. 꿈에서도 상상할 수 없는 모습을 눈앞에 대면하자 이게 과연 현실인지 구분조차 가질 않게 되었다.

"…세라."

"말하지 마, 말하지 마!! 피까지 토하잖아!"

"세라, 쿨럭! 잘 들어둬라. 너 머리 나쁜 거 잘 아니까 어디에 적어라도 둬라."

"아, 진짜 이 상황에 무슨 소릴 하려는 거야! 그만두고 입

다물고 있으라고! 기운 빠지잖아!!"

　말 안 듣는다는 게 이리도 속 터지는 줄 이제야 알았다. 왜 자꾸 말 안 듣고 기운을 빼려 하는 거야, 이 영감탱이야!! 그 맘 이제 알았으니, 앞으로 말 좀 듣도록 최대한 노력해 볼 테니 그만 하고 좀 쉬라고, 진짜!!

　"네 엄마에 대해 꼭 해야 할 말이 있다."

　"뭐?

　피를 토하면서도 참으로 독하게 끝까지 말 안 듣고 입을 여는 아버지를, 이대로 한 대 후려 쳐서 기절부터 시킬까 고민하다 문득 그 화제 때문에 멈칫했다. 어머니? 아니, 대체 여기서, 이런 상황에, 아닌 밤중에 홍두깨가 따로 있지, 웬 어머니?

　"나참, 이런 상황에서 말하긴 싫었는데… 쿨럭."

　"말하지 마, 그럼. 왜 꼭 지금 하려는데. 나도 이런 상황에서 듣기 싫어. 제발…….'"

　아버지의 입가에 묻은 피를 닦으며 애원했다. 하지만 아버진 살짝 미소 짓고는 남의 애원 따위는 깡그리 무시하고 계속해서 말을 이었다.

　"지금이니까 하는 거다. 지금 말 안 하면… 쿨럭, 쿨럭! 하아… 평생 모르고 살지도 모르니까."

　"아버지…….'"

　"처음 만난 게 발칸 대륙 카델란 제국 동쪽의 도시 에토슈였다. 네 할머니의 고향이기도 하지. 그 근처의 산맥에 레어가 있다고 들었다. 정확한 위치는 그곳에 있는 우리 상회의 지점장이 알고 있을 거다. 상단이 오갈 때엔 드래곤의 위치를 정확히 알아야 그곳을 피해 다닐 수 있으니까."

짧은 시간에 조금이라도 더 많은 것을 알려주기 위해 아버지는 서둘렀다. 멈추게 되면 다시는 말하지 못할까 봐 초조해하며 빠르게 설명했다. 삐져나오는 기침을 삼키며 숨을 들이쉬고 말하는 것이 힘에 겨워 보였다.

"아버지, 그만 해. 알겠어, 알겠으니까 이제 그만 해."

마주 잡은 손을 더욱 세게 잡으며 울 것 같은 얼굴로 아버지를 바라보았다. 아픈 것이 분명할 텐데도 그 표정을 감추며 온화한 눈길로 날 보는 시선이 더욱 가슴을 아프게 했다.

"언젠가 말하려고 했다. 적어도 네가 성인이 되기 전에는 알려줄 생각이었단다. 하지만… 이런 때 말하게 되어서 미안하구나."

"아버지, 아버지, 알았어. 알았다고. 발칸 대륙 제국의 동쪽이란 거지? 할머니 고향에 있는 우리 상회 지점으로 가서 찾으면 되는 거잖아. 알았으니까, 제발……."

"한 번은 찾아가 보렴. 만나줄지는… 모르겠지만."

그리고 희미하게 웃으며 하염없이 날 바라보던 눈이 스르르 감겼다. 완전히 의식을 잃은 듯 날 잡고 있던 손에 힘이 풀렸다.

털썩.

멍하니 아버지를 내려다보았다. 감고 있는 두 눈은 다시 떠지지 않았다. 날 잡고 있던 손에 더 이상 힘이 느껴지지 않았다. 맥없이 쓰러져 있는 모습에 그저 멍할 뿐이었다.

"페이온!!"

폐하가 달려들어 아버지를 흔들며 외쳤다. 문득 아버지의 중간 이름이 엘페이온이라는 사실을 깨닫게 되었다. 아… 그렇구나. 그러니까 아버지를 부르고 있는 거구나. 그리고 보니 폐하도 루베르크 출신이라고 하셨지. 두 분이 소년 시절부터 알던 사이였겠구나. 어쩌면 친구였을지도 모르겠네. 폐하도 당황하셨구나. 언제나 서로 예의를 갖춰 '폐하'와 '페르나슈 공작'이라고 깍듯이 불러왔는데 이렇게 갑자기 이름을 막 부르다니.

내 안에 희미한 막이 쳐진 것 같았다. 그러니까 막의 바깥은 저렇게 아버지를 부르는 폐하도 있고, 쓰러진 아버지도 있고, 그리고 넋 놓고 바라보는 나도 있는데… 지금 난 그런 장면들에서 한 발짝 떨어져 바라보는 것 같은 느낌이었다.

어쩌면 꿈이 아닐까 생각했다. 그래, 꿈이겠지. 그러니까 아버지가 저기에 저렇게 누워 있는 거다. 검붉은 핏물로 요를 삼아 두 눈을 꼭 감고. 누가 불러도, 흔들어도 미동도 하지 않고. 그래, 꿈이구나. 아, 꿈이었지. 그러니까 내가 이렇게 멍하니 있는 거지. 아, 그렇구나.

욱씬.

하지만 허리에서 간간이 올라오는 베인 곳의 통증이 지금 이 상황이 현실이라고 주장하고 있었다. 그러니까 쓰러져 있는 아버지가. 멍하니 있는 내가. 피를 흘리고 정신을 잃은 아버지가. 당황하여 소리치는 폐하가. 눈앞의 모든 것이 사실이라며 존재감을 나타내고 있었다.

"아… 아버지, 아버지, 아버지, 아버지!!"

그제야 당장 지금의 현실을 제대로 받아들일 수 있었다. 눈에서 눈물이 왈칵 쏟아져 나왔다. 미친 듯이 아버지를 불렀다. 차라리 미쳤으면 좋을 정도로 아버지를 불렀다.

카린과 이야기를 나눴었다, 고양이 수명의 인간에 대해. 결국 모두들 나보다 먼저 사라질 거라고. 그러니까 그들과의 헤어짐을 미리 준비하고 최대한 추억을 남기고… 그렇게 해서 슬프지만 당당하게 보내자고 했다. 그래, 그래서 고개를 끄덕였다. 다르다면 어쩔 수 없는 거니까. 그러니까 마음 깊이 그 사실을 전제로 지켜보기로 했다. 부대끼기로 했다. 그렇게 각오했다.

하지만 이건 아니다. 이건 너무 빠르다고. 이렇게 빨리 내 곁을 떠나는 건 전혀 예정에 없던 거라고!! 이런 결말 따위는 전혀 생각해 본 적이 없단 말이다!!

"아버지, 아버지. 눈 떠. 눈 뜨란 말이야. 여기서 죽기만 해 봐. 맘 편히 죽지도 못하게 집안을 다 말아먹을 테야. 어때,

무섭지? 뭐 믿고 나한테 다 떠넘기려 하는 거야. 무덤을 박차고 나올 정도로 막나갈 거라고! 그러니까 눈 떠!!"

악, 소리 지르며 아버지를 흔들 때였다. 등 뒤에서 날 부르는 카린의 목소리가 들렸다.

"라이안!!"

마차 하나가 전속력으로 달려왔고, 창밖으로 거의 매달리다시피 몸통을 내밀고 있던 카린이 재빨리 내려섰다.

"힐러를 불러왔어. 오는 길에 어머님을 만나서, 마침 마차를 타고 있어서 이곳으로 가자고 부탁했어. 병원으로 갈 때까지 마차 안에서 힐러가 치료할 거야!"

카린의 뒤로 잉게 공작이 마차에서 내렸다. 상황을 둘러보고는 평소 무표정한 얼굴의 그녀답지 않게 인상을 썼다.

"서둘러 마차로 옮겨라. 흔들리지 않게 조심해서… 아니, 내가 하겠다."

잉게 공작은 손을 들어 아버지를 가리키고는 무언가 알 수 없는 소리를 중얼거렸다. 아마도 마법을 외우는 소리라고 짐작할 수 있었다. 그리고 얼마 지나지 않아 잉게 공작이 들고 있던 손을 살짝 까딱이자 아버지의 몸이 허공에 둥실 떠올랐다. 잉게 공작은 그대로 아버지를 마차로 이동시켰다.

"이대로 병원까지 태워 가겠다. 안에 힐러가 있으니 치료를 하며 달릴 수 있을 거다. 그리고 나도 약간이나마 치유 마법을 사용할 수 있으니 힘이 되는 데까지 해보도록 하겠다.

마차엔 나와 힐러, 그리고 페르나슈 공작만 타고 가겠다. 카린, 너도 거치적거린다.”

“아… 네, 어머님.”

거침없이 말하는 잉게 공작에게 카린은 깍듯이 대답하며 마차로 향하던 발걸음을 돌렸다. 잉게 공작이 마차에 올라타고 문이 닫히자 마차는 기다렸다는 듯이 전속력으로 달리기 시작했다.

난 여전히 멍하니 서서 점차로 멀어져 가는 마차의 뒷모습을 바라보았다. 카린이 다가와서 내 손을 잡으며 위로했다.

“라이안, 걱정 마. 잘될 거야. 너희 아버지는 강하시잖아. 집안사람을 시켜서 신전에도 연락을 하라 해놨어, 병원으로 바로 가라고. 너무 걱정하지 마.”

카린답지 않은 따뜻한 말 한마디가 너무나 고마웠다. 그래, 나도 별일없을 거라 믿고 싶다. 진짜로.

그리고 그때 학교 쪽에서 달려오는 프리츠의 모습이 모였다. 헐레벌떡 달려오는 모양새. 숨을 헐떡이며 내 앞으로 달려와서 아무것도 모르는 얼굴로 물었다.

“대체 무슨 일이야? 여기 어떻게 된 거야?”

그 순간 난 프리츠의 뺨에 사정없이 있는 힘껏 주먹을 날렸다.

퍽!!

무방비하게 내게 맞은 프리츠가 몇 발자국 뒤로 밀려났다.

“으… 무슨 짓이야!”

“너 때문이야!!”

맞은 뺨을 손으로 감싸고 인상을 쓰며 소리치는 프리츠를 향해 도리어 악을 쓰며 큰 소리로 외쳤다. 그러자 프리츠는 내 반응에 화내는 것도 잊은 채 여전히 영문을 모르겠다는 얼굴로 날 바라보았다. 난 그런 프리츠를 향해 다시 한 번 되는 대로 쏘아붙였다.

“다 너 때문이다. 너 때문에… 너 때문에!! 아버지가 잘못되면… 용서하지 않겠어! 평생 용서하지 않을 거야!!”

녀석의 멱살을 쥐고 흔들며 소리치자 프리츠는 당황한 얼굴로 어찌할 줄을 몰라 하였다. 그 사이로 폐하가 끼어들며 우리 둘을 말렸다. 아니, 정확히는 프리츠에게서 날 떼어냈다.

“그만둬라, 세라. 프리츠 탓이 아니다. 내가 프리츠를 보내서… 그만큼 사람이 비어서 그렇게 된 거다. 날 탓하거라.”

위로하는 폐하를 보며 난 그대로 주저앉았다.

그게 아니다. 단지 프리츠가 자리를 비운 것으로 이러는 게 아니다. 처음부터 프리츠를 말려야 했다. 그저 여유롭게 생각하며 뭘 하든 바라만 보겠다고 하는 게 아니었다. 말렸다면… 누군가에게 알려서 프리츠와 플루토의 행동을 통제했다면 일이 이렇게 되진 않았을 거다.

플루토와 레키아, 그리고 프리츠와의 관계를 이 자리에서 떠벌리며 소리치고 싶었다. 만천하에 알리고 싶었다. 평생을 친구로 남기 위한 배려? 그딴 거 다 필요없다. 고작 아버지의 원수밖에 안 되는 녀석을 친구 따위로 기억하고 싶지도 않다.

하지만, 지금은 가만있겠다. 참기로 했다. 지금 알린다고 해서 결과가 달라지는 것은 아니니까.

그렇지만 프리츠, 맹세하건대 이대로 아버지가 깨어나지 않는다면, 두 번 다시 일어서지 못한다면… 너도 각오해야 할 거다. 내가 가진 모든 걸 걸어서라도 복수하겠다. 네가 파멸로 향할 때까지 절망하게 만들겠다고!!

난 떨리는 두 손을 맞잡아 누구인지 모를 존재에게 빌었다. 그저 목표도 없이 태어나 처음으로, 진심으로, 내가 아닌 다른 자를 위해 기도했다.

아버지, 아버지, 부디 무사해 줘. 나 혼자 내버려 두지 마. 언젠가 내 인생에 아버지가 떠날 날은 반드시 오겠지만 지금은 아니야. 너무 빨라. 그러니까 제발 살아남아줘.

아버지를 잃으면… 난 친구도 버리게 될 거야. 한꺼번에 너무 많은 것을 잃을 순 없잖아. 내가 지금까지 버르장머리 없고 못되게 살아온 거 알아. 내가 정말 나빴다는 것도 알아. 하지만 그렇다 해도 이렇게 한꺼번에 그 죗값이 돌아오면 내가 너무 불쌍해지잖아. 제발 날 위해서라도 살아남아줘. 제발, 제발…….

아침부터 추적추적 비가 내리고 있었다. 침체되어 있는 집 안 분위기만큼이나 을씨년스러운 날씨를 바라보며 난 현관 앞에 섰다. 세린들이 급히 마련해 준 검은색 원피스가 왠지 불편했다.

"하아……."

긴 한숨을 쉬며 멍하니 닫혀 있는 문을 바라보자 루사인이 옆으로 다가와 우산을 내밀었다. 원피스와 같은 검은색 우산이 더욱 기분을 우울하게 만들었다.

"다녀오십시오."

"넌 안 가?"

슬쩍 곁눈질하며 묻자 루사인은 쓸쓸한 미소로 대답했다.

"제가 가봤자 할 일도 없잖아요. 집 안에서 할 일은 넘쳐 나게 있고……."

"응. 그렇겠구나."

고개를 끄덕이며 납득했다. 지금 우리 집에서 제일 바쁜 게 누구냐고 묻는다면 누구든 망설이지 않고 루사인이라 대답할 것이다. 수도의 일이며, 영지에서 올라온 서류 정리에 결제까지 모두 루사인이 맡아서 하고 있었다. 아버지의 심복들은 모두 이번 사건을 맞아 동요를 막기 위해 사방으로 흩어져 처리를 하러 갔다. 때문에 지금 집에서 아버지 대신 일을 할 사람이 루사인밖에 없었다.

"다녀올게."

희미한 미소를 지으며 인사했다. 그리고 루사인이 열어준 현관 밖으로 나갔다. 미리부터 준비된 마차가 현관 앞에 서 있었다. 마부가 급히 달려와 우산을 씌우며 마차 문을 열어주었다. 마차에 올라타고 문이 닫히자 말들이 달리기 시작했다. 장례식장을 향해.

『키르라이안 이야기』 3권 끝

무한 상상 · 공상 세계, 청어람 신무협&판타지

「표사」, 「소환전기」를 뛰어넘는
참신한 재미와 쾌감을 선사한다!

잠룡전설(潛龍傳說) / 황규영 지음

청바지와 박스티 같은 무협 소설!
쉽고 재미있는, 편한 무협을 즐겨라!

『잠룡전설』
(潛龍傳說)

"주유성?
영웅이지. 하늘이 내린 사람이야.
그 사람 게으르다고?
에이, 난 그런 소문 안 믿어.
게으름뱅이가 어떻게 그런 엄청난 일들을 해?"

강호에 내린 희대의 겁난.
하늘은 엄청 센 놈을 영웅이랍시고 내린다.
하지만…….
젠장! 엄청난 게으름뱅이다!!

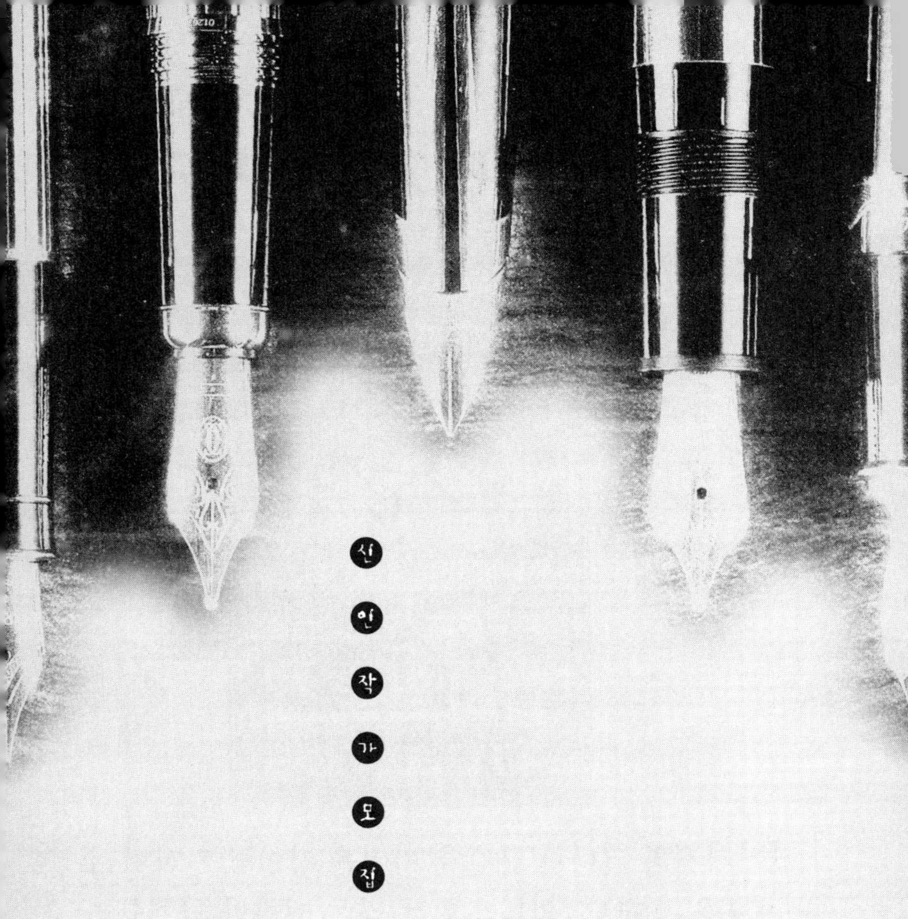

신

인

작

가

모

집

시작이 반이라고 했습니다.
작가의 길에 대한 보이지 않는 벽을 과감히 깨뜨리십시오!
청어람은 작가 지망생 여러분들의
멋진 방향타가 되어드리겠습니다.

저희 도서출판 청어람에서는
소설 신인 작가분들을 모집합니다.
판타지와 무협을 사랑하시는 분들의 많은 참여를 바랍니다.
소정의 원고(A4용지 150매)를 메일이나 우편으로 보내주시면
검토 후 출판 여부를 알려드리겠습니다.

주소:경기도 부천시 원미구 심곡1동 350-1 남성B/D 3F 우편번호420-011
TEL:032-656-4452 · FAX:032-656-4453
http://www.chungeoram.com
e-mail:chungeoram@chungeoram.com

초등학생이 반드시 읽어야 할 좋은 책 49권

각 학년별로 초등학생이 반드시 읽어야할 좋은 책을 선정하여 통합논술의 기본이 되는 '올바른 독서법'을 일깨워 줍니다.

교과서와 함께하는 초등학교 통합논술

초등1학년 | 값 12,000원 / 초등2학년 | 값 9,500원 / 초등3학년 | 값 11,000원 / 초등4학년 | 값 9,500원 / 초등5학년 | 값 9,500원 / 초등6학년 | 값 11,000원

♣ 혼자 할 수 있어요.

엄마가 책 읽는 방법을 가르쳐 주어도 좋아요.
독서지도하는 선생님이 가르쳐 주어도 좋답니다.
"초등 교과서와 함께하는 **통합논술 시리즈**"는
아이 스스로 독서할 수 있도록 꾸며진 책이에요.
엄마와 선생님은 요령만 가르쳐 주시면 된답니다.

♣ 교과서의 중요한 내용이 총정리되어 있어요.

각 학년별로 중요한 교과 내용이 함께 수록되어 있어요.
초등학생은 교과서 내용을 충실하게 공부해야 합니다.
아울러 그와 병행한 독서가 대단히 중요하지요.
"초등 교과서와 함께하는 **통합논술 시리즈**"는
두 가지 방법 모두 알려준답니다.

♣ 이 책은 훌륭하신 선생님들이 함께 쓰신 책이랍니다.

동화작가 선생님들이 쓰셨어요. 소설가 선생님도 쓰셨답니다.
국어 논술독서지도 선생님들도 함께 쓰셨지요.
"초등 교과서와 함께하는 **통합논술 시리즈**"는
엄마의 마음으로 모든 선생님들이 함께 꾸민 책이랍니다.

입소문을 통해 아는 분은 다 알고 계십니다!
올 한해 공인중개사 최고의 화제작!

1~2권 합본 | 이용훈 지음
3~4권 합본 | 이용훈 지음
5~6권 합본 | 이용훈 지음
용 어 해 설 | 이용훈 지음
1~2차 문제풀이집 | 이용훈 지음

수험생 기본 필독서
만화 공인중개사

제목 : 만화공인중개사 쓰신 분에게 감사드립니다.

학원을 두달 다녔어요. 근데 과연 그 숫자 와우기 그렇게 몇 문제나 나올까 생각을 했어요.
아니라는 생각이 드네요. 학원강의를 뒤로 하고 서점을 갔어요. 내 머리에 가장 이해될 수 있는
책이 없나 하구요. 거기서 만화를 발견했어요. 무조건 세번 봤어요. 3개월 걸렸어요. 문제집을
보라고 했는데 그건 시행을 못했어요. 근데 합격을 했네요.

어떻게 감사의 말을 해야 될지…

도서관에서 만화책 들고 다니니까 사람들이 바웃더라구요. 만화책으로 공인중개사를 공부한
다고 미친사람처럼 보더라구요. 근데 그거 다 감수하고 했던 내가 자랑스럽습니다.

어떻게 감사의 말을 해야 할지 정말 감사합니다.

부디 행복하세요. 제 나이 41살에 좋은 스승을 만난 거 같습니다.

엎드려 감사드립니다.

－본사 홈페이지에 독자분이 올린 메일 中 에서 발췌－

잘나가고 싶은 사람은 읽어라!

그에게 한눈에 반했다! 그것은 분위기 탓?
애인과 나란히 걸어갈 때 당신은 좌, 우 어느 쪽에 서는가?
이성은 왜 서로 끌리는 걸까? 그 심층 심리를 해명한다!

30초의 심리학

■ **30초의 심리학**
아사노 하치로우 지음 / 계일 옮김 | 값 8,500원

처음 본 사람인데 와 닿는 느낌이
너무나도 강렬한 사람이 있다.
흔히 하는 말로 '필이 꽂힌 사람',
그래서 잊혀지지 않는 사람,
한눈에 반했다고 하는 것이 바로 그것이다.
이런 인간의 감정을 논하는 데
남녀의 구분이 있을 수 없다.
사랑하는 그, 혹은 그녀를
생각하는 것만으로도 가슴이 두근거린다.
이상할 것 없다. 당연히 그럴 수 있는 것이다.
그렇기에 인간을 감정의 동물이라 하지 않는가.
그러나 그렇게 좋아하는 그 사람이
어느 날 갑자기 싫어지는 경우는 왜일까?

Psychology